Elisabeth Dreisbach, Lisettens Tochter

ELISABETH DREISBACH

Lisettens Tochter

CHRISTLICHES VERLAGSHAUS GMBH
STUTTGART

1973

16.–30. Tausend

Den Umschlag gestaltete Gotthold Ripp, Stuttgart

Gesamtherstellung: Druckhaus West GmbH, Stuttgart

ISBN 3-7675-0045-0 (Lw)
ISBN 3-7675-0253-4 (TB)

„Sind Sie der alten Dame auch schon einmal begegnet?"
„Welcher alten Dame?"
„Ach, man sieht sie doch beinahe jeden Tag. Entweder auf der Heide oder im Wald, an den Wiesenhängen oder an den Felsen. Und meistens hat sie einen Rauhaardackel bei sich."
„Wenn Sie die alte Kräuterfrau meinen, ja, die habe ich schon ein paarmal gesehen. Kürzlich suchte sie sogar Holz im Wald. Aber Sie sprachen von einer alten Dame?"
„Ja, die meine ich."
„Na hören Sie, unter einer Dame stelle ich mir doch etwas anderes vor."
„Wenn Sie den Begriff ‚Dame' von Dauerwellen, Stöckelschuhen und geschminkten Lippen abhängig machen, dann allerdings."
„Nun, das gerade nicht. Aber — ohne mir ein Urteil zu erlauben: Diese alte Frau macht doch einen sehr schlichten Eindruck."
„Es ist gut, daß Sie schlicht und nicht primitiv sagen, denn dagegen müßte ich mich aus Gerechtigkeitsgründen sehr verwahren. Diese alte Dame will gar nicht anders als schlicht sein. Sie würden sich aber wahrscheinlich wundern, wenn Sie mit ihr ins Gespräch kämen. Für alles interessiert sie sich. Sie ist sehr belesen und verfügt über reiche Lebenserfahrung und große Menschenkenntnis."
„Was Sie nicht sagen! Aber meinen wir wirklich dieselbe Person? Ich kann mir gar nicht vorstellen, daß — — Aber

schauen Sie, da kommt sie gerade. Wie immer trägt sie den Arm voller Blumen, und ihr Hund ist auch dabei."

Aus dem Wald trat soeben eine kleine, zierliche — in der Tat schlicht wirkende Frau, wohl bald achtzig Jahre alt. Sie grüßte die Fremden freundlich und setzte sich auf die nahestehende zweite Bank, die dort auf dem Ramsfelsen zum Rasten einlädt. Von hier aus hat man einen herrlichen Blick hinein ins Filstal über die Ortschaften Gingen, Kuchen, Süßen, Eislingen und Göppingen. Auf beiden Seiten des Tales erheben sich die Höhenzüge der Schwäbischen Alb mit ihren Laub- und Tannenwäldern. Im Schein der Sonne glitzert die Fils, die sich wie ein Band durch das Tal schlängelt.

„Ist dies nicht ein liebliches Bild?" fragte die alte Frau, und machte eine Handbewegung, als habe sie ganz persönlich diesen genußreichen Ausblick zu verschenken. „Da machen nun die Menschen weite Reisen in ferne Länder und ahnen nicht, welchen Reichtum ihnen die nächste Umgebung bietet."

„Ja, es ist schön", pflichteten die Fremden bei. „Aus diesem Grund verbringen wir auch unsere Ferien hier auf der Alb."

„Und diese Stille, nicht wahr", fuhr die alte Frau fort. „Ich bin so dankbar, daß ich meinen Lebensabend in einer solch schönen und ruhigen Gegend verbringen darf. Der liebe Gott hat schon gewußt, daß ich in den vielen Jahren meines Lebens, die ich in den verschiedensten Großstädten zubringen mußte, immer Sehnsucht nach dem Wald und dem Landleben hatte. Es ist ein besonderes Geschenk von ihm, daß er mir zu guter Letzt noch diesen Herzenswunsch erfüllt."

Sie schwieg, aber auf ihrem Angesicht lag ein frohes Leuchten, das Ausdruck ihres Empfindens war. Sie mußte ein durch und durch zufriedener Mensch sein. Als vom Tal herauf das Läuten einer Kirchenglocke zu vernehmen war, erhob sich die alte Frau.

„Ich muß leider schon wieder gehen. Wenn ich nicht pünktlich zum Essen nach Hause komme, sorgt sich meine Tochter. Ich habe nur diese eine. Sie läßt mich nur ungern meine Touren allein machen. Aber ich beruhige sie immer wieder und sage: ‚Mach dir keine Sorgen, ich bin ein Waldkind, ich finde mich immer wieder zurecht!' Und dann ist ja auch mein Hund bei mir. Der hat noch nie den Heimweg verfehlt. Außerdem kenne ich die Himmelsrichtungen, die sagen mir auch, wohin ich meine Schritte zu lenken habe. Auf Wiedersehn! Sie sind sicher im Dorf als Feriengäste untergebracht. Vielleicht begegnen wir uns noch einmal."

Die drei Fremden blickten ihr nach, bis sie zwischen den Baumstämmen verschwunden war.

„Also — ich muß schon sagen", begann die eine, „Ihre Dame hat wirklich eine gepflegte Sprache. Das hätte ich hinter ihr gar nicht vermutet."

„Habe ich es Ihnen nicht gesagt! Nun werden Sie staunen. Diese kleine, schlichte Frau hat oft im In- und Ausland vor Hunderten von Zuhörern gesprochen. Auch soll sie gedichtet haben, und manch ein wertvoller Artikel ist ihrer Feder entsprungen."

„Das hätte ich wirklich nicht gedacht."

„Sie hat in Berlin, in Hamburg, in Königsberg, Leipzig und Stuttgart und an noch vielen anderen Plätzen ihren Wirkungskreis gehabt. An ihrem Tisch haben Menschen vieler Nationen gesessen. Sie selbst hat an großen Kongressen in London, in der Schweiz, in Berlin nicht nur teilgenommen, sondern auch öffentlich gesprochen. Sie muß einen großen Einfluß ausgeübt haben."

„Diese unscheinbare Frau?"

„Ja! Wenn es Sie interessiert, will ich Ihnen gerne von unseren Gesprächen erzählen. Ich bin ihr bereits einige Male begegnet. Sie stand fast vierzig Jahre mit ihrem Mann im Missionsdienst der Heilsarmee."

„Ach, zur Heilsarmee gehört sie? Aber das sind doch meistens sehr primitive Leute!"

„Sehen Sie, nun sagen Sie doch primitiv. Es mag solche darunter geben, aber haben wir die nicht auch innerhalb unserer Kirche? Ist es recht, von den Heilsarmee-Leuten geringschätzig zu denken, weil sie sich der Verkommensten und Verachtetsten annehmen? Ist das nicht vielmehr ein Gebot Christi?"

„Na ja, das tut schließlich auch die Innere Mission und in der katholischen Kirche der Caritasverband. Muß man deswegen eine Uniform tragen?"

„Ich möchte Ihnen einmal etwas sagen. Wir, die wir uns Christen nennen, tun Unrecht, indem wir alle ablehnen, die nicht dieselbe Form bejahen, wie wir sie kennen."

„Ich bin nicht für Sekten, Gemeinschaften und Heilsarmee."

„Sie nennen alles in einem Atemzug. Sektierer sind solche, die das Unwesentliche zur Hauptsache machen."

„Was ist denn nach Ihrer Meinung das Wesentliche?"

„Jesus Christus natürlich. Wo er verkündigt wird als der Erretter der Menschheit, da wird man sich in ihm finden, auch wenn die Formen voneinander abweichen. Wir müssen uns vor geistlichem Hochmut hüten. Ich selber bejahe auch nicht alles, was in der Heilsarmee üblich ist. Aber sind wir mit allem einverstanden oder zufrieden, was in unserer Kirche geschieht?"

Bis dahin hatten sich zwei der drei Damen miteinander unterhalten. Nun mischte sich auch die dritte in das Gespräch ein.

„Ich gehöre weder zur Heilsarmee noch zur Landeskirche, sondern bin Glied einer Freikirche. Lange Zeit lebte ich in der Vorstellung, daß wir Gemeinschaftsleute den Kirchlichen etwas voraus haben. Bei uns wird zum Beispiel von Bekehrung gesprochen. Als ich in früheren Jahren einmal einen unserer Pastoren sagen hörte, die Gemeinschaften seien ein berechtigter Vorwurf gegenüber der Kirche, da stimmte ich dem zu; auch als er fortfuhr: ‚Hätte die Kirche reines Evangelium verkündigt, so wären die Gemeinschaften nicht entstanden.' Heute denke ich: Alles hat seine Zeit. Die Kirche hat ihre Aufgabe, die Gemeinschaften haben sie und ebenso die Heilsarmee. Dem einen kann das Tragen einer Uniform ein Auftrag und eine Hilfe sein, der andere fühlt sich besonders zur Art der Marienschwestern hingezogen. Schlimm ist eins: Daß wir, die wir an Jesus Christus glauben, durch Vorurteile oft schwer zueinander finden. Kürzlich hörte ich einen Ausspruch: Das Leben der Christen ist die Bibel der Ungläubigen. Wie sollen diese an uns glauben, wenn wir uns nicht einig sind? Lassen wir doch den einzelnen Gruppen und Kirchen ihre äußere Form oder Eigenart, wenn wir nur im Wesentlichen zusammenfinden. Aber hier haben wir uns wohl alle mehr oder weniger schuldig gemacht. Gehört die alte Dame noch immer zur Heilsarmee?"

„Sie ist pensioniert. Wie ich sie einschätze, steht sie über den verschiedenen Formen der Christen. Kommt man mit ihr in ein religiöses Gespräch, dann staunt man über ihre tiefe Erkenntnis."

„Ich weiß nicht. Mir imponiert es nicht, wenn Menschen ihr Christentum gewissermaßen im Schaukasten vor sich hertragen. Ich finde immer, ein wenig Zurückhaltung ist hier besser am Platz. Ich bin kein Freund von Frömmelei."

„Niemals würden Sie von der alten Dame den Eindruck haben, daß sie frömmelt. Vor einer solchen Überzeugungskraft verstummt man. Bei ihr geht es nicht um fromme Redensarten, sondern um erprobte Erfahrungen."

„Ich muß schon sagen, Sie machen mich wirklich neugierig. Diese Frau muß Sie doch sehr beeindruckt haben, sonst würden Sie nicht so warmherzig von ihr reden."

„Mir kam neulich der Gedanke, nachdem ich einige Male mit der alten Frau ins Gespräch gekommen war, daß man die Erfahrungen eines solchen Lebens festhalten und anderen zugänglich machen sollte."

„Glauben Sie wirklich, daß es Menschen gibt, die sich dafür interessieren?"

„Das will ich meinen! Wenn das Leben selber spricht, würde sicher mancher aufhorchen und sich wohl auch etwas sagen lassen. Sprechen wir doch am besten mit ihrer Tochter. Es müßte ihr, der Schriftstellerin, am leichtesten möglich sein, die Lebenserinnerungen der Mutter aufzuzeichnen."

„Allerdings, da haben Sie recht!"

Und so entstand dieses Buch.

„Ein Mädchen ist's. Wieder ein Mädchen!"

Die Frau in der weißen Schürze, die schon so vielen kleinen Erdenbürgern ins Leben hineingeholfen hatte, nickte der jungen Mutter ermunternd zu.

Ganz so jung war sie allerdings nicht mehr, die Lisette. Aber sie sah trotz der vier Kinder, die sie zur Welt gebracht hatte, noch recht gut und stattlich aus. Auch diese Geburt hatte das frische Rot ihrer Wangen nicht zu tilgen vermocht.

Lisette schloß die Augen und seufzte. Wieder ein kleines Mädchen. Was mochte diesem Kind beschieden sein? Würde ihm in seinem Leben auch so manches aus den Händen geschlagen werden — wie ihr, der Mutter?

Frau Bohle hatte das kleine Mädchen inzwischen gebadet und gewickelt. Sie legte es in den Arm Lisettens und ging dann mit festen Schritten zur Tür, öffnete sie und rief: „Friedrich Wilhelm, Sie können kommen. Ich gratuliere zur Tochter!"

Ein mittelgroßer Mann, der bis dahin — von Sorge getrieben — das Nebenzimmer durchquert hatte — immer hin und her, vom Fenster zur Tür und wieder zurück — stand mit wenigen Schritten am Bett seiner Frau. Er beugte sich zu ihr nieder, nahm ihre schmale Rechte in seine beiden Hände und sagte mit vor Bewegung zitternder Stimme nichts anderes als: „Lisette, Lisette!"

Sie öffnete die Augen und begegnete seinem Blick voller Liebe. „Bist du enttäuscht, Wilhelm, daß es wieder ein Mädchen ist?"

Er schüttelte den Kopf, und ein Strahl unaussprechlicher Freude traf sie aus seinen guten und klugen Augen.

„Daß es nur wieder ein Kleines ist, und daß es euch beiden gutgeht!" Trotz des heftigen Protests der Hebamme nahm der glückliche Vater sein Töchterchen von der Seite der Mutter weg in seine Arme. Dabei füllten sich seine Augen mit Tränen. Glücklich blickte er auf das kleine, schwarzlockige Geschöpfchen nieder.

„Kleines, kleines Mädchen, komm einmal zu deinem Vater. Soll sie nun wirklich Berta heißen, Lisette? Sie macht die Augen auf, und ob du's glaubst oder nicht, sie hat mich angelacht!"

Vorsichtig beugte er sich über das Neugeborene und küßte es ganz zart und behutsam auf die Wange.

Doch nun griff Frau Bohle energisch ein: „Friedrich Wilhelm, jetzt ist's genug! Außerdem muß Lisette Ruhe haben, und auch die Kleine hat jetzt nichts weiteres zu tun, als zu schlafen!"

Es blieb dem Manne nichts anderes übrig, als sich zu fügen.

Lisette schlummerte zwar für ein Weilchen ein, erschöpft von dem Vorausgegangenen, doch wartete sie vergeblich auf den tiefen, erquickenden Schlaf. Die Gedanken wollten sie wieder einmal nicht loslassen. Wie war es nur möglich, daß einerseits eine Woge heißer Liebe ihrem Mann entgegenflutete — wie vor wenigen Augenblicken, als er sich über sie gebeugt hatte — und andererseits ihr Herz sich ängstlich ausmalte — ohne daß sie es wollte — was unter Umständen die nächsten Stunden oder Tage für sie bringen könnten? Obgleich sie es gar nicht vorhatte, blätterte sie in dem Buch ihrer Vergangenheit, Seite für Seite. Ihr ganzes bisheriges Leben schien an ihr vorüberzuziehen.

Da war vor allem das Heimathaus, der elterliche Hof, der nach dem Namen des Besitzers in der plattdeutschen

Sprache einfach der Lepperhof genannt wurde. Erst als sie endgültig von zu Hause fortgegangen war, hatte Lisette gewußt, wie stattlich, schön und gepflegt dieser Besitz war. Wohl gab es in der Gegend reichere Bauern und größere Höfe, aber man konnte weit gehen, ehe man ein so sauberes und in jeder Beziehung vorbildliches Anwesen fand. Allein die Lage war unvergleichbar. Hoch oben vom Berg grüßte das weiße Wohngebäude mit dem leuchtend roten Dach ins Tal hernieder. Die angebauten Ställe und Scheunen machten einen ebenso geordneten Eindruck wie das Wohnhaus, vor dem eine alte Linde mit ihren weit ausbreitenden Ästen Schatten spendete. Eine ‚Putznärrin' hatten viele die Bäuerin genannt, weil sie nirgends ein Stäubchen duldete. Wahrlich sie, Lisette, hatte oft heimlich über die beinah krankhafte Ordnungsliebe der Mutter geseufzt und unter dieser fast ebenso gelitten wie unter ihrer strengen Art, die sie besonders im Kindesalter als fast unerträgliche Härte empfand.

Eine schöne und stattliche Frau war die Lepperhofbäuerin gewesen, und tüchtig wie keine zweite. Wie ihr ganzes Hauswesen, so bot auch sie immer ein Bild gepflegter Sauberkeit. Streng und kalt jedoch blickten ihre Augen, und ihr schmaler Mund war herb verschlossen. Kein unbedachtes Wort entschlüpfte ihren Lippen. Daß ihre Kinder sich oft nach einem Ausdruck der Zärtlichkeit sehnten, schien sie nicht zu merken. Sie liebte sie zwar auf ihre Art, besonders die gelähmte Tochter, aber es schien ihr unnötig, das zu zeigen oder gar Worte darüber zu verlieren. Sie erfüllte ihre Pflicht — ja, gewiß oft mehr als diese — und erzog die Kinder zu rechtschaffenen Menschen. Genügte das etwa nicht?

Über religiöse Dinge wurde ebensowenig gesprochen. Man gehörte zu seiner Kirche, war getauft worden und besuchte an besonderen Festtagen die Gottesdienste. Für den regelmäßigen Kirchgang war der Weg zu weit. Natürlich gingen die Kinder in den Konfirmandenunterricht. Die Mutter achtete streng darauf, daß ihre Kinder das Glaubensbekenntnis, die Choräle und was sonst noch von ihnen verlangt wurde, gut lernten. Man war konfirmiert worden und später kirchlich getraut, zwei- oder dreimal im Jahr ging man zum Abendmahl und rechnete auch mit einem kirchlichen Begräbnis, wenn es soweit sein würde. Sollte man mehr tun? Genügte das etwa nicht?

Lisette seufzte. Ob die Mutter nie geahnt hatte, daß sich im Innern ihrer Kinder eine Sehnsucht regte, die bei aller Arbeit, bei allem Fleiß und großer Pflichttreue in dem gepflegten, vorbildlichen Bauernhaus unbeantwortet blieb?

Der Vater, ja, der verstand es eher — dieser stille Mann mit den sinnenden Augen. Er sah aus, als wisse er selbst gar gut um diese Sehnsucht. Aber darüber reden? Nein, das war einfach nicht möglich. Man hatte eine seltsame Scheu davor, dem andern, auch dem allernächsten, nur einen Blick in sein Innerstes zu gewähren. Vielleicht wäre der Vater in seinen jungen Jahren mehr aus sich herausgegangen. Er besaß Gemüt und war nie anders als gütig, auch seinen Kindern gegenüber. Aber neben dieser herben und strengen Frau war er schweigsam geworden und lebte ein eigentlich einsames Dasein, ohne daß man hätte sagen können, daß die beiden Leute sich nicht verstanden hätten oder unglücklich gewesen wären.

Jetzt, wo Lisette zur Ruhe kam, sah sie in greifbarer Deutlichkeit eine Anzahl Episoden aus ihrer Kinder- und

Jugendzeit vor sich. Seltsam, daß man die Schönheit und Eigenart der Dinge erst richtig erkennt, nachdem man einen gewissen Abstand von ihnen genommen hat.

Sie sah sich an einem milden Sommerabend neben dem Vater auf der steinernen Bank unter der Linde sitzen. Der alle Zeit gütige und besinnliche Mann betrachtete ein Lindenblatt, das auf seiner flachen Hand lag, und wandte sich, nachdem beide eine lange Zeit schweigend nebeneinander gesessen hatten, seiner Tochter zu: „Sieh dieses Blatt, Lisette. Wie wunderschön in seiner Form und Äderung. Es ist ein Jammer, daß wir Menschen so sehr im Alltag untergehen, daß wir die Wunder, die sich täglich in tausendfacher Weise unserem Auge darbieten, nicht mehr wahrnehmen. Sieh, mein Kind, dieses Lindenblatt sagt mir, daß es keine Sinnlosigkeiten im Leben gibt, alles ist weislich geordnet, auch das vermeintlich Unberechtigte, Unverständliche. Wir müssen nur nicht erwarten, alles Geschehen begreifen zu können."

Eine unerhört lange Rede des sonst so schweigsamen Vaters, und weil es selten vorkam, daß er so sprach, hatte Lisette sie auch im Gedächtnis behalten.

Ihr Blick ruhte nun forschend auf dem Gesichtchen des im Waschkorb neben ihr schlafenden Kindes. Kleine Berta, was wohl deiner wartet? Wenn es keine Sinnlosigkeiten gibt, dann müßte eigentlich der Weg deines Lebens dir bereits vorgezeichnet sein.

Wieder entrang sich ein Seufzer ihrer Brust. War das auch bei ihr der Fall gewesen? Mußte sie diesen schweren Weg gehen, der sie in Tiefen führte, die sie selbst nie gewählt haben würde? War es das ihr von höherer Hand zugewiesene Schicksal? Ach, daß man mit keinem Menschen darüber reden, daß man sich nirgends Rat und Weisung holen konnte! Warum nur verschloß man selbst vor dem Nächsten schamhaft das Tor seines Innern? Warum war es ihr nicht möglich, mit Friedrich Wilhelm, dem Vater ihrer Kinder, der doch eigentlich um ihr ganzes Sein wissen mußte, über diese letzten Lebensfragen zu sprechen?

Bei ihm war es wie in ihrem Elternhaus. Man redete nicht über Dinge, die außerhalb des Greifbaren oder Sichtbaren lagen. Lisette meinte mit Sicherheit sagen zu können, daß auch ihr Mann im Innern solche Fragen bewegte. Er, der alles Schöne, Harmonische, Reine liebte, der es nie duldete, daß in seiner Gegenwart ein unschönes, gemeines Wort gesprochen wurde, obgleich er aus schlichten Verhältnissen kam und keine besondere Bildung genossen hatte, besaß natürlichen Herzenstakt. Das hatte sie gleich empfunden, als sie ihm zum ersten Mal begegnet war. Nie kam ein frivoler oder zweideutiger Scherz über seine Lippen. Es ging etwas von ihm aus, das lose Mäuler in seiner Gegenwart verstummen ließ.

Und doch seufzte Lisette aufs neue, als sie an ihn dachte. Unwillig schloß sie die Augen. Hatte sie sich nicht vorgenommen zu schlafen? Aber die Gedanken ließen sich nicht bannen. Wie schwarze Nachtvögel breiteten sie ihre Schwingen über ihr aus. Nein, sie wollte jetzt nicht an all das denken, was schon so namenloses Unheil über sie und ihre Familie gebracht hatte. Lieber rief sie die Bilder ihrer Kindheit wieder ins Gedächtnis zurück.

In strenger und doch wohltuender Ordnung wickelte sich auf dem Lepperhof ein Tag nach dem andern ab. Saat und Ernte, Freud und Leid, Leben und Tod. Es wurde als unabänderlich hingenommen. Pflichterfüllung bedeutete alles.

Weder Freude und Erfolg noch Leid und Enttäuschung warf die Menschen dort oben auf dem Berge aus dem Geleise. Es wäre Zeitvergeudung gewesen, nach dem Warum und Wieso zu fragen. Leicht war es für die Eltern natürlich nicht, daß das jüngste Kind, Julie, Lisettens kleine Schwester, nach vollendetem zweiten Lebensjahr durch eine Lähmung, die als Folge einer Kinderkrankheit auftrat, völlig kraftlos und hilflos geworden und je älter, desto mehr auf die Hilfe anderer angewiesen war. Aber in großer Selbstverständlichkeit hatte Lisette die Schwester jahrelang mit einem großen Leintuch auf ihrem Rücken festgebunden, so zur Schule getragen — eine ganze Stunde weit — und das im kalten Winter; denn während der Sommermonate war es aus Zeitmangel und wegen des Fehlens anderer Arbeitskräfte nicht möglich, die Schule zu besuchen. Die Bestellung der Felder, die Arbeit im Garten, im Stall und in den eigenen Wäldern waren wichtiger. Dafür wurde jede Kraft gebraucht. So war Lisette herangewachsen in einer zwar geordneten, aber herben und entbehrungsreichen Kindheit und Jungmädchenzeit. Und dann waren die schweren Kriegsjahre 1864/66 über sie alle hereingebrochen, die für das ganze Volk Not und manchen Verlust mit sich brachten.

Eines Tages war es der freudehungrigen Lisette zu eng geworden auf dem elterlichen Hof, da auch der junge Bergerhof aus dem Kirchdorf ernstlich vom Heiraten sprach. Die Jugend der umliegenden Dörfer war an den Herbst- und Winterabenden in den Spinnstuben zusammengekommen. Man hatte neben der Arbeit gescherzt und gelacht, und da erst war es Lisette eigentlich zum Bewußtsein gekommen, daß sie glücklicherweise noch erfreulich jung war und daß schließlich noch etwas anderes auf sie wartete als nur die strenge Rechtlichkeit und Pflichterfüllung im Elternhaus, wo man nichts, aber auch gar nichts mehr vom Leben zu erwarten schien. Als die Mutter erfahren hatte, daß Fritz Bergerhof ihre Tochter Lisette am Abend wiederholt von der Spinnstube nach Hause begleitete, hatte sie einen Augenblick in ihrer Arbeit innegehalten, die Stirne hochgezogen und das errötende Mädchen forschend angeblickt. Nach einem Augenblick eisigen Schweigens hatte sie gefragt: „Was ist mit euch beiden?"

Lisette hatte in Trotz und gleichzeitiger stolzer Genugtuung den Kopf zurückgeworfen und begegnete dem Blick der Mutter frei. „Fritz Bergerhof ist ein anständiger Bursche. Er hat einen guten Ruf. Kein Mensch kann ihm etwas Unrechtes nachsagen. Zudem sieht er ordentlich aus und hat beim Straßenbau sein Einkommen. Er will mich heiraten. Deshalb ist's wohl an der Zeit, daß ich in Stellung gehe, um mir meine Aussteuer zu verdienen."

„Wir werden es heute mit dem Vater besprechen", war die gelassene Antwort der Mutter gewesen. Weiter hatte man im Augenblick nicht darüber gesprochen. Auch jetzt ging die Arbeit vor. Nie wäre es der Bäuerin eingefallen, mit der Tochter über Liebe und gegenseitige Zuneigung zu sprechen, die doch Grundlage einer harmonischen Ehe sein müßte. Gegenseitige Achtung war nach ihrer Meinung die erste Bedingung. Daraus konnte ohne weiteres Zuneigung oder gar Liebe entstehen, aber es wäre undenkbar gewesen, darüber zu reden.

Lisette war es damals klar, daß sie nicht im elterlichen Haus bleiben konnte. Der Hof vermochte nicht alle sechs Kinder zu ernähren. Wohl war er in gutem und geordnetem

Zustand. Im Stall stand prächtiges Vieh. Die Äcker waren erträglich. Aber es fehlte an Bargeld. Julchen, der gelähmten Schwester, war das Leben verschlossen worden. Ihr stand das erste Recht zu, auf dem Hof zu bleiben, und sie, Lisette, hatte es ihr auch nie geneidet. Sie war gesund und kräftig. Der Spiegel, in den sie allerdings nur heimlich zu blicken wagte — die Mutter hätte solche Hoffart nie zugelassen — hatte ihr oft genug verraten, daß sie ein frisches, ansehnliches Gesicht und eine schöne Gestalt besaß. Um ihre prächtigen Zöpfe wurde sie von manchen Mädchen beneidet.

Wie oft hatte sie damals am Abend, wenn man es endlich wagen durfte, die Arbeit aus der Hand zu legen, hinter dem Haus gestanden und sehnsuchtsvoll hinab ins Tal geblickt, in die Weite, die so verheißungsvoll lockte. Sie hatte sich nach dem Leben, dem wirklichen, vollen Leben gesehnt, dessen Tore einmal auch ihr offen stehen mußten. Die Ernüchterung war natürlich nicht ausgeblieben. Gewiß, es war ein prächtiger Hof gewesen, auf dem sie Stellung gefunden hatte. Achtzehn Stück Vieh standen in dem Stall. Die Bauersleute waren gut zu ihr, aber arbeiten mußte sie wie nie zuvor im Leben. Also gab es das in noch weit stärkerem Maße als zu Hause. Sie hatte Tage erlebt, an denen sie keine Zeit fand, ihre langen Zöpfe frisch zu flechten; und wenn sie sich auch der Anerkennung freute, die ihr der Bauer wegen ihres Fleißes aussprach, so litt sie doch oft darunter, nichts anderes als ein Arbeitstier zu sein. Desto stärker wurde deshalb die Sehnsucht nach einem eigenen Hausstand.

Fritz Bergerhof war der Meinung gewesen, daß sie sich eine leichtere Stelle suchen solle, einen Platz, wo sie die gute Küche erlernen könne. Ein solcher hatte sich auch gefunden. Aber schon nach einem weiteren Jahr hatte Fritz einen erneuten Wechsel für nötig gehalten. „Jetzt kommst du zu mir. Wir heiraten."

Die Eltern waren einverstanden gewesen. Für kurze Zeit kam Lisette noch einmal nach Hause, um die Vorbereitungen zur Hochzeit zu treffen. Sie hatte mit ihrem Verlobten die sogenannten Aussteuerbesuche bei Verwandten und Bekannten gemacht. Überall gab man dem jungen Paar ein Bündel Flachs oder Schafwolle. Ein großmächtiges, grobes Leintuch war schließlich prall gefüllt. Gesponnen und gewoben wurde selbst. Als die jungen Leute schließlich am Ziel ihrer Wünsche anlangten, konnten sie einen recht ordentlichen Anfang machen.

Und dann kam das Leben, nach dem Lisette sich gesehnt hatte. Es brachte Liebe und Leid, Sehnsucht und Erfüllung, doch brachte es nicht die Stimmen zum Schweigen, die nach mehr verlangten. Was war es nur, das sie nicht zur Ruhe kommen ließ? Sie hatte nun doch erreicht, was sie erstrebte: Sie war die Frau des Mannes geworden, den sie liebte. Nach einem Jahr schenkte sie ihm ein Mädchen. Dann kam Fritz, der erstgeborene Sohn. Ihre Ehe war das, was man glücklich nennt. Aber wirklich von Herzen froh war Lisette dennoch nicht. Machte sich die Art der Mutter in ihr bemerkbar, die nur ein Lebensziel kannte: arbeiten, arbeiten, Besitz erwerben, ihn erhalten und möglichst vergrößern.

„Fritz, ein eigenes Häuschen sollten wir haben, und wenn es noch so klein wäre. Ein paar Kühe im Stall, ein paar Äcker. Sieh, man wüßte doch, wofür man arbeitet. Man könnte den Kindern eine Heimat schaffen." Tränen hatten in ihren Augen gestanden, als sie es sagte.

„Ich habe gar nicht gewußt, wie schwer es ist, in der Stadt zu leben. Kannst du verstehen, daß die Häusermassen mich bedrängen? Kein noch so kleines Gärtchen haben wir, in dem unsere Kinder spielen können. Ach, Fritz, wie gerne möchte ich Tag und Nacht arbeiten! Ich bin stark und gesund, doch muß ich wieder Erde statt Steine unter den Füßen haben. Und ein Tier, das ich betreuen kann. Die Stadt tötet mich."

Erschrocken hatte Fritz Bergerhof diesen Gefühlsausbruch seiner jungen Frau über sich ergehen lassen. Daß sie nur ungern mit ihm in die Stadt gezogen war, hatte er gewußt. Aber von diesem unstillbaren Heimweh hatte er nichts geahnt.

„Ein eigenes Häuschen", wiederholte er sinnend. „Lisette, du weißt, das ist nicht so einfach. Bedenke die Teuerung im Land. Aber was in meiner Kraft steht, will ich tun, um dir zur Erfüllung dieses Wunsches zu verhelfen." Er schwieg und blickte sinnend in die Ferne. Ob er ahnte, daß er bald sein eigenes Häuschen haben würde, ein Haus, gezimmert aus kahlen Brettern, das er ganz allein bewohnen und in dem man ihn auf den Friedhof tragen würde?

Kaum drei Jahre war Lisette verheiratet gewesen, als sie Witwe wurde. Fritz Bergerhof hatte auswärts gearbeitet. Eines Abends kam er sehr ermattet nach Hause und erzählte seiner bestürzten Frau, daß in einer Familie, in der er heute zu tun hatte, die schwarzen Pocken ausgebrochen seien.

„Um alles in der Welt, Fritz, denke, wenn du sie ins Haus schlepptest und die Kinder davon befallen würden!" Aber die Kleinen blieben verschont. Dafür stand Lisette acht Tage später am Totenbett ihres Mannes.

Das Neugeborene im Waschkorb begann zu schreien. Kräftig und fast ein wenig gewalttätig erhob es seine Stimme. Leise wurde die Tür geöffnet. Frau Bohle erschien und beugte sich in gespielter Entrüstung über Berta.

„Du böser kleiner Schreihals! Hast du jetzt deine arme Mutter wieder aufwecken müssen, wo ihr doch der Schlaf so gut tut?"

„Lassen Sie nur, Frau Bohle", lenkte Lisette ein. „Die Kleine wird sich schon wieder beruhigen. Aber jetzt holen Sie doch den Fritz und die Anna einen Augenblick herein, damit sie ihr neues Schwesterchen begrüßen können. Julchen ist noch zu klein, die versteht noch nichts von dem großen Ereignis."

Frau Bohle stieg brummend die Treppe hinauf. Solch ein Getue mit den Kindern! Als wenn sie nicht früh genug den kleinen Schreihals zu sehen bekämen. Und außerdem wird's bestimmt nicht das Letzte sein.

Oben angekommen aber setzte sie eine feierliche Miene auf.

„Fritzchen, komm her, laß dir die Nase putzen. Anna, dein Schuh ist auf. Was, du kannst ihn noch nicht selbst binden, wo du doch schon bald sechs Jahre alt wirst? So, nun gebt mir die Hand. Jetzt ganz leise auf Zehenspitzen. Was meint ihr denn, was es unten bei der Mutter zu sehen gibt?"

„Ein Schwesterchen", erwiderte Anna prompt. „Die Langentante hat es gesagt, der liebe Gott hat es geschickt."

„Natürlich die", murrte Frau Bohle in sich hinein und schluckte die Geschichte vom Klapperstorch, die sie für solche Fälle so schön bereit hielt, verärgert hinunter.

„Na schön, also der liebe Gott."

Und dann hatte der dreijährige Fritz mit seiner älteren Schwester ehrfürchtig staunend vor dem Waschkorb gestanden.

Anna bewunderte als erstes die schwarzen Haare des neuen Schwesterleins. „Ganz richtige Locken hat sie", während der kleine Bruder fast scheu über die blasse Hand der Mutter streichelte und fragte: „Stehst du nicht auf, Mutter? Komm doch, Fritz hat Angst, wenn Vater kommt!"

Frau Bohle hatte die Kleinen wieder herausgeholt.

„Die Mutter muß Ruhe haben!"

Aber Lisette fand auch jetzt keine Ruhe. Die Worte des Kindes, die aus seinem zagenden Herzchen gekommen waren, klangen in ihrem Innern nach: Fritz hat Angst, wenn Vater kommt!

Das war es ja gerade, was sich immer wieder wie eine fast unerträgliche Last auf sie legte. Konnte es denn möglich sein, daß man einen Menschen, den man von Herzen liebte, auch gleichzeitig fürchten mußte? Ja, sie wußten alle von dieser Angst vor dem Vater, sie und auch die Kinder. Und sie bangte, ob die Angst eines Tages nicht stärker sein würde als die Liebe. Wie sollte es dann weiter gehen? Wie war das nur gekommen?

Nachdem ihr erster Mann so jäh von ihrer Seite gerissen worden war, hatte Lisette geglaubt, niemals wieder einem andern die Hand zur Ehe reichen zu können. Aber da waren die zwei Kinder gewesen. Es blieb ihr keine andere Wahl, als entweder diese fortzugeben und sich Arbeit zu suchen oder aber mit ihnen auf den elterlichen Hof zurückzukehren. Das letztere wollte sie nicht. Julie, die gelähmte Schwester, wurde — wahrscheinlich als Folge ihrer Krankheit — immer reizbarer und eigentümlicher. Eine fast krankhafte Putzsucht hatte sich ihrer bemächtigt. Ehe sie ein Stäubchen in ihrer Nähe duldete, rutschte sie mit einem Lappen auf dem Fußboden herum und tyrannisierte so ihre Umgebung nicht wenig mit einem übertriebenen Reinlichkeitseifer. Lisettens Vater hätte sich gewiß an den beiden Enkelkindern gefreut, aber die Verhältnisse waren durch den Krieg 1870/71 nicht besser geworden. Nein, sie wollte sich mit ihren Kindern nichts schenken lassen. Sie wollte nicht von Almosen leben. Sie war gesund und konnte arbeiten. Und selbst damals hatte sie den Traum vom eigenen, wenn auch noch so kleinen Häuschen nicht aufgegeben.

Lisette war noch immer eine stattliche junge Frau. An Bewerbern hatte es deshalb nicht gefehlt. So lernte sie einen Handwerker kennen, einen stillen, fleißigen Menschen, der in der nächsten Nachbarschaft im Hause seiner Schwester wohnte. Seine ersten Annäherungsversuche hatten nicht einmal der jungen Witwe, sondern ihren zwei Kindern gegolten. Er war ein richtiger Kindernarr. War es Anna mit ihrem zutraulichen Plaudern, die ihm, der so still und fast zur Schwermut neigend aus dem Krieg zurückgekehrt war, das Herz aufgetan hatte? Nach all dem unsagbar Schweren, das er hatte durchmachen müssen, glaubte er damals, nie wieder richtig froh werden zu können. Seine rechte Hand war ihm durchschossen worden. Man hatte sie ihm amputieren wollen. Doch dagegen hatte er sich mit aller Gewalt gewehrt, und da es bei Kriegsende war und er ohnehin entlassen worden wäre, verließ er das Lazarett auf eigene Verantwortung und versuchte seine Hand dadurch zu heilen, daß er wochenlang Umschläge mit Lehm anwandte. Sein größtes Unglück aber war, daß er sich in jener Zeit der Not das Trinken angewöhnt hatte. Zwar nahm er nie übermäßig Alkohol zu sich, doch sein durch das Kriegserleben geschwächter Körper ertrug auch die kleinste Menge nicht. Auf diese aber wollte er nicht verzichten, und so durchlebte er und mit ihm seine Familie manche notvolle Stunde. Oft erzählte er später von der Zeit, als sein Regiment in Frankreich so aufgerieben und heruntergekommen war, daß die Soldaten in Ermangelung von brauchbaren Uniformen sich alle nur möglichen Kleidungsstücke aneigneten. Als Kaiser Wilhelm I. diesem Regiment einen unerwarteten Besuch abstattete, fand er seine Soldaten in einer unglaublichen Verfassung vor: mit langen wilden Bärten, von Hunger ausgemergelt und in ungenügender Kleidung, etliche sogar in Frauenröcken. Mit Tränen in den Augen soll der Kaiser ausgerufen haben: „Mein Gott, wie sehen die Kerle aus!"

Diese schweren Zeiten hatten auch im Leben Friedrich Wilhelms die Grundfesten erschüttert. Wie oft stand Lisette vor einem für sie unlösbaren Rätsel. Von einem Augenblick zum andern konnte aus dem gütigen, besorgten und alles Unschöne ablehnenden Manne ein unberechenbarer, vollkommen unbeherrschter Mensch werden, der schrie, tobte, ja manchmal sogar gewalttätig wurde, so daß man beinah den Eindruck gewann, er sei seiner Sinne nicht mehr mächtig. Und das alles schon, nachdem er nur eine ganz geringe Menge Alkohol zu sich genommen hatte.

Ohne eigentlich ein Trinker zu sein, brachte er auf diese Weise namenlose Not über seine Familie und nicht zuletzt über sich selbst; denn wenn er nach einem solchen Delirium zu sich kam, überfielen ihn unsagbarer Jammer und große Scham, so daß er sich am liebsten von allen zurückgezogen hätte und in die Einsamkeit geflüchtet wäre.

Nicht nur die Eltern der kleinen Berta hatten voller Freude und Erwartung der Geburt des Kindes entgegengesehen, sondern ebenso die Mitbewohnerin, Frau Lange, von den Kindern die Langentante genannt. Als das junge Ehepaar mit den drei kleinen Kindern auf den Eulenhof gezogen kam — Lisette hatte das Leben in der Stadt tatsächlich nicht länger ertragen — war sie seit dem ersten Tag, an dem sie mit ihnen unter einem Dach wohnte, bemüht gewesen, Lisette mit Rat und Tat zur Seite zu stehen, ohne sich dabei aufzudrängen. Sie hatte eine Aufgabe darin gesehen, sich ihrer helfend anzunehmen, besonders aber, als sie das Unglück erkannte, das auf der Familie lag. Lisettens Stolz ließ es zwar nicht zu, daß sie von der Hilfe anderer lebte. Nie hätte sie zu einem Fremden über das gesprochen, was sie glaubte allein durchkämpfen zu müssen. Es wäre ihr wie ein gemeiner Verrat dem Manne gegenüber vorgekommen, den sie trotz allem liebte, hätte sie auch nur einmal über ihn geklagt. Aber die Not war eben doch nicht zu verbergen gewesen.

Frau Lange gehörte außerdem zu den Menschen, die in feiner, natürlicher Herzensbildung anderen die Hand zur Hilfe reichen, ohne indiskret zu werden. Vielleicht verstand sie das Leid des Nächsten, weil sie selber Leid trug, allerdings ein anderes als Lisette, doch war es ebenso schwer und einschneidend. Wohl nur der weiß Tränen anderer zu trocknen, der selbst solche geweint hat. Frau Lange war glücklich verheiratet. Fünfmal hatten ihr Mann und sie sich auf ein Kind gefreut, und jedesmal war es eine bittere Enttäuschung geworden. Jedesmal starb es bei der Geburt. Die Ärzte waren ratlos, die Eltern fast verzweifelt, und doch hofften sie weiter. Frau Lange konnte es nicht glauben, daß sie vom Glück des Mutterseins ausgeschlossen sei. Als Lisette ihr viertes Kind erwartete, sagte sie einmal, daß mit den Kindern nicht nur Glück, sondern auch Sorge und manchmal bitteres Herzeleid komme. Da erwiderte Frau Lange mit sehnsuchtsschweren Augen: „Wie gerne würde ich beides auf mich nehmen, Glück und Leid. Ich gebe die Hoffnung nicht auf."

Über dem Dasein der leidgeprüften Frau lag jedoch ein fast überirdisches Leuchten. Eine tiefe Frömmigkeit erfüllte sie. Die ließ sie alle Geschehnisse von einer höheren Warte aus erkennen und beurteilen. Wie hätte sie sonst das große Leid ihres Lebens ertragen können! Fünfmal war sie nun vergeblich durch die Monate des Wartens und Hoffens mit all ihren Mühsalen gegangen, hatte jedesmal die Bangigkeit der Geburt fast bis zur Unerträglichkeit durchlebt und dann doch immer wieder ein totes Kind zur Welt gebracht. Allein ihr Glaube, ihr lebendiges Christentum, das bei ihr nicht nur Formsache oder Tradition war, bewahrte sie vor dem Verzweifeln.

Nun ergoß sich ihre ganze Liebe über das neugeborene Kind in ihrem Haus. Die kleine Berta wurde ihre Patentochter, über die sie von der ersten Stunde ihres Daseins an betende Hände faltete.

Die Atmosphäre, die diese Frau verbreitete, wurde auch von Lisette wohltuend empfunden. In ihr erwachten Erinnerungen an eine Zeit, in der sie als junges Mädchen, von anderen eingeladen, regelmäßig eine christliche Versammlung besucht hatte und von dem dort Gehörten stark beeindruckt worden war. Hatte sie mit ihrer Familie darum auf den Eulenhof kommen müssen, damit — angeregt durch diese Frau, die sich ihrer in so mütterlicher Weise annahm — die Saiten ihres Innern, die verstummt schienen, wieder zu klingen begannen?

Im Garten hinter dem Haus stand ein kleines Mädchen in kurzem roten Röckchen und beugte sich voller Interesse und Neugierde über ein bewegliches längliches Etwas, das zu seiner Verwunderung eben aus der Erde gekrochen war. Schwarze Locken fielen dem Kind über das gespannte Gesicht. Unwillig warf es das Köpfchen zurück. Es mußte doch sehen, was sich da unten vor seinen Füßen abspielte! Ob das Ding schreien konnte? Die kleine Berta hob ein spitzes Stöckchen von der Erde auf — aber obwohl sie das Tier vorne, hinten und in der Mitte piekte, gab es keinen Laut von sich. Doch es begann sich zu krümmen und bewegte sich immer schneller. Da regte sich in dem kleinen Mädchen etwas von Gewalttätigkeit, von der Lust zu quälen. Mit ihren derben Schuhen trat Berta auf das sich windende Tier am Boden. Schrie es immer noch nicht?

Dafür wurde eine andere, ernste Stimme plötzlich vernehmbar: „Kind, was tust du da?" Erschreckt fuhr das kleine Mädchen zusammen. Schuldbewußtsein drückte sich aus auf seinem tief geröteten Gesichtchen, die Hände versteckte es in großer Verlegenheit auf dem Rücken, nachdem ihnen das spitze Stöckchen lautlos entglitten war. Daß es ein Regenwurm war, den es gequält hatte, wußte das Kind damals noch nicht. Aber daß es damit ein Unrecht begangen hatte, das war Berta klar, noch bevor die Langentante sich neben ihr zur Erde niederbeugte, auf das gepeinigte Tier am Boden deutete und nun von dem armen Würmchen sprach, das so furchtbare Qualen ausstehen mußte, weil die kleine Berta Freude daran fand, ein Tier zu quälen.

Und der liebe Gott, von dem es in dem Liede heiße, daß seine starke Hand die Welt und alles was darinnen ist, erhält, der habe nicht nur Sonne, Mond und Sterne, nicht nur Bären und Löwen, Pferde und Kühe und zuletzt die Menschen, sondern auch den armen kleinen Regenwurm erschaffen.

Berta warf aus ihrem Lockengewirr einen scheuen Blick zum Himmel empor. Sehr unbehaglich, daran zu denken, daß man ihr vom Himmel herunter zugeschaut hatte. Sie hätte sich gar nicht gewundert, wenn die Wolken auseinandergeschoben worden wären und des lieben Gottes ernstes Gesicht erschienen und seine Stimme zu hören gewesen wäre. Gewiß würde diese Stimme noch viel ernster fragen als die der Langentante, wie sie dazu käme, so böse zu sein. Doch der Himmel tat sich nicht auf.

Stattdessen faßte die Langentante nach Bertas Hand. „Du hast dem armen Würmchen sehr wehgetan. Sieh, es blutet aus vielen Wunden. Das Würmchen kann nie mehr im Leben wieder froh werden. Kein Doktor auf der ganzen Welt kann es wieder gesund machen, und sieh, Berta, es kann nicht einmal sagen, wo es ihm wehtut."

Des Kindes Augen füllten sich mit Tränen, es schämte sich, daß es sogar gewünscht hatte, der Regenwurm möge schreien, ganz laut schreien — und nun war der Bedauernswerte sogar stumm.

Doch was jetzt folgte, das war das Allerschlimmste. Die Langentante verlangte, daß Berta solange auf dem

Regenwurm herumtrete, bis dieser ganz mausetot war. Ein hilfloses Tier dürfe man nicht leiden lassen. Das Kind, so klein es auch war, begriff schon vollkommen: Wenn kein Doktor den verwundeten Wurm wieder heilen konnte, war es besser für ihn, ganz tot zu sein. Aber schrecklich war es trotzdem. So biß es die Zähnchen aufeinander, kniff die Augen fest zu und trampelte mit den beiden Füßen auf dem also geplagten Wurm herum, bis Reue und Verzweiflungstränen über das zerknirschte Gesichtchen strömten und das derart gestrafte Kind endlich in den Armen der Patentante landete, wo es hoch und heilig beteuerte, nie wieder etwas so Furchtbares tun zu wollen.

War es nun dieses Erlebnis, das einen so großen Eindruck auf das Kind gemacht hatte, oder die von der Mutter auf die Tochter übergegangene Tierliebe — jedenfalls fügte Berta nie mehr im Leben einem Tier Leid zu. Bis ins hohe Alter hinein hegte sie eine große Liebe zu der hilflosen Kreatur.

Sie mochte einige Jahre älter sein, als sie ein junges totes Mäuschen fand, das sie in ein großes grünes Blatt legte und stundenlang herumtrug, es allen, die ihr begegneten, zeigte und sich nicht entschließen konnte, es zu begraben. Als das dann doch unvermeidlich wurde, gab es eine ergreifende Trauerfeier mit Ansprachen und Gesängen.

Höchstes Glück bedeutete es für Berta, als Mutters Vater ihr und ihren Geschwistern einige Jahre später ein junges Ziegenlämmchen schenkte. Berta ließ es nicht aus den Armen auf dem weiten, beschwerlichen Weg, mehr als eine Stunde den Berg hinunter, obwohl das Tierchen ihr in großen Nöten die Schürze naßmachte. Auch als etliche Hunde in den beiden Dörfern, die die Kinder auf ihrem Heimweg durchqueren mußten, schnuppernd und bellend hinter ihnen herliefen, setzte sie das Ziegenlämmchen nicht ab, sondern trug es fürsorglich nach Hause, um es dort täglich treu zu versorgen.

Etliche Jahre vorher war es gewesen. Es regnete in Strömen. Große Pfützen bildeten sich auf der Straße, über die ein kleines Persönchen aufgeregt hastete. Ein wenig ängstlich schaute es sich um, andererseits schien es genau zu wissen, was und wohin es wollte. Jetzt lief das Kind den Wiesenweg hinunter und dann über das Brücklein. Die kleine Stirn zog sich kraus, erhellte sich aber im nächsten Augenblick. Berta hatte entdeckt, wen sie suchte. Zwei Männer kamen ihr entgegen, eifrig in ein Gespräch vertieft. Plötzlich stutzte der eine und beschleunigte darauf seine Schritte. War das nicht Berta, seine kleine, wilde Hummel? Was tat das Kind hier allein auf der Straße? Wie leicht hätte ihm etwas passieren können! Es mußte schon etwas Besonderes geschehen sein, das die Kleine veranlaßte, zum ersten Mal allein diesen weiten Weg zu gehen. Ein paarmal rutschte sie aus und fiel in eine der Wasserpfützen. Mit ein paar Sätzen war der Vater bei ihr, hob sie zärtlich auf seine Arme, unbekümmert um den Nachbarn, der in keinem so innigen Verhältnis zu seinen Kindern stand. Erleichtert aufatmend schlang Berta die Arme fest um den Hals des Vaters.

„Was ist?" fragte dieser. „Warum läufst du mir entgegen?"

Und dann kam es heraus, wohl noch ein wenig ängstlich und doch so vertrauend: „Das Schüsselchen, das Schüsselchen, das schöne mit dem blauen Rand ist mir aus den Händen gefallen und entzweigesprungen."

Über das Gesicht des Vaters huschte ein Lächeln. Er kannte ja seine Lisette, die nicht viel Federlesens machte. Sie, die Tochter der Lepperhofbäuerin, war der Mutter am ähnlichsten, rasch und kurz angebunden. Er meinte zu hören: „Berta, laß das Schüsselchen stehen!" Aber es lockte zu sehr, das glatte schöne Ding mit den blauen Streifen in die Hand zu nehmen — und dann war es passiert. Voller Entsetzen hatte das Kind auf die Scherben zu seinen Füßen geblickt, ratlos — was nun? Aber um diese Zeit mußte ja der Vater kommen. Hier allein war Hilfe zu erwarten. Also hatte sich das kleine Mädchen auf den Weg gemacht und war mit dem selbstverschuldeten Kummer an das Herz des Vaters geflüchtet.

Der Nachbar warf dem kleinen Persönchen drohende Blicke zu. „Eigentlich gehört dir eine Tracht Prügel, daß du einfach davonläufst." Aber der Vater ließ ihn reden und drückte sein Töchterchen nur fester an sich. Kein Wort sagte er, aber in seinem Innern war es wie immer lebendig. Gar nichts Besseres konnte das verängstete Kind tun, als zu ihm, dem Vater, zu flüchten.

Ach, wer es auch so könnte! Friedrich Wilhelm war kein frommer Mann. Er besuchte keine Kirche. Eigentlich war er katholisch gewesen. Als kleiner Junge hatte er als Meßdiener in der Kirche dem Pfarrer geholfen. Aber je mehr er kritisch die vielen Äußerlichkeiten und Formen begutachtete, desto mehr fühlte er sich abgestoßen und wurde bitter und damit ungerecht; denn sonst hätte er trotz allem auch das erkennen müssen, was hinter den Formen stand. Aber Gemüt besaß er und ein weiches, dem Guten zugeneigtes Herz. Ja, wenn man so mit den Scherben seines Lebens an das Herz des Vaters flüchten könnte, wie seine kleine Berta zu ihm gekommen war, dann wäre noch Hoffnung. Doch wie sollte er den Weg dahin finden? — Nach Jahren war es gerade diese seine Tochter, die ihm den Weg wies zu dem einen, der der Weg, die Wahrheit und das Leben ist, ohne den niemand zum Vater findet.

Es war seltsam mit Friedrich Wilhelm. Zwei Welten schienen sich in ihm zu vereinen. In der einen regierte die Güte, die Freude an allem Schönen und Guten. Was war es zum Beispiel für ein Fest, wenn er am Sonntagmorgen mit seinen Kindern in den Wald zog, um die ersten Schlüsselblumen und Anemonen zu suchen. Wie liebte er es, wenn seine Jungen und Mädchen, die alle sehr musikalisch waren, zwei- und dreistimmige Lieder sangen. Wie wichtig war es ihm, daß sie sich gut und gesittet benahmen. Er duldete kein häßliches Wort bei ihnen, und wie war er besorgt, daß keinem ein Leid zustieß. Wurden sie geschickt, eine Besorgung im Nachbardorf zu machen, so führte der Weg am nahen Weiher vorbei. War der Vater dann gerade zu Hause, konnten die Kinder sicher sein, daß er stehenblieb und ihnen nachblickte, bis sie an der gefahrvollen Stelle vorüberwaren. Wehe, wenn sie es wagten, am Rand des Wassers zu verweilen! Dann genügte sein drohender Finger oder sein warnender Pfiff, um sie an sein Verbot zu erinnern.

Des Vaters größtes Glück war immer das jeweilig Kleinste, das noch in der Wiege lag. Er konnte nicht genug Kinder um sich haben, und sie liebten ihn alle innig.

Aber sie mußten es auch erleben, wie diese Liebe zeitweise umschlug in schreiende Angst und lähmendes Entsetzen. Das geschah, wenn der Dämon über ihn kam, der in eine kleine Flasche gebannt war. Wenige Schlucke genügten, und der gütige, besorgte Vater verwandelte sich in einen Rasenden, vor dem man flüchten mußte, der mit dem Beil um sich schlug, weil er sich im Krieg wähnte und gegen unzählige Feinde sich wehren zu müssen glaubte.

Und doch liebten sie ihn alle immer wieder und weinten über diesen Jammer seines und ihres Lebens, an dem er selbst am schwersten trug. Jedesmal danach kam die Scham über ihn, so gewaltig, daß er es nicht vermochte, bei den Seinen zu bleiben. Er suchte in solcher Verfassung einsame Waldwege auf, machte weite Gänge und verzweifelte fast an sich selber. Er, der sonst gerechte, saubere und vorbildliche Mann verabscheute sich und sein Tun und wurde doch nicht frei.

Jahre gingen dahin, bis er seiner Tochter Berta einen Blick in sein aufgewühltes Innere gewährte. —

Etwa fünf Jahre alt war Berta, als sie die erste bewußte Begegnung mit dem Tod hatte. Es war Abend. Das kleine Mädchen war zu Bett gebracht worden. Die Mutter beugte sich zu ihm nieder. „So, Kind, nun wollen wir beten."

Aber die Kleine weigerte sich eigenwillig. „Die Langentante soll heute abend wiederkommen."

Von klein auf war sie gewöhnt, daß die Patin ihr Gutenacht sagte, mit ihr betete und ihr noch ein Stückchen Zucker, einen Zwieback oder ein Butterbrot in die Hand drückte. Die ersten Schritte Bertas waren zur Langentante hinaufgegangen. Als das Kind noch nicht laufen konnte, kroch es auf Händen und Füßen zu der über alles geliebten Tante in den oberen Stock. Auf ihrem Schoß sitzend lernte Berta die Hände falten, den Sternenhimmel bewundern, die Schuhchen zum ersten Mal binden, kleine nette Verslein aufsagen und Kinderliedchen singen. War sie krank oder wurde sie am Abend zu Bett gebracht, brauchte die Mutter nur mit dem Handfeger an das Ofenrohr zu klopfen, und schon kam die Patin. Sie hatte ja viel mehr Zeit und Ruhe als die Mutter.

Und nun wartete das Kind schon einige Tage vergebens auf das Erscheinen der Tante. Berta weigerte sich, mit der Mutter zu beten. Sie schlug sogar mit der Hand nach ihr. „Die Langentante soll kommen!"

Sonst hätte die Mutter gewiß kurz angebunden mit einem energischen Klaps geantwortet, aber heute war sie eigenartig still.

„Die Langentante schläft. Sie kann nicht zu dir kommen."

„Aber sie soll nicht schlafen", schrie das Kind, „sie soll aufstehen und zu mir kommen." Ganz wütend war die Kleine und empört, so vernachlässigt zu werden. Sie war es gewöhnt, bei der Tante als Hauptperson zu gelten. Dann aber hielt sie auf einmal mitten in ihrem Zornesausbruch inne.

Die Mutter weinte. Lautlos rannen die Tränen über ihr nun schon von etlichen Furchen durchzogenes Gesicht, und Berta glaubte, ihre Ungezogenheit sei die Ursache dazu. Erschrocken legte sie sich in ihre Kissen zurück und sagte kein Wort mehr.

Die sonst so herbe Mutter beugte sich über ihr Töchterchen und streichelte ihm die schwarzen Locken aus der Stirne. Berta wagte nicht, die Tränen von dort wegzuwischen, die aus Mutters Augen auf sie niedergefallen waren. Warum auch mußte sie immer wieder so zornig werden! Sie hatte der Langentante doch versprochen, ein liebes Kind zu sein.

An diesem Abend wurde gar nicht gebetet. Am nächsten Tag trug die Mutter ein schwarzes Kleid, und der Vater blieb von der Arbeit zu Hause. Viele Leute kamen und brachten Blumen und Kränze. Nur eine fehlte, die Langentante. Wo nur mochte sie sein? Berta stand staunend und suchte nach einer Erklärung. Und auf einmal schrie sie laut auf: „Ich will zur Langentante!" Und keiner konnte sie mehr halten. Alle am gestrigen Abend gefaßten Vorsätze waren vergessen. Das Kind schlug um sich, riß sich los und strebte der oberen Wohnung zu.

Aufgeregtes, besorgtes Sprechen drang an Bertas Ohr. „Nicht doch, nicht doch! Der Schreck wird ihr schaden. Sie hat zu sehr an ihr gehangen. Sie soll sie lebend in Erinnerung behalten."

Berta schrie immer verzweifelter, bis die Mutter sie still bei der Hand nahm und mit ihr die Treppe hinaufstieg und das blumengeschmückte Zimmer betrat, das dem Kind so lieb und vertraut, aber heute so unglaublich fremd und beängstigend schien.

Und dann stand sie vor dem Sarg der Patentante. Schön war diese in ihrem schwarzen Seidenkleid, schön und geheimnisvoll. In den gefalteten Händen hielt sie weiße Rosen, die Augen waren geschlossen, ihr edelgeformtes Gesicht schneeweiß, um den Mund spielte ein feines Lächeln, so als wollte sie sagen: Jetzt darf ich schauen, was ich geglaubt habe.

Das Kind stand vor ihr mit ängstlich geweiteten Augen. Aufs neue suchte es die Hand der Mutter und zog sie fort, hinaus aus diesem Zimmer, das trotz der Geschenkschublade, trotz der blühenden Blumen am Fenster und der gewohnten musterhaften Ordnung nicht mehr dasselbe war.

Und die Langentante? War sie wirklich noch dieselbe? Wie war das alles so schrecklich, so unheimlich!

Ganz still wurde das sonst so lebhafte Kind. Immer mehr Leute kamen. Dann fuhr ein mit dunklen Tüchern behangener Wagen vor. Dumpfe Hammerschläge hallten durchs Haus, von lautem Weinen begleitet; und dann trugen sie den Sarg auf den Hof. Die kleine Berta aber schlich in den hintersten Winkel der elterlichen Stube und hielt sich Augen und Ohren zu. Die Kirchenglocke begann zu läuten. Die Eltern folgten mit all den schwarz gekleideten Menschen dem Wagen, auf dem nun die Langentante fortgefahren wurde.

„Jetzt kann sie nie mehr zurückkommen", erklärte Fritz, der älteste Bruder. „Jetzt ist sie tot."

„Tot?" wiederholte Berta fragend und seufzte tief, „tot?" Ein Licht, das in ihrem Innern hell und froh geleuchtet hatte, erlosch in diesem Augenblick.

Frau Lange war an ihrem sechsten Kind gestorben.

Ein Mann eilte durchs Dorf. Groß und hager war er und ziemlich nachlässig gekleidet. Sein langes Haar flatterte um seinen Kopf herum. Mit einer nervösen Handbewegung versuchte er es immer wieder zu bändigen, aber es widersetzte sich ihm ständig, genau wie die Kinder in der Schule, die er zu unterrichten hatte. Besonders drei Haarsträhnen, mitten auf seinem Kopf, machten ihm zu schaffen. Sie strebten immer aufwärts und reizten seine Schüler ständig zum Lachen. Der Mann schien von einem inneren Hunger aufgezehrt zu werden. Er wirkte, als sei das Leben an ihm vorbeigegangen.

An einer Gruppe spielender Kinder hastete er vorüber.

Zwar waren sie noch nicht schulpflichtig, jedoch kannten sie den Dorfschullehrer genauso wie die Jungen und Mädchen, die täglich in den verkratzten und abgeschabten Bänken saßen. Einige der Kleinen blickten ihm mit verhaltener Scheu nach. „Der Schulmeester", flüsterte ein bleicher Junge und gedachte wohl ängstlich der Zeit, in der er der Gewalt dieses fliegenden Holländers ausgesetzt sein würde.

Ein braunäugiges, flinkes Mädchen von etwas mehr als fünf Jahren war auch in der Gruppe der spielenden Kinder. Mit energischem Ruck richtete es sich vom Boden auf, wo es soeben ein wunderschönes Gärtchen gebaut und mit kleinen Zweigen eingezäunt hatte, erblickte den dahineilenden Mann und rief ihm in herausforderndem Ton nach, so als wolle es sagen: Ich jedenfalls fürchte mich nicht vor ihm: „Schulmeester, Schulmeester, Schulmeester!"

Zuerst waren die Spielgefährten starr vor Schreck. Was wagte Berta? Welch Unwetter beschwor sie mit diesem frevelhaften Nachruf herauf? Aber der Mann mit den wehenden Rockschößen beachtete sie gar nicht.

Nun reizte es auch die andern, zu prüfen, wie weit sie sich ungestraft an dem Gewaltigen versündigen konnten. Und angeführt von Berta schrie und jauchzte der fünfstimmige Chor: „Schulmeester, Schulmeester."

Das Getöse erreichte auch Lisettens Ohr, und sie erkannte sofort die Stimme der Anführerin. Warte, dir helfe ich, Respekt vor dem Schullehrer zu haben, und untertan zu sein der Obrigkeit, die Gewalt über dich hat!

Im nächsten Augenblick hatte Lisette bereits das Kinderkleidchen, an dem sie gerade flickte, aus den Händen gelegt und war hinausgeeilt. Mit festem Griff packte sie ihre Tochter am Arm, drehte die Ahnungslose zu sich herum und klopfte sie in Gegenwart der Spielgefährten tüchtig durch.

Berta war keinen Augenblick darüber im Zweifel, wessen Hand sie bearbeitete und wußte genau, daß sie diese Strafe verdient hatte. Aber warum ließ die Mutter es damit nicht genug sein? Warum verlangte sie nun noch, daß sie hinter dem Schulmeister her in sein Haus gehen und den Gestrengen für ihr respektwidriges Tun um Verzeihung bitten sollte?

Berta weigerte sich. Sie stampfte mit dem Fuß auf. Sie war bereit, eher noch einmal eine Tracht Prügel einzustecken. Sie weinte, sie bat.

Aber die Mutter blieb fest. „Du gehst und entschuldigst dich!"

Das Kind begriff in diesem Augenblick nicht, daß die weitblickende Mutter, deren Denkart immer scharf und logisch war, ihr die Demütigung am ersten Schultag, der in nicht allzu weiter Ferne lag, ersparen wollte, an dem sie mit dieser Belastung auf der Seele dem also Verhöhnten als Schulkind gegenübertreten mußte. Dann würde sie ihm nicht mehr ausweichen können und war seiner Willkür ausgesetzt. Außerdem war es nach ihrer Meinung das einzig richtige, begangenes Unrecht so weit wie möglich gutzumachen. Frau Lisette bestand darauf. Berta mußte diesen Demütigungsweg antreten.

So setzte sich das schluchzende Kind in Bewegung. Hinter den Häusern, Holzstößen und Bäumen blickten aus sicherer Deckung die Spielkameraden in einer Mischung von Schadenfreude und Mitleid ihr nach. Alle hatten sie mitgeschrien, aber keines von ihnen war jetzt bereit, den Weg der Demütigung mit ihr zu gehen. Immer schwerer wurde Bertas Herz. So oft sie aber zögernd stehenblieb und zurückblickte, setzte die Mutter, die sie beobachtete, sich in Bewegung. Drohend hob sie den Arm. „Wirst du wohl gehen!" Endlos lang schien dem Kind der Weg durchs Dorf. Alle Leute, so meinte es, sahen sie anklagend und vorwurfsvoll an. So eine also bist du! Ach, der Vater, in dessen Arme sie sich hätte flüchten können, war nicht erreichbar, und die Patentante war tot. Wenn diese noch lebte, würde sie ihrem kleinen Liebling in diesem Augenblick gewiß mit linder Hand die Locken aus der Stirn streichen, ihm traurig in die Augen sehen und sagen: „Berta, was machst du nur wieder für Sachen! Die Mutter hat ganz recht. Du muß das in Ordnung bringen, sonst wird dein Herz nie mehr froh, und du mußt dich immer vor deinem Lehrer fürchten." Ach, Berta wußte es genau: So und nicht anders würde die Langentante reden.

Wie schwer war doch das Leben! Nein, kein bißchen schön und froh. Sich selbst bedauernd, schluchzte Berta aufs neue in das vor ihr Gesicht gehaltene Schürzchen hinein. Aber dahinten stand noch immer die Mutter. Jetzt kam sie ihr wieder nach. Es gab also keinen Ausweg.

Endlich stand das unglückliche Kind vor dem kahlen Schulhaus. Berta warf einen Blick in den danebenliegenden Garten und war erleichtert. Der Lehrer arbeitete darin. Die Mutter hatte sie aber nicht in seinen Gemüsegarten, sondern in das Schulhaus geschickt. Gleich darauf stand sie in dem jetzt so stillen Gebäude. Da wurden auf einmal Schritte hörbar. Bertas Herz klopfte schneller. Die Lehrersfrau, einen Eimer Windeln in der Hand tragend, kam aus der Wohnung. Sie sah müde und versorgt aus. „Na, kleines Mädchen, wo willst du denn hin?" fragte sie.

Berta, über und über errötend, schluckte an den Tränen, doch dann stieß sie hervor: „Ich will auch nie mehr Schulmeester hinterher rufen."

Zuerst begriff die Lehrersfrau den Zusammenhang nicht, dann aber huschte ein spärliches Lächeln über ihr abgehärmtes Gesicht. „Schön, ich werde es meinem Mann sagen. Und nun geh nur wieder zu deiner Mutter nach Hause."

Wie befreit atmete Berta auf, lief davon durchs Dorf zurück und in die Arme der auf sie wartenden Mutter, die kein Wort mehr über das Vorgefallene verlor. Aber die Art, wie sie ihr kleines, wildes Mädchen bei der Hand mit sich ins Haus nahm, zeigte ihr, daß jetzt alles wieder gut war, und das Kinderherz fühlte sich wie von einer Last befreit.

Es war einige Jahre später. Unter dem Erlengebüsch am Bergbach kauerte ein kleines Mädchen, den Kopf auf die hochgezogenen Knie gelegt, und weinte bitterlich. Die schwarzen Locken fielen ihm ins Gesicht. Umsonst versuchte es die Tränen wegzuwischen. Immer neue purzelten aus seinen dunklen Augen. Was sollte es nur machen, wenn Wilhelm, der Bruder, nicht bald kam und ihm die Kleider brachte, die dessen Freunde im Übermut versteckt hatten, als es an diesem heißen Sommertag im Bächlein badete. Berta war mit dem Bruder auf die Bergwiese gestiegen, um dort mit ihm die Ziegen zu hüten.

Zu einer Kuh hatte Lisette es zu ihrem Leidwesen noch immer nicht gebracht, doch ohne irgendwelche Tiere hielt es die Bauerntochter einfach nicht aus. Nun wohnten sie auch nicht mehr auf dem Eulenhof. Die Familie hatte sich vergrößert; beinah jedes Jahr war ein Kind dazugekommen. Berta war schon längst nicht mehr die Jüngste. Deshalb mußte eine größere Wohnung her. Aber um keinen Preis wäre Frau Lisette wieder zurück in die Stadt gezogen. Fast noch wichtiger als die Wohnung schien ihr der dazugehörende Garten. Den hielt sie in mustergültiger Ordnung. Sie duldete kein Unkraut. Es war erstaunlich, was sie dem Boden an Gemüse, Beeren und anderen Früchten entlockte. Doch scheute sie auch keine Mühe. Schon beim Morgengrauen stand sie auf, grub und hackte, säte und pflanzte, säuberte die Beete und Wege vom Unkraut und hielt auch die Kinder schon früh zur Mitarbeit an.

Eine fröhliche Schar wuchs da heran. Es sang und klang vom frühen Morgen bis zum Abend. Darüber freute sich in Sonderheit Friedrich Wilhelm, der Vater. Ohne Ausnahme hingen alle Kinder in großer Liebe an ihm, und doch war auch die Furcht vor ihm geblieben. Die Not, verursacht durch des Vaters Leiden — ein solches war es in Wirklichkeit — hatte sich nicht gewandelt. An jedem Freitag, wenn es Lohn gab, bangte die ganze Familie vor seiner Heimkehr. Jahraus, jahrein war es derselbe Jammer. Die Tatsache, daß der sonst so gütige, alles Schöne und Harmonische liebende Vater dann so völlig verändert war, daß man vor ihm zittern und oft mit der Mutter flüchten mußte, gehörte zu den Rätseln ihrer frühesten Kinderjahre. So lag über dem Familienleben ein ständiger Schatten.

Und doch hörte man die Kinder immer wieder fröhlich singen. Ihre musikalische Begabung hatten sie wohl von der Mutter geerbt, die eine wunderschöne Altstimme besaß. Sie waren noch recht klein, als sie bereits dreistimmig miteinander sangen. Es kam vor, daß Berta mit der etwas älteren Schwester, die nach der gelähmten Tante Julchen genannt war, in heftigen Streit geriet, ja daß es zwischen ihnen zu Schlägereien kam, weil Julchen sich weigerte, beim Geschirrabwaschen zu singen. Wie eine kleine Katze ging Berta dann auf sie los und fauchte sie an: „Es geht doch viel leichter, wenn wir dabei singen."

Die Schwester aber war stiller und besinnlicher als die überaus temperamentvolle Berta. Sie zog es vor, der Mutter im Hause zu helfen, nähte und flickte schon als ziemlich junges Mädchen mit größter Gewissenhaftigkeit, während Berta der Mutter viel lieber im Garten half oder in den Wald ging, um Holz oder Beeren zu suchen. Es war erstaunlich, wie flink sich das kleine Ding bei diesen Beschäftigungen zeigte.

Am allerschönsten aber war es doch, wenn sie mit den Ziegen auf die Weide gehen durfte. Stundenlang saß sie dann am Waldrand und lauschte auf den Gesang der Vögel, deren Stimmen sie erstaunlich nachzuahmen vermochte. Manchmal kletterte sie auch auf die Bäume, um in die Nester zu blicken. So wuchs Berta wie ein rechtes Naturkind in beglückender Freiheit auf, vertraut mit Sonne, Regen und Wind.

Ihre an sich schon dunkle Haut färbte sich im Laufe der Sommermonate derartig, daß sie beinah wie eine kleine Negerin aussah, zumindest aber in ihrem roten Röckchen und den wilden Locken einer Zigeunerin ähnlich sah. Mit großer Vorliebe tanzte sie mit bloßen Füßen auf der Wiese herum — im Sommer wurden grundsätzlich keine Schuhe getragen — zu ihren selbstersonnenen und gedichteten

Liedlein und Melodien, während in der Nähe die Ziegen grasten, die sich an ihrer kleinen Hüterin zu freuen schienen.

Heute aber war Berta weder zum Singen noch zum Tanzen zumute. Wie schön war das Baden an diesem heißen Sommertag gewesen. Eine ganze Weile hatte sie sich mit dem um zwei Jahre jüngeren Bruder spielend im Wasser vergnügt. Plötzlich war eine Schar Dorfbuben gekommen. Einige hatten sich ihrem Bruder angeschlossen, der inzwischen wieder zu den Ziegen gelaufen war, um oben am Waldrand auf einer Halde ein Feuer anzuzünden. Andere aber hatten Bertas Kleider entdeckt und diese versteckt, als sie sich in das Erlengebüsch flüchtete. Nun warteten sie gewiß, daß Berta käme, um ihr rotes Röckchen zu suchen. Doch das tat sie nicht.

Wenn nur endlich der Wilhelm käme, dachte sie, um sie aus dieser peinlichen Lage zu befreien. Aber dem ging das Feuermachen natürlich über alles. Erst gegen Abend, die Dorfjungen waren längst wieder fort, erinnerte er sich seiner Schwester und fand sie dann schließlich zitternd von Kälte und Empörung, unter den Zweigen des Gebüsches. Die Furcht, von den Jungen überrascht zu werden, hatte sie daran gehindert, sich ihre Kleider zu holen. Nachdem sie Wilhelm wilde Vorwürfe entgegengeschleudert hatte, beeilte er sich, ihr die versteckten Kleider zu suchen und versöhnte sie bald, indem er ihr einige halb verkohlte Kartoffeln vorwies, die er im Feuer für sie gebraten hatte.

In den darauffolgenden Jahren bearbeitete Berta die Mutter so lange, bis sie ihr erlaubte, während der großen Ferien außer ihren eigenen Ziegen auch die Kuh des Nachbarn auf die Weide zu führen. Das an sich unruhige Tier ließ sich durch das Singen des Kindes in erstaunlicher Weise besänftigen. Jeden Nachmittag wurde so die Reihe der bekannten Schul- und Kirchenlieder der Kuh und den Ziegen vorgesungen.

Wenn Berta die Kuh den steilen Hohlweg hinabführte, hörte man sie schon von weitem: „Es geht bei gedämpftem Trommelklang." Dazwischen rief sie der schwerfälligen Kuh zu: „Flette, langsam, langsam! Langsam, Flette!" Sie fürchtete, das Tier könne auf dem steinernen Weg stürzen und zu Schaden kommen. „Jesus, meine Zuversicht" schien ihr genauso ein Hirtenlied zu sein wie: „Ach, du lieber Augustin, alles ist hin!" Auf alle Fälle mußte in möglichst jeder Situation gesungen werden. Als es sich erwies, daß das fünf Jahre später geborene Schwesterchen eine außergewöhnlich schöne Stimme besaß, war das besonders für Berta eine ständige Quelle der Freude.

„Emma, sing doch!" bat sie wiederholt. „Ich schenk dir auch was. Ich bring dir schöne Schneckenhäuschen mit oder glatte Steinchen aus dem Bach. Ich weiß, wo große Brombeeren wachsen; und die Haselnüsse fangen auch schon an zu reifen." Freigiebig teilte sie von ihren Schätzen aus und kam sich keineswegs ärmer vor als die Kinder der Nachbarschaft, die manchmal geringschätzig auf das kleine Hirtenmädchen herabblickten.

„Emma, sing doch!" Die Kleine sollte auch singen, wenn der Briefträger oder die Nachbarsfrau kamen. Sie war mit ihrem krausen Lockenkopf der Stolz der ganzen Familie. Aber auf Kommando wollte sie trotzdem nicht immer singen. Außerdem war sie von klein auf scheu und voller Hemmungen.

So redeten die größeren Geschwister ihr zu: „Komm,

Emma, mach die Augen zu! Dann sieht dich ja niemand."

Das kleine Ding ließ sich von ihnen auf die Tischkante setzen, schloß die Augen und sang mit hellem Stimmchen: „Himmelsau, licht und blau, wieviel zählst du Sternlein? Ohne Zahl, soviel Mal, soll Gott stets gelobet sein."

Lisette schickte die Kinder in die Sonntagsschule der Baptistengemeinde, die im Nachbardorf regelmäßig ihren Kindergottesdienst hielt. In ihrem eigenen Herzen empfand die Mutter deutlich eine Leere, weil ihr bei der großen Kinderschar kaum Zeit blieb, an irgend etwas anderes als an die Verrichtung der notwendigen Arbeiten zu denken. Hinzu kam, daß sie bereits in den besten Jahren von heftigen Gichtschmerzen geplagt wurde, die ihren Körper nach und nach ganz zusammenzogen, so daß sie schon mit vierzig Jahren zeitweise an zwei Stöcken gehen mußte; und doch gab sie nicht nach, sondern verrichtete mit sehr viel Energie ihre täglichen Pflichten.

Berta kam in die Schule und lernte leicht. Nichts war ihr lieber als die Aufsatzstunde, die höchstens noch vom Singen übertroffen werden konnte. Noch lieber wäre sie zur Schule gegangen, wenn es kein Rechnen gegeben hätte. Damals kam es oft vor, daß der Lehrer seine Schüler zu verschiedensten persönlichen Liebhabereien heranzog. So mußten ihm die Jungen in der Baumschule helfen, während die Mädchen von der Lehrersfrau in Handarbeit unterrichtet wurden. Hatte sie aber gerade Großputz oder Wäsche, kochte sie Früchte ein oder war irgendeine andere Hausarbeit wichtig, dann tobten währenddem die Mädchen um das Schulhaus herum und freuten sich der freien Zeit, die sie zu Hause wenig hatten; denn auf dem Lande gab es für alle reichlich zu tun.

Berta und ihre Geschwister hingen wie Kletten aneinander. Es galt als ein ungeschriebenes Gesetz, daß keiner den andern in irgendeiner schwierigen Situation im Stich ließ. Eines Tages war Wilhelm vom Lehrer aufgerufen worden, einige Fragen zu beantworten. Trotzig schweigend stand er da. Auch nach wiederholter Aufforderung gab er keine Antwort.

Schließlich wandte sich der Lehrer an Berta: „Warum hat dein Bruder seine Schulaufgaben nicht gelernt?"

Die Schwester wollte ihn retten. „Er hat gelernt", gab sie zur Antwort.

Doch prompt fiel ihr der Bruder ins Wort: „Ich habe nicht gelernt."

Ratlos blickte der Lehrer von einem zum andern und wußte nicht, ob er die Schwester strafen sollte, die um des Bruders willen gelogen hatte, oder ihn, der wohl die Wahrheit gesagt, aber nicht gelernt hatte. Autorität und Respekt hatte sich der Lehrer allerdings schon lange verwirkt, allein dadurch, daß er jeden Nachmittag hinter dem geöffneten Deckel seines Pultes einen ausgiebigen Mittagsschlaf hielt und bei seinem Schnarchen nicht merkte, daß die Kinder vor ihm allerlei Unsinn trieben. So rutschte Julie von einer Bank zur andern, um an ihren Mitschülerinnen die neuesten Frisuren auszuprobieren, während Berta eines Tages zum Schulfenster hinaussprang, um einer durstigen Mitschülerin einen Becher Wasser von der Schulpumpe zu holen.

Monate hindurch kontrollierte der Lehrer keine Schulaufgaben. Er verlangte nur, daß jeden Tag die Tafel vollbeschrieben war. Mit großen Schritten den Schulraum durchquerend, sah er über die Kinder hinweg, die ihre

Tafel hochheben mußten, und war zufrieden, wenn irgend etwas darauf stand. So bemerkte er gar nicht, daß Berta lange Zeit täglich nichts anderes auf ihrer Tafel stehen hatte als den Vers: „Ich ging im Walde so für mich hin." War der Wald nun wirklich ihr Lieblingsaufenthalt oder schrieb sich das kleine Gedicht am leichtesten, jedenfalls bestand darin wochenlang ihre einzige Schularbeit.

Während seines Mittagsschlafes gab er den Kindern Schönschreibeaufgaben. Von Zeit zu Zeit hob er den Kopf und murmelte halb im Schlaf: „Neue Zeile." So wetteiferten die Kinder untereinander, wer sein Schönschreibeheft am längsten benutzen konnte. Die auf der letzten Seite verzeichneten Daten bewiesen, daß dies oft für die Dauer eines ganzen Jahres der Fall war.

Wenn Berta in späteren Jahren manche Artikel veröffentlichte und einen weitläufigen Briefwechsel pflegte, so kam das bestimmt nicht auf das Konto ihres verschlafenen Dorfschulmeisters.

Es gab wohl im ganzen Ort kaum ein Kind, das so lebenssprühend und unternehmungslustig war wie Berta. Kein Baum schien ihr zu hoch zu sein, keinen Zaun gab es, an dem sie nicht turnte, und wenn die Dorfjugend irgendeinen Streich aushetkte, Berta war dabei. Allerdings durfte das letztere der Vater nicht wissen, und der Mutter energischer Handgriff blieb bestehen, auch als ihre Finger gichtgekrümmt waren. Bei allem Übermut jedoch war das nicht verlorengegangen, was die Langentante in den ersten Kinderjahren in Bertas Seele gepflanzt hatte, und die Sehnsucht, so gut und fromm zu werden, wie die Patin es gewesen war, regte sich immer wieder und immer stärker in ihrem Herzen.

Ein tiefer einschneidender Schmerz im Leben der Kinder war der Tod des Großvaters. Selten hatten sie die Mutter weinen gesehen. Ihre herbe Art ließ es nicht zu, Gefühle zu zeigen. Aber jetzt tropften Tränen auf die Näharbeit in ihrer Hand, während sie die Wiege des Jüngsten mit dem Fuß in Bewegung hielt.

„Die Mutter weint." Scheu flüsterten es die Kinder. Berta legte fast verlegen den Arm um ihre Schultern. Man war so wenig gewohnt, zärtlich zueinander zu sein. „Mutter, was ist dir?"

„Der Großvater ist gestorben."

Anna und Julchen brachen in lautes Weinen aus. Wilhelm stellte sich seiner Art gemäß ans Fenster und sprach lange Zeit kein Wort. Ihn würgte es im Hals. Emma, die noch nicht recht begriff, was geschehen war, kam und legte das Köpfchen in den Schoß der Mutter. „Nicht weinen."

Berta aber lief mit ihrem Schmerz hinaus aus dem Haus, aus dem Dorf, den Berg hinauf, hinein in den Wald. Auf einer verborgenen Waldwiese warf sie sich ins Gras, drückte den Kopf in die Arme und weinte bitterlich. Gegen Abend kam sie nach Hause und legte der Mutter einen prächtigen Kranz aus Wald- und Wiesenblumen in den Schoß.

„Für den Großvater", sagte sie und sonst nichts. Da strich ihr die Mutter das wirre Haar aus der Stirn und nickte wortlos.

Am Tag der Beerdigung trugen die Kinder den Kranz, der im Brunnentrog frischgehalten war, die eineinhalb Stunden den Berg hinauf zum Hof des Großvaters. Beklemmend legte sich ihnen der Gedanke aufs Herz, daß er nun nie mehr vor dem Haus stehen und sie erwarten würde — wie er es immer getan hatte, wenn er sie von seiner Bergeshöhe hatte heraufkommen sehen — und sie mit seinem stillen Lächeln grüßte. Stets hatte er dann eine Erfrischung für sie bereit, und nie ließ er sie gehen, ohne ihnen die Schürzen und Taschen mit Äpfeln, Nüssen oder getrockneten Birnenschnitzen zu füllen. Die Großmutter tat das nicht. Ängstlich besorgt, den Besitz zusammenzuhalten, wurde sie im Geben kärglich und war gewiß auch aus diesem Grund eine freudlose Frau.

Lisette wäre zu gerne noch einmal den Berg hinaufgestiegen, um von ihrem alten Vater, an dem sie sehr hing, Abschied zu nehmen, aber ihre Gichtschmerzen ließen es nicht zu.

Die Kinder hatten den steilen Bergweg erklommen. Jetzt standen sie vor dem großen Hof. Ängstlich schauten sie um sich. Wie unheimlich still es heute hier oben war. Die Haustür wurde geöffnet. Die Großmutter, hoch gewachsen, kühl und streng um sich blickend, stand auf der Schwelle. Berta trat vor und streckte ihr den Blumenkranz entgegen.

„Für den Großvater", sagte sie, und dann stürzten ihr die Tränen aus den Augen.

Die Großmutter nahm den Kranz, öffnete die Stalltür und warf ihn den Kühen vor. „So neumodisches Zeug brauchen wir nicht!" Sie forderte die Kinder auch nicht auf, den Großvater noch einmal zu sehen oder hinter dem Bauernwagen her, auf den man den Sarg hob, zur Beerdigung auf den Friedhof mitzugehen. In tiefer Traurigkeit gingen die Kinder Hand in Hand zurück, den Berg hinunter, wieder heim ins Dörfchen. Von da an zog es sie nur noch selten hinauf zu dem Hof des Großvaters. Das wohl saubere und gepflegte Gehöft schien ihnen leer und verlassen zu sein ohne ihn, der die Seele des Hauses gewesen war, der immer Güte und Wärme ausgestrahlt hatte.

Dies war das zweite Grab an Bertas Lebensweg. Oft stand sie jetzt am Abend unter dem Sternenhimmel und blickte hinauf in die unendliche Weite. Ob der Großvater nun dort ist, wo auch die Langentante hingegangen war? Wer konnte die Rätsel lösen? Aber man mochte mit niemand darüber sprechen. Ob die Bücher das Geheimnis lüfteten?

So begann Berta zu lesen. Und sie las, was ihr in die Hände kam. Doch Lesen bedeutete soviel wie faulenzen, die Zeit totschlagen. Also las man heimlich. Sollte Berta auf dem Acker Kartoffeln holen, dann lag auf dem Boden des Korbes eine Zeitung oder ein abgegriffenes Buch. Hin und her brachten Schwester Anna oder Bruder Fritz jetzt einen Roman heim. Mutter hätte nicht immer sehen dürfen, was ihre kleine Tochter las. Ein bis dahin von ihm nicht gekannter Wissensdurst erfaßte das Kind. In der Dorfschule wurde er nicht gestillt. Wo sie etwas Lesbares erreichen konnte, nahm Berta es an sich. Sie las heimlich im Bett, auf dem verschwiegenen Örtchen oder auf dem Weg ins Dorf. Wunderbar aber war es, beim Hüten der Ziegen zu lesen.

Kunterbunt sah es in Bertas Kopf aus. Vieles las sie, was sie nicht verstand, manches, was ihr hätte Schaden zufügen können. Bittere Tränen vergoß sie, wenn sie etwas Rührseliges las, und mitreißend war ihr Lachen, wenn sie eine heitere Geschichte verschlang.

Der Tag der Schulentlassung kam. Er bedeutete für Berta den Abschluß der Kindheit. Wäre das Leben in späteren Jahren nicht ein weit besserer Lehrmeister für sie gewesen, die Schulausbildung hätte längst nicht ausgereicht.

Der Konfirmandenunterricht war eine besondere Zeit. Das sonst so wilde Mädchen saß aufnahmebereit vor seinem Pfarrer. Hätte er verstanden, in der Kindesseele zu lesen, er hätte in ihr eine große Sehnsucht entdeckt. Leider war es ein Geistlicher, der sein Amt wohl vom Beruf, nicht aber von der Berufung her sah. So ging der Konfirmandenunterricht vorbei, ohne daß Berta auf all die in ihr aufbrechenden Fragen Antwort bekommen hätte.

Dafür nahmen folgende Begebenheiten ihr ganzes Interesse in Anspruch und verdrängten das, was sich in ihr während der Unterrichtsstunden leise und zart geregt hatte.

Kurz vor der Konfirmation wurde sie schwer krank. Nervenfieber nannte es der Arzt. Berta lag zwischen Leben und Tod. Den Tag, an dem ihre Kameradinnen eingesegnet wurden, verbrachte sie im Bett. Etliche Wochen später hüllte man sie in Decken und brachte sie in die Kirche. Dort kniete sie ganz allein vor dem Altar und wurde eingesegnet. Es war ihr zweifellos ernst mit ihrem Gelübde, aber die Stunde der bewußten, klaren Entscheidung für Christus war noch nicht gekommen.

Die damals schwere Zeit, die Größe der Familie und die Not durch das Leiden des Vaters machten es notwendig, daß die Kinder nach der Schulentlassung baldmöglichst mitverdienten. Bertas größter Kummer war damals, daß sie keinen Beruf erlernen durfte. „Du weißt, wir brauchen eure Mithilfe", sagte die Mutter.

So ging Berta schweren Herzens, wie fast alle Mädchen ihres Dorfes, in die Weberei. Es dauerte allerdings nicht lange, da war sie wegen ihrer raschen Auffassungsgabe eine der schnellsten und im ganzen Geschäft durch ihre fröhliche Art beliebt. Berta verstand Spaß und Humor und war keine Spielverderberin, galt aber dort, wo andere Mädchen ihre Grenzen übersahen, als geradezu stur und unnahbar — ein Erbe ihres Vaters, der in nüchternem Zustand kein unschönes Wort, geschweige denn einen zweideutigen Witz duldete.

Im Dorf tauchte ein Tanzlehrer auf. Tanzunterricht, das war etwas für Berta, die ja schon als kleines Hirtenmädchen zu eigenen Melodien beim Ziegenhüten auf den Wiesen getanzt hatte. Lisette jedoch erlaubte es ihren Töchtern nicht, an der Tanzstunde teilzunehmen. „Dafür haben wir kein Geld." Keins der Kinder kam es in den Sinn, auch nur den Versuch zu machen, durch Betteln, Drängen oder Trotzen seinen Willen durchzusetzen. Mutters Ja oder Nein galt als unumstößlich. Also hieß es, auf die Tanzstunde zu verzichten.

Daß die Töchter angefangen hatten, in den Gemischten Chor der Freien evangelischen Gemeinde zu gehen, war ihr recht. Es könnte sein, daß die Lieder, die sie dort lernten und die sie abends zu Hause sangen, im Herzen Lisettens Saiten zum Klingen brachten, die in ihren Jungmädchenjahren auch geklungen hatten.

Eines Tages kam der Tanzlehrer zu Lisette. Fast befremdet sah er sich in dem wohl äußerst sauberen, aber doch sehr einfachen Wohnzimmer um. Waren hier die beiden zierlichen Mädchen zu Hause, die ihm wiederholt aufgefallen waren, wenn sie mit beschwingten Schritten über die Dorfstraße gingen?

„Ich habe Ihre Töchter beobachtet", sagte der Mann, „und meine Schüler in der Tanzstunde haben es mir bestätigt, daß sie sehr musikalisch sind und daher ein natürliches Gefühl für Tanz und Rhythmik haben. Mir fehlen einige gute Vortänzer, denen es gelingt, die anderen etwas schwerfälligen Tänzer mitzureißen. Ich bin gekommen, Sie zu bitten, Ihre Töchter in die Tanzstunde zu schicken."

„Dazu haben wir kein Geld. Sie brauchen sich nicht zu bemühen", gab Lisette kurz und bündig zur Antwort.

„Ich habe doch nicht vom Geld geredet", fuhr der Tanzlehrer fort, und machte vor der gichtgekrümmten und doch so stark und zielsicher wirkenden Frau eine Verbeugung, als wolle er sie zum Tanz auffordern.

Ein fast belustigendes Lächeln umspielte die Lippen der sonst stets ernst dreinblickenden Lisette, dann aber sagte sie: „Was brauchen meine Mädchen tanzen zu können? Fleißig, pflichtgetreu, sparsam, vor allem charakterlich anständig müssen sie sein, dann kommen sie schon durchs Leben."

Aber der kleine bewegliche Herr mit dem Spitzbart und dem abgeschabten schwarzen Frack ließ nicht locker. Schließlich versprach Lisette, mit ihrem Mann zu sprechen, nur um ihn los zu sein.

Der Vater erlaubte es. „Meinetwegen, wenn es ihnen Spaß macht; ich habe nichts dagegen."

So wirbelten Berta und Julchen etliche Wochen an jedem Samstagabend über den Boden des Gasthaussaales und amüsierten sich köstlich über den kleinen Tanzmeister, der in seine Hände klatschte und rief: „Eins — und zwei — und drei — und vier."

Um Mitternacht war es. Unter einem sternenklaren Himmel schritten zwei Männer durch den Wald. In der

Ferne schrie ein Käuzchen. Das herbstliche Laub raschelte unter ihren Füßen. Es roch nach Sterben und Vergehen. Wieder erklang, nur etwas näher, der Vogelschrei, dem der Aberglaube dunkle Macht zuspricht.

Der jüngere der beiden Männer blieb plötzlich stehen. „Vater, ich ertrage dieses unheimliche Schweigen nicht länger. Du verbirgst etwas vor mir. Der Professor hat mit dir gesprochen. Schone mich nicht."

Friedrich Wilhelm, der neben seinem Sohn stehengeblieben war, wandte sich wieder zum Gehen. „Komm, laß das! Wir müssen eilen, daß wir nach Hause kommen. Die Mutter wartet."

Fritz, jetzt zwanzig Jahre alt, legte die Hand auf den Arm des Stiefvaters. „Du weichst mir aus, Vater. Ich will die Wahrheit wissen. Steht es ernst um mich?"

Wohl blieb der Vater aufs neue stehen, aber er antwortete nicht. Stöhnend rang sich der Atem aus seiner Brust. Wenn Fritz auch nicht sein eigener Sohn war, er liebte ihn dennoch sehr.

„Vater", drängte dieser jetzt wieder, „ist mir nicht mehr zu helfen? Du weinst ja!" Kaum vernehmbar fügte er hinzu: „Wieviel Zeit gibt mir der Professor noch?"

Wie ein Aufschluchzen klang es: „Ein halbes Jahr."

Schweigend wurde der Weg fortgesetzt. Keiner der beiden sprach mehr ein Wort, aber jeder Schritt schien dasselbe zu sagen: Ein halbes Jahr — nur noch ein halbes Jahr.

Wochenlang hatte Fritz, der Älteste, gehustet. Zuerst war es nicht sonderlich beachtet worden. Dann hatte die Mutter, die so viele heilkräftige Kräuter kannte und sammelte, ihm Tee gekocht. Es half nichts. Endlich war man zum Arzt gegangen, und weil der Vater es so wollte, direkt zu einem Lungenspezialisten nach Bonn. Nachdem er den hochaufgeschossenen jungen Mann gründlich untersucht hatte, war dieser von ihm mit einem aufmunternden leichten Schlag auf die Schulter ins Wartezimmer abgeschoben und der Vater von dort zum Professor hereingerufen worden. „Hören Sie", hatte er gesagt, „ich kann es Ihnen nicht verhehlen, daß es sehr ernst um Ihren Sohn steht. Wünschen Sie die volle Wahrheit zu wissen?"

„Ich bitte darum."

„Die Krankheit ist zu weit fortgeschritten. Es kann ihm nach meiner Erkenntnis nicht mehr geholfen werden."

Entsetzt starrte der früh alternde Mann den Arzt an. „Das kann doch nicht Ihr Ernst sein? Fritz ist doch erst knapp zwanzig Jahre alt. Es muß doch eine Möglichkeit geben."

„Wenn Sie noch einen weiteren Arzt aufsuchen wollen, um sich Gewißheit zu verschaffen — Ihnen steht nichts im Wege."

„Herr Professor, wer sollte diesbezüglich mehr Erfahrung haben als Sie. Aber ich kann es nicht fassen."

„Wir sind auf dem Gebiet der Bekämpfung der Tuberkulose heute noch längst nicht so weit gekommen, wie wir es wünschten. Gestalten Sie Ihrem Sohn die letzten Monate seines Lebens erträglich."

Er reichte dem vor ihm stehenden Mann die Hand und öffnete die Tür zum Wartezimmer. „Der nächste, bitte!"

Hell schlug die Kirchturmuhr in die Nacht hinein. Vier leichte Schläge, und nach kurzem Abstand einen vollen. Ein Uhr. Seit Mitternacht stand Lisette vor ihrem Häuschen. Nur einmal war sie hineingegangen, um ein warmes Tuch zu holen, das sie sich um die Schultern legte. Sie fror. Doch das kam nicht von der nächtlichen Kälte. Die Oktobernächte waren zum Teil noch recht mild. Lisette fror von innen heraus. Je länger sie wartete, desto größer wurde die Angst in ihr. Wo blieben die beiden nur so lange? Was brachten sie für Nachricht mit? Irgend etwas krampfte das Herz der Mutter zusammen. Sie, deren Leben wahrlich leidvoll genug gewesen war, fühlte eine neue Not auf sich zukommen.

Wie nach einem Hoffnungsstrahl ausschauend, blickte sie nach oben. Ein sternenklarer Himmel wölbte sich über ihr. Da, eine Sternschnuppe. Sagte nicht der Volksmund, daß man sich bei ihrem Anblick etwas wünschen dürfe? Nur aussprechen solle man den Wunsch nicht. Ach, sie wußte in diesem Augenblick genau, was sie sich wünschen wollte. Nicht für sich, obgleich in ihrem Leben viele unerfüllte Wünsche waren. Nein, nur an Fritz dachte sie, an ihren ältesten Sohn.

Nahten da nicht Schritte? Richtig, die beiden hatten die Brücke hinter sich gelassen und kamen den Wiesenweg herauf, dem Häuschen zu. Lisettens Herz begann stürmisch zu pochen. „Lieber Gott", sie faltete unwillkürlich die Hände, „lieber Gott."

Kurz grüßten die beiden. Lisettens Blick begegnete dem ihres Mannes. Da wußte sie alles.

Der schon seit Stunden gedeckte Abendbrottisch blieb unberührt. Sorgfältig hatte die Mutter alles vorbereitet. Sie wußte, ihr Mann legte darauf Wert. Aber weder er noch der Sohn schienen den Tisch zu sehen. Fritz wandte Lisette sein totenbleiches Gesicht zu.

„Gute Nacht, Mutter."

„Gute Nacht, Fritz."

Im gemeinsamen Schlafzimmer standen die Eheleute sich gegenüber.

„Was sagt der Professor?"

Friedrich Wilhelm zog seine Frau liebevoll an sich. „Lisette, sei stark. Fasse dich, es steht schlimm um Fritz. Der Professor gibt ihm nur noch ein halbes Jahr."

Aufschluchzend barg Lisette den Kopf an der Schulter ihres Mannes. Während sie Stunde um Stunde an seiner Seite wachlag, hörte sie den Sohn in seinem Zimmer, das über dem Elternschlafzimmer lag, auf- und abgehen: Von der Tür zum Fenster, vom Fenster zur Tür. Dann meinte sie ihn weinen zu hören — und jetzt — redete er nicht? Mit wem sprach er?

„Lisette, versuch doch zu schlafen." Die Hand des Mannes suchte die ihre. „Dein dauerndes Weinen macht dich ganz elend." Aber auch ihm drückte der Jammer die Kehle zu.

So lauschten sie beide die ganze Nacht hindurch auf die Schritte, das Weinen und Reden ihres Sohnes.

Am nächsten Morgen stand Lisette wie jeden Tag in aller Frühe am Kochherd. Da hörte sie jemand die Treppe herunterkommen. Ihr Herzschlag setzte eine Sekunde aus. Es war Fritz, der da kam. Gleich darauf öffnete er die Tür und betrat die Küche.

Lisettens Augen weiteten sich vor Staunen. Was war mit ihrem Jungen vorgegangen? Völlig ruhig mit seltsam gefaßtem Gesichtsausdruck stand er vor ihr. Es war Lisette, als ginge geradezu etwas Überirdisches von ihm aus. Kein Wort vermochte sie zu sagen.

Er aber sprach: „Mutter, ich habe in dieser Nacht etwas

Wunderbares erlebt. Ich weiß jetzt, daß ich ein Kind Gottes bin. Nun fürchte ich mich nicht mehr vor dem Sterben." Ganz schlicht, ohne phrasenhafte Frömmelei sagte er es.

Seine Worte waren so voller Überzeugungskraft, daß Lisette wieder nur die Hände falten konnte: „Ich danke dir, Gott, o ich danke dir!" Aufs neue trat in rechter Mutterweise der eigene Schmerz völlig zurück. Ihr war es ein unsagbar köstliches Geschenk, zu erkennen, daß ihr Sohn ein besonderes, übernatürliches Erlebnis gehabt hatte. Niemand sagte dem jungen Mann: Nun darfst du dieses oder jenes nicht mehr tun! Nun mußt du dich so oder anders verhalten! Es kam ganz von selbst. Bis dahin hatte auch er in leidenschaftlichem Wissensdurst Stöße von Heften und Büchern heimgetragen, ohne sich ernstlich Gedanken darüber zu machen, welche Wirkung der Lesestoff auf ihn ausübte. Jetzt schien er unter die Vergangenheit einen Strich gezogen zu haben. Er zweifelte nicht daran, daß die von dem Professor gestellte Diagnose richtig war.

Bewußt rechnete er nur noch mit den wenigen Monaten und wollte sie ausnutzen. Stundenlang saß er täglich über der Heiligen Schrift. Es war im Hause seiner Eltern bis dahin nicht üblich gewesen, in der Bibel zu lesen, wenigstens nicht öffentlich. Vielleicht hatte Lisette in einsamen Stunden hilfesuchend nach Gottes Wort gegriffen, aber darüber gesprochen hatte sie nie.

Nun saß Fritz so, daß ihn alle sehen konnten, am Tisch mit aufgestütztem Kopf über diesem Buch. Manchmal trat die Mutter leise hinter ihn, legte ihm die Hand auf die Schulter und mahnte ihn behutsam: „Laß es für heute genug sein. Du darfst es nicht übertreiben."

Dann unterbrach er für einen Augenblick sein Lesen

und blickte die Mutter an: „Ich habe mich lange genug nicht um Gottes Wort gekümmert. Mir bleibt nur noch wenig Zeit. Mutter, ich muß Versäumtes nachholen. Hindere mich bitte nicht daran."

Die Krankheit machte sichtlich Fortschritte. Während der schönen Herbsttage konnte Fritz auf der Bank vor dem Haus sitzen. Dann genoß er die Sonnenstrahlen wie eine Liebkosung. Bald jedoch wurden die Tage kälter. Die Familie war auf das einzige, nicht sehr große Wohnzimmer angewiesen. Damals, es war im Jahre 1891, bestand noch kein Zwang, die Tuberkulosen in eine Heilstätte zu tun. Darum war es ein Wunder, daß keines der Geschwister von der heimtückischen Krankheit angesteckt wurde. Walter, das neunte Kind, war gerade erst geboren worden. Die Wiege stand oft neben dem schwerkranken ältesten Bruder.

Von Tag zu Tag elender wurde Fritzens Körper, aber immer strahlender und reifer wurde seine Seele. Bald konnte er kaum noch von einem Stuhl zum andern gehen, doch verbreitete er eine Atmosphäre des Friedens und der Ruhe, die sich wie eine Wohltat über alle Familienmitglieder legte.

Sie wurde nur unterbrochen durch die Stunden, in denen der Vater seinem Leiden verfiel. Mehr als einmal flüchtete der Todkranke mit der Mutter, die das jüngstgeborene Kind in den Armen hielt, ins Nachbarhaus, während die anderen Geschwister zitternd und weinend vor Angst entweder in ihren Betten lagen oder möglichst außerhalb der Reichweite des Vaters ein Versteck suchten. Nur Berta durfte es nach einem solchen Anfall wagen, ihren Arm um den Hals des Vaters zu legen und unter Tränen ihm zu sagen: „Vater, merkst du eigentlich nicht, wie unglücklich du dich und uns alle machst?"

Dann stand er wortlos auf und verließ das Zimmer.

Im großen ganzen aber vermochte auch des Bruders schwere Krankheit Bertas Übermut nicht zu hemmen. Sie genoß die Tanzstunden und zog sie so weit wie möglich in die Länge. Als an einem späten Abend etliche Dorfleute aus dem ersten Schlaf emporschreckten, weil ein unheimliches Brüllen vor ihren Häusern ertönte, war es Berta, die am nächsten Morgen völlig heiser vergeblich versuchte, ein verständliches Wort hervorzubringen. „Ich möchte nur wissen, wo du dich so erkältet hast", sagte halb ärgerlich, halb besorgt die Mutter. „Ist es nicht genug, daß Fritz so krank danieder liegt?"

Bald nach Weihnachten konnte dieser nicht mehr aufstehen. Völlig ruhig hatte er am Heiligen Abend erklärt, als sie unter dem Christbaum versammelt waren: „Das ist nun das letzte Weihnachtsfest, das wir alle miteinander erleben." Dadurch hatte sich verständlicherweise über die Festfreude ein Schatten gelegt. Doch Fritz selbst war keineswegs traurig gewesen. „Warum singen wir nicht weiter? Es ist kein Grund vorhanden, freudlos zu sein." Und doch fielen der Mutter Tränen auf die Papierketten, die des Sohnes blasse Hände gefaltet und geklebt hatten, um damit nach damaliger Sitte den Christbaum zu schmücken. Sorgsamer wie je zuvor legte sie diese nach dem Fest in eine Schachtel. Beim nächsten Christfest würde er nicht mehr unter ihnen sein.

Schlußball der Tanzstunde. Tanzkleider hatte die Mutter energisch abgelehnt: „Das kommt gar nicht in Frage. Als ob wir anderes nicht nötiger hätten." Julie und Berta wußten, jedes Betteln und Trotzen wäre völlig zwecklos gewesen. So zog man eben die karierten Sonntagskleider an.

Echt dörfliche Tanzmusik rief die Paare zusammen. Mitten im fröhlichen Treiben flüsterte Berta ihrem Partner zu: „Links herum, ab jetzt, links herum." Entgegen aller Bestimmung umkreisten die beiden die übrigen Tanzpaare. Berta mit Schwung und seltener Grazie, so daß der Tanzlehrer die Paare darauf aufmerksam machte, die nach und nach mit dem Tanzen aufhörten und zur Seite traten. Bald tanzten nur noch Berta und ihr Partner. Sie sah und hörte nichts von allem. Ihre Füße berührten kaum den Boden. Sie gab sich völlig den rhythmischen Bewegungen hin. Endlich war es auch den Musikanten genug. Sie setzten die Instrumente ab und wischten sich den Schweiß von der Stirn. Das lebhafte Applaudieren der übrigen Paare und die anerkennenden Zurufe des Tanzlehrers ließen Berta wieder zu sich kommen. Fast verwirrt blickte sie um sich. Was wollten die eigentlich von ihr?

Plötzlich kam es über Berta: Sie löste sich vom Arm ihres Partners, eilte auf ihre Schwester zu und flüsterte: „Komm, laß uns nach Hause gehen. Das alles ist doch ein großer Unsinn."

Julie sah sie zuerst fassungslos an. „Bist du verrückt geworden? Jetzt, wo sie dich alle so gefeiert haben? Was soll der Tanzlehrer denken?"

„Das ist mir ganz egal. Von mir aus kannst du ja bleiben. Ich jedenfalls gehe sofort nach Hause."

„Berta, mach doch keine Dummheiten, wir können nicht einfach loslaufen." Aber die Schwester verließ bereits den Saal und begab sich auf den Heimweg. Sie war immer die Bestimmende.

Erst etliche Jahre später zwang das Leben auch Julie, ihre Scheu zu überwinden, eigene Entscheidungen zu treffen und Lasten auf sich zu nehmen, unter denen mancher andere zusammengebrochen wäre. Niemand hätte in ihren Mädchenjahren gedacht, wie tapfer und leistungsfähig sie einmal werden würde.

Jetzt hatte auch sie keine Lust mehr, auf dem Tanzboden zu bleiben. Weinend lief sie ihrer Schwester nach. „Du bist doch ein ganz abscheuliches Ding, mir so die Freude zu verderben!"

„Du hättest ja bleiben können!"

„Was ist denn in dich gefahren, daß du plötzlich auf und davon gehst?"

„Ich weiß es nicht. Es hat mich angeekelt. Ich gehe nie wieder zum Tanzen, solange ich lebe. Darauf kannst du dich verlassen."

„Du weißt nicht, was du willst."

Nie hätte Berta darüber sprechen können. Wenigstens damals war es ihr unmöglich, zu erklären, daß sie plötzlich an den sterbenskranken Bruder denken mußte, daß sie auf einmal meinte, die Lieder zu hören, die sie in dem Gemischten Chor sangen. Es waren Lieder aus der Zeit der Erweckungsbewegung. Berta und ihre Schwester gingen nicht in den Chor, weil sie sich dorthin gezogen fühlten. Ebenso hätte es ein weltlicher Chor sein können, den sie aufsuchten. Bei ihnen war es reine Freude am Singen. Daß ihr aber gerade heute das Lied nicht aus dem Sinn ging:

„Weit weg von Gott bist du gegangen,
weit weg vom Vater eiltest du,
nach Trebern nur ging dein Verlangen
dennoch ruft Gott: Komm heim! dir zu."

Sie wurde diese Worte nicht los. Ganz unvermittelt war dieses Lied über sie gekommen. Und dann dachte sie an den Bruder zu Hause. Wer weiß, wie lange er noch lebte. Beinah jeden Abend mußten die Geschwister ihm die Lieder des Chores vorsingen. Oft war es ihnen mehr als lästig. Aber wie hätten sie den Bitten des bereits vom Tode Gezeichneten widerstehen können. Nur darüber mit Julchen sprechen — nein, das war unmöglich! Mochte sie auch trotzen. Berta konnte es nicht hindern.

Durch den stillen mondhellen Abend gingen die beiden Schwestern nach Hause. Keiner sprach mehr ein Wort. Julchen war empört, Berta sann ihren Gedanken nach.

Die Mutter saß noch über einem großen Korb Flickwäsche. Erstaunt und zugleich erfreut blickte sie den Mädchen entgegen. „Ihr seid schon zurück? Heute am Schlußabend? Wie kommt das?"

„Berta ist plötzlich ganz ohne Grund davongelaufen", klagte Julchen die Schwester an. „Da konnte ich doch nicht alleine dortbleiben."

Fragend war der Mutter Blick auf Berta gerichtet. „Na, was ist los?"

„Ich weiß es selbst nicht. Die Hopserei war mir auf einmal zu dumm. Ich gehe jetzt zu Bett." Plötzlich entdeckte sie, wie müde die Mutter aussah. „Oder soll ich dir noch helfen?"

„Nein, geh nur, ich mache auch bald Schluß."

Als Berta an des Kranken Zimmer vorüberkam, sah sie durch den Türspalt noch Licht. Leise drückte sie die Klinke herunter und streckte den Kopf hinein. „Kannst du nicht schlafen, Fritz?"

Er las in der Bibel, hob sich ein wenig aus seinem Kissen

und lächelte ihr freundlich zu. „Komm doch herein, Berta. Ich bin so froh, daß du schon zurückgekommen bist. Manchmal", das Reden strengte ihn sichtlich an, „manchmal sorge ich mich um dich!"

Schon wollte Berta den Kopf in den Nacken werfen und ihm antworten: „Das ist vollkommen unnötig, ich weiß schon, was ich zu tun habe", da spürte sie deutlich seine liebende Sorge. So strich sie ihm scheu mit der Hand über die Wange und sagte: „Willst du nicht doch versuchen, jetzt zu schlafen? Du siehst so angegriffen aus."

Er nickte ihr zu. „Die Nacht ist lang genug für mich. Ich liege viele Stunden wach. Aber ich nutze sie aus. Ich bete für euch alle. Ich bete auch für dich."

Berta spürte, wie es sie im Hals würgte. Nur jetzt nicht losweinen. Sie reichte dem Bruder die Hand. „Gute Nacht, Fritz. Schlafe gut!"

„Gute Nacht, Berta. An dich denke ich besonders."

Bald lag sie in ihrem Bett und drückte den Kopf unter die Decke, damit niemand ihr Weinen hören konnte. Ein schmerzliches Weh um den Bruder, eine unerklärliche Sehnsucht nach etwas Unbekanntem erfüllte ihr Herz. Doch auf einmal wußte Berta: So, wie sich ihr das Leben jetzt zeigte, konnte es unmöglich bleiben. Es mußte irgendein Geschehen kommen, das sie über ihren Alltag hinaushob, etwas, was sie aus der Enge in die Weite führte.

Bald konnte Fritz das Bett überhaupt nicht mehr verlassen. Oft blätterte er im Kalender und zählte die Tage. Es kam vor, daß er zu seiner Mutter sagte: „Jetzt dauert es nicht mehr lange. O Mutter, ich kann es kaum erwarten!" Wenn sie weinte, redete er ihr zu: „Aber du darfst deswegen nicht traurig sein. Ich bin dann doch bei Gott."

„Weißt du, am liebsten möchte ich am Karfreitag sterben, an dem Tag, an dem unser Herr Jesus auch gestorben ist", sagte er einmal. Sein Wunsch sollte ihm erfüllt werden. Schon am Tage vorher lag er todesmatt in seinen Kissen. Kurz vor seinem Sterben rief er alle Familienglieder noch einmal zu sich. Jedem sagte er ein ermahnendes oder aufmunterndes Wort. Den jüngsten, kaum halbjährigen Bruder nahm er auf die Arme und sprach in seltsamem, geheimnisvollem Wissen: „Du kommst mir bald nach!" Wenige Monate später starb auch der Kleine.

Mit dem Vater redete Fritz alleine, sehr ernst und eindringlich. Was dieser sich im Bezug auf seine innere Gebundenheit von keinem anderen hätte sagen lassen, das hörte er sich von dem Sterbenskranken in tiefer Ergriffenheit an.

Über dem Zimmer lag eine feierliche Stille. Selbst die kleinen Geschwister empfanden, daß hier etwas Geheimnisvolles, Großes vor sich ging. Keiner sprach ein Wort. Die älteren Geschwister weinten. Es war deutlich zu erkennen: Der Tag, nach dem der große Bruder sich gesehnt hatte, war gekommen. Genau ein halbes Jahr war vergangen, seitdem der Professor in Bonn den Ernst und die Hoffnungslosigkeit der Krankheit erkannt hatte.

Fritz hatte sich von allen verabschiedet. Nun lag er sichtlich ermattet in seinem Bett. Schwer rang sich der Atem aus der todwunden Brust. Plötzlich faltete er die Hände wie zum Gebet. Wenn sie auch leise gesprochen wurden, so vernahmen doch alle im Zimmer Anwesenden seine Worte: „Nun habe ich sie dir alle anbefohlen, lieber Herr. Jetzt kannst du kommen."

Plötzlich verklärte ein überirdisches Leuchten sein Gesicht. Ihm mußte ein Einblick in die unsichtbare Welt gewährt worden sein, wie Jubel klang es: „Jetzt — jetzt kommt Jesus mit den Engeln, um mich zu holen. Ja, Herr, ich bin bereit!"

Das waren seine letzten Worte. Das müde Haupt sank zurück in die Kissen. Fritz war tot.

Nein, er war heimgegangen, heimgeholt worden. Seine Sehnsucht war erfüllt. Eltern und Geschwister hatten es miterlebt. Nie würden sie die weihevollen Augenblicke vergessen können. Sie sollten von größter Bedeutung werden für die innere Entscheidung, die Berta, damals siebzehnjährig, kurze Zeit später traf.

Der Pfarrer schritt kopfschüttelnd mit auf den Rücken verschränkten Armen über das Rasenstück hinüber zu den Rosenbäumchen, wo gerade seine Frau dabei war, den Blattläusen zu Leibe zu rücken.

„Höchst seltsam", murmelte er vor sich hin, „höchst seltsam."

Berta, die soeben das Haus verlassen hatte, warf einen Blick in den Pfarrgarten. Der Pfarrer hob die Hand noch einmal zum Gruß, oder hatte er mit dem Zeigefinger vielsagend an seine Stirn getippt? Sie hätte es nicht mit Sicherheit sagen können. Aber sie hatte das untrügliche Empfinden, daß er jetzt mit seiner Frau über sie sprechen würde. Mochte er.

Der Pfarrer hatte sie zu sich rufen lassen. „Hör einmal, Kind", sagte er, als sie im Studierzimmer vor ihm stand, „es gehen da so allerlei Gerüchte über dich im Dorf herum, und da du doch meine Konfirmandin bist — liebe Zeit, es sind doch erst drei Jahre her, daß ich dich eingesegnet habe — wollte ich erst einmal dich selbst hören. Komm, setz dich zu mir und erkläre mir, was eigentlich in dich gefahren ist."

Berta blieb stehen. Vielleicht empfand sie, daß sie sitzend noch kleiner neben diesem großen Mann wirkte, der ein wenig spöttisch auf sie herabblickte. Sie durfte jetzt keinen kläglichen Eindruck machen, hatte sie ihm doch etwas Wichtiges zu sagen.

„Ja, Herr Pfarrer, ich habe etwas Wunderbares erlebt. Ich habe mich bekehrt. Ich bin ein Gotteskind geworden." Mit strahlenden Augen stand sie vor ihm, die kleine Berta mit dem lockigen schwarzen Haar, dem energischen Mund, mit den edel geformten Händen, deren Schlankheit schon manchem aufgefallen war, obgleich mit ihnen oft schwere Arbeit geleistet wurde.

„Hm", lächelte der Pfarrer und legte ihr wohlwollend die Hand auf die Schulter, „ein Gotteskind bist du geworden! Sind wir das nicht alle?"

Energisch schüttelte Berta den Kopf. „Nein, Herr Pfarrer, doch nur die, die den Herrn Jesus als ihren Heiland annehmen."

„Aber du bist doch getauft?"

„Gewiß, aber wenn ich mich nicht darum kümmere, was in der Taufe an mir geschehen ist? Wie viele Eltern lassen ihre Kinder taufen, fragen aber nicht nach dem Taufgelübde, beten nie mit ihren Kindern, gehen nie zu einem Gottesdienst und erfüllten auch sonst nicht den Willen Gottes. Die Kinder selbst wachsen ohne Gott heran und gehen später ebenfalls ihre eigenen Wege. Es muß doch für jeden der Augenblick kommen, wo er die ausgestreckte Hand Gottes erfaßt — die ausgestreckte Hand Gottes ist Jesus Christus. Jesus hat doch selbst gesagt: Wer ist meine Mutter, wer sind meine Brüder? Die, die den Willen meines Vaters im Himmel tun. Also kommt es doch darauf an, daß wir bereit sind, den Willen Gottes zu tun. Und dann muß man die innere Gewißheit bekommen. Sie kennen doch den Vers, Herr Pfarrer: Sein Geist gibt Zeugnis unserm Geist, daß wir Gottes Kinder sind —"

Mit beiden Händen abwehrend unterbrach der alte Herr den Redestrom seiner einstigen Konfirmandin: „Schon gut, schon gut, Berta. Du bist ja der reinste Dauerredner. Aber laß mich nun auch einmal zu Wort kommen. Ich denke, du wirst dich nicht für so klug halten, daß du deinen alten Seelsorger belehren könntest."

Berta errötete und senkte die Augen: „Verzeihen Sie, Herr Pfarrer, ich dachte natürlich nicht daran, Sie belehren zu wollen."

Nun wurde er ernst. „Ich will dir einmal etwas sagen. Alles, was du da vorbringst, sind Schwärmereien. Gottes Wort wird jeden Sonntag in unserer Kirche verkündigt. Das sollte euch genügen. Wenn ihr es bisher nicht befolgt habt, dann liegt das doch an euch. Aber nein, da läuft man irgendeinem Schwarmgeist nach und bildet sich nachher ein, man habe den andern etwas voraus."

Seine Stimme wurde lauter; er sprach erregt und blitzte das Mädchen aus zornigen Augen an. „Und was habe ich noch von dir gehört? Nicht allein, daß du dir selbst den Kopf hast verdrehen lassen. Nun trägst du diese überspannten Ideen noch zu Kranken und Sterbenden. Was sagst du dazu, daß die Angehörigen des jungen Mannes, den du gestern besucht hast, zu mir gekommen sind und sich bitter beklagt haben? Wie kommst du dazu, mit dem

Kranken einfach über Dinge wie Tod und Ewigkeit zu sprechen?"

„Aber, Herr Pfarrer, jeder weiß doch, daß es nicht mehr lange mit ihm gehen wird, und wir haben es bei unserm Bruder, dem Fritz, erlebt, wie alle Furcht vor dem Tod weichen kann und wie —"

„Es ist nicht deine Sache, Berta, über solche theologischen Probleme mit einem Kranken zu reden."

„Das habe ich doch gar nicht getan, Herr Pfarrer, über theo — theologische Probleme kann ich doch gar nicht reden. Ich habe ihm nur erzählt, wie selig unser Fritz heimgegangen ist."

„Berta, ich verbiete dir hiermit allen Ernstes, deine Schwärmereien im Dorf zu verbreiten. Du bist extrem und überspannt. Werde erst einmal eine nüchterne Christin. Ich verbiete dir hiermit, weitere Krankenbesuche zu machen. Und deine Bekehrungsversuche im Geschäft — auch davon habe ich bereits gehört — haben ebenfalls zu unterbleiben. Du bringst nur Verwirrung und Ärgernis unter die Leute. Wir sind doch keine Heiden!"

Des jungen Mädchens Augen füllten sich mit Tränen. „O Herr Pfarrer, Sie haben ja keine Ahnung, wie es in den Fabriken und an anderen Arbeitsstätten zugeht. Sie glauben nicht, was wir Mädchen uns für anzügliche Redensarten gefallen lassen müssen."

„Willst du mich schon wieder belehren? Du hast gehört, daß ich, dein Pfarrer und dein Seelsorger, der dich konfirmiert hat, dir hiermit untersage, weiterhin die Menschen mit deinen lächerlichen Bekehrungsversuchen zu belästigen. Nie wieder möchte ich derartiges von dir hören. Hast du mich verstanden?"

Über ihr Gesicht liefen Tränen. Schluchzen erschütterte den zarten Körper. Sie hob die nassen Augen zu ihm empor. „Herr Pfarrer, ich kann Ihnen nicht versprechen, über das zu schweigen, was ich erlebt habe. Ich muß es andern sagen, und — und man muß Gott mehr gehorchen als den Menschen."

Rührten ihn ihre Tränen? Spürte er, daß hinter ihren Worten mehr stand, als nur eine vorübergehende Schwärmerei? Eigentlich war sie doch recht mutig, die kleine Siebzehnjährige. Er durchschritt einige Male das Zimmer. Dann blieb er wieder vor ihr stehen und legte ihr beide Hände auf die Schultern. „Schade Berta, ich habe immer gemeint, aus dir müsse etwas Besonderes werden, und nun dies?"

Da lehnte sie den Kopf einen Augenblick an seinen Arm und schluchzte: „Und ich habe Sie so lieb gehabt, Herr Pfarrer!"

Was für ein harmloses Kind war sie doch! Da wurden auch dem alten Mann die Augen feucht. Aber er wollte die über ihn kommende Rührung nicht zeigen. So öffnete er die Tür als Zeichen, daß sie nun gehen könne. „Du hast gehört, was ich von dir erwarte. Geh jetzt und besinn dich und werde wieder vernünftig, wie du es vorher warst."

Während Berta nach Hause ging, ließ sie sich die Erlebnisse der letzten Wochen noch einmal durch den Sinn gehen. Was war geschehen? Nach des Bruder Tod war sie mit den Geschwistern weiter zu den Chorstunden gegangen. Gewiß hatte sein Sterben vorbereitend in ihnen allen gewirkt, so daß sie zugänglich und aufgeschlossen waren. Der Chorleiter hatte an diesem Abend Lieder evangelistischen Inhalts gewählt. Plötzlich hatte Berta nicht mehr mitgesungen. Vom Dirigenten befragt, hatte sie leise geantwortet: „Das kann ich nicht mitsingen. Das stimmt ja gar nicht bei mir."

Betroffen und zugleich erfreut über solche Ehrlichkeit hatte der Chorleiter den Vers vorgelesen: „Kommt her, ich will erzählen, was Gott an mir getan, ihr gottesfürchtgen Seelen, kommt, stimmt ein Loblied an. Mit Freuden darf ich sagen: Der Heiland ist nun mein! und rühm's, von Lieb getragen: Ich bin auf ewig sein!"

Er verstummte und sah seine Sänger ernst an, einen nach dem andern. Ja, Berta hatte recht. Eigentlich durfte nur derjenige so singen, der es wirklich erlebt hatte. Vielleicht war es besser, daß sie heute miteinander beteten, anstatt weiterzusingen. Gott konnte in ihrem Kreis eine Erweckung schaffen. Und dann war er mit allen niedergekniet. Was danach folgte, ist eigentlich zu groß und zu wunderbar, als daß man darüber Worte verlieren dürfte. Es wurde Bertas Bekehrungsstunde, wie sie selber bezeugte.

Während ich dieses niederschreibe, erfüllt mein Herz im Gedenken an solches Geschehen tiefe Ehrfurcht. Gott ist kein Gott der Schablone. Er läßt auch wachstummäßig Erkenntnisse in einem Menschen reifen. In früheren Jahren, als ich noch jung war, habe ich es manchesmal schmerzlich empfunden, daß ich nie von einer solchen Augenblicksbekehrung reden konnte wie meine Mutter, die bis hinein in ihr hohes Alter mit großer Freude und Ehrfurcht bezeugte, was in jenem Augenblick an ihr geschehen war. Vor vielen Menschen, in großen Versammlungen, hat sie es bekannt, daß sie in jener Stunde in einer Bauernstube Frieden mit Gott gefunden hat. Aber Gott geht mit jedem Menschen seinen eigenen Weg.

Eine kleine Schar einfacher Menschen aus dem Oberbergischen Land betete unter Tränen um Vergebung ihrer Sünden. Ungezählte Male hörte ich meine Mutter berichten: „Ich rief aus der Not meines Herzens: Gott sei mir Sünder gnädig! Und ich vernahm deutlich die Antwort: Sei getrost, dir sind deine Sünden vergeben!"

Schwärmerei nannte es damals der Pfarrer, unnüchternes Christentum. Ebenso gibt es heute Menschen — auch solche, die sich Christen nennen — vielleicht mehr als damals, die von Bekehrung nichts wissen wollen, obwohl davon mehr als sechzigmal in der Bibel geschrieben steht und Jesus selbst darüber gesprochen hat. Jedenfalls hat das, was meine Mutter mit siebzehn Jahren erlebte, durch ihr ganzes langes Leben standgehalten und sich bewährt. Auch als ihr Gedächtnis stark nachließ, blieb die Erinnerung an jenes wunderbare Erlebnis. Immer wieder berichtete sie voller Dankbarkeit von der Wandlung, die damals in ihr vor sich gegangen war.

Ihr Pfarrer, den sie sehr verehrte, verstand sie nicht. Im Dorf lachte man über sie und ihren Bekehrungseifer. Wo sie nur Gelegenheit hatte, erzählte Berta davon, und ihre strahlenden Augen und die überquellende Freude bewiesen, daß wirklich etwas mit ihr vorgegangen war. Viele schüttelten den Kopf: Berta ist nicht mehr normal. Die wird noch vom religiösen Wahnsinn befallen. Im Geschäft verhöhnte man sie wohl, aber irgendwie nötigte ihr Verhalten den Spöttern und Gottesleugnern Achtung ab.

An jenem Abend war Berta aus der Singstunde nach Hause und in das Schlafzimmer der Eltern geeilt: „Mutter, ich habe mich bekehrt."

Der Vater hatte sich brummend auf die Seite gedreht. „Überspannte Frömmelei!"

Die Mutter aber hatte Berta tiefbewegt in die Arme geschlossen. Dankestränen waren über ihr Gesicht geflossen. Die Tochter erlebte, wonach sie sich seit Jahren gesehnt hatte. Durch ihr Beispiel und das wirklich veränderte Wesen durfte Berta der Mutter auf dem Weg der inneren Erkenntnis in den kommenden Jahren weiterhelfen.

Wie eine Woge ging es damals durch das Oberbergische Land. Noch heute sprechen viele Bücher von jener Erweckungszeit. Arbeitgeber und Arbeitnehmer, Fabrikanten und Handwerker, Männer und Frauen, Jugendliche und Kinder wurden davon erfaßt. Viele, die sich innerlich dagegen auflehnten, wurden fanatische Gegner und Verfolger derer, die sich für Gott und die Nachfolge Christi entschieden hatten.

Was war nun bei Berta anders geworden? Äußerlich hatte sich nicht viel geändert. Wochentags ging sie ins Geschäft. Die Verhältnisse zu Hause blieben so, daß die erwachsenen Geschwister mitverdienen mußten. Am Abend erwartete die Heimkehrenden eine Menge neuer Pflichten. Die Mutter litt je länger desto stärker an heftigen Gichtschmerzen, so daß sie sich nur noch an zwei Stöcken fortbewegen konnte.

Aber der Alltag hatte ein Licht bekommen. Es strahlte in der kleinen Wohnung und war im Umgang der Geschwister untereinander zu merken. Ihr Reden und Schweigen war davon erfüllt. Die Veränderung zeigte sich an kleinen, unauffälligen Beweisen.

Es war Feierabend. Endlich war auch Berta fertiggeworden. Sie setzte sich auf die Bank hinter dem Tisch und vertiefte sich in ein Buch. Biographien entschiedener Christen waren jetzt ihre liebste Lektüre. Die kleineren Geschwister spielten lärmend in der Stube nebenan. Die Mutter hob die Hand an den schmerzenden Kopf. Schon längst sollten die Kinder im Bett sein. Berta, die sich sonst nur mit heftigstem Protest beim Lesen stören ließ, legte das Buch beiseite und öffnete ruhig die Stubentür. „Kommt, Kinder, ich erzähle euch noch eine Geschichte. Aber danach müßt ihr euch rasch ausziehen und zu Bett gehen." Julie hob über ihrer Näharbeit fragend den Kopf und blickte die Schwester stumm an. War das die sonst so ungeduldige und heftige Berta?

„Mutter, bleib sitzen, ich gehe für dich in den Stall, die Ziegen und Hühner versorgen. Kartoffeln sollten auch vom Acker geholt werden. Ich gehe gleich."

Kleine lichtvolle Augenblicke im grauen Einerlei des Tages, in denen man spürte: Da ist jemand, der sich überwindet, der helfen und die Last des andern erleichtern will.

Nach jenem Chorabend, an dem Berta ihr großes Erlebnis hatte, war auch Wilhelm, der sich bis dahin widerstrebend gezeigt hatte, von seiner Schwester zum Singen eingeladen worden. Er hatte eine gute Stimme. Emma mit ihrem glockenhellen Sopran war schon öfter mitgegangen, ebenfalls Julie. Das in dem kleinen Kreis entfachte Feuer begann um sich zu greifen.

An einem Abend kamen die vier Geschwister wieder überglücklich nach Hause. Schon von weitem hatte die Mutter ihr dreistimmiges Singen vernommen. Und dann standen sie vor ihrem Bett und berichteten voller Freude: „Mutter, jetzt gehen wir alle den gleichen Weg. Wir haben uns alle entschlossen, dem Herrn Jesus zu folgen."

Schwärmerei? Bis ins hohe Alter bekannten sie alle freudig: Es hat sich bewährt, was wir damals begonnen haben. Unsere Jugend ist bewahrt geblieben, unser Leben war ein erfülltes, weil wir nach Gott fragten.

Noch immer mußte man sehr sparen, noch immer bereitete des Vaters Leiden manche Not, und doch war etwas anders geworden. Keins der Kinder saß mehr resignierend in einem Winkel der kleinen Wohnung. Ein gemeinsames, frohes Schaffen bewirkte eine beglückende Atmosphäre. Jede Sorge wurde gemeinsam getragen. Die Geschwister nahmen der Mutter ab, was sie nur konnten. Vierstimmiger Gesang erklang oft aus dem kleinen Häuschen am Ende des Dorfes, so daß Vorübergehende manchmal stehenblieben, um zu lauschen.

Selbst die Mutter, der früher das Herz oft schwer gewesen war, daß sie keine Freudigkeit verspürte, ihre schöne Stimme erklingen zu lassen, stimmte jetzt mit ein. „Daß ich in meinem Leben noch einmal so froh sein würde, hätte ich nie zu hoffen gewagt", sagte sie in jener Zeit öfter. Nein, ihre Kinder waren durch ihre Glaubensentscheidung keineswegs lebensverneinend oder kopfhängerisch geworden.

Im eigenen Dorf gab es keinen Kreis Gleichgesinnter, außer dem Chor. Sie aber sehnten sich danach, Verbindung mit anderen Jugendlichen zu haben, die ihrem Erlebnis Verständnis entgegenbrachten, weil sie ähnlich geführt worden waren.

Nach der Aussprache mit dem Pfarrer war das Verhältnis zu ihm nur noch gespannter geworden. Am Grabe des jungen Mannes, den Berta auf dem Sterbebett besucht hatte, warnte der Pfarrer öffentlich vor ihr, die sich nicht gescheut habe, einem Todkranken Unruhe und Gewissensnot zu bereiten.

Das junge Mädchen ließ sich jedoch nicht beirren. Berta mußte den Weg gehen, den sie, so jung sie auch noch war, als den richtigen erkannt hatte. Da sie kein Verständnis für ihr Erleben bei ihrem Pfarrer fand, ging sie mit anderen jungen Leuten sonntags oft bis zu fünf Stunden zu Fuß, um mit Gleichgesinnten zusammenzukommen. Wie oft erzählte Berta es später, welch ein Geist brüderlicher und schwesterlicher Liebe dort geherrscht hat. Dabei ging es keineswegs steif und freudlos zu. Unbeschwertes Lachen erscholl auf dem Weg in die Dörfer. Über Stock und Stein, in Regen und Schnee ging es ebenso wie durch brütende Sonnenglut. Und oft waren die Wege so schlecht und beschwerlich, daß man sie nur mit ganz alten Schuhen begehen konnte. Vor dem Ziel zog man sie dann aus. Einmal stellte die übermütige Jugend eine ganze Reihe unmöglicher alter Schuhe, die nicht einmal mehr den Heimweg vertrugen, quer über die Straße, und wanderte mit den besseren, die man blank geputzt mitgenommen hatte, ins Dorf hinein, wo man sie schon freudig erwartete. „Die Alefelder kommen", hieß es dann.

So fröhlich sie waren — ja manchmal richtig kindlich ausgelassen, so ernst und aufnahmebereit saßen sie im Gottesdienst, begierig das Wort Gottes in sich aufnehmend, das von einfachen Laienbrüdern schlicht, aber in Vollmacht verkündigt wurde. Am Ende eines jeden Gottesdienstes wurde das Abendmahl ausgeteilt. Ehrfürchtig schweigend reichte man die Schale mit Brot und den Kelch mit Wein durch die Reihen. Nach dem Gottesdienst wurden die Alefelder verteilt und zu zweit oder dritt in die Häuser zum Mittagessen mitgenommen. Frohes Singen schallte auch am Nachmittag aus jedem dieser Häuser. Die Flamme der Freude sprang hell von einem auf den andern über. Spät am Abend zogen dann die jungen Leute singend durch die Wälder heimwärts. Die Burschen schritten mit Stalllaternen voraus.

Lisettens Sonntage waren dadurch stiller und einsamer geworden. Doch brachte sie dieses Opfer freudig in dem Bewußtsein, daß ihre Kinder auf dem rechten Weg waren. Oft kamen sie erst nach Mitternacht heim. Mehr als einmal lag dann Lisette weinend vor Dankbarkeit in ihrem Bett, die Hände gefaltet und betete: „Lobe den Herrn, meine Seele, und vergiß nicht, was er dir Gutes getan hat." Ihr Herz war still geworden, obgleich die Hauptlast ihres Lebens nicht von ihr genommen war.

Berta aber erlebte, was Petrus einmal so ausgesprochen hat, als man von ihm und Johannes forderte, sie sollten nie mehr den Namen Jesus bekennen: „Richtet ihr selbst, ob es vor Gott recht sei, daß wir euch mehr gehorchen als Gott. Wir können's ja nicht lassen, daß wir nicht reden sollten von dem, was wir gesehen und gehört haben" (Apostelgeschichte 4, 19. 20). Niemand gab dem jungen Mädchen Anleitung, niemand befahl ihm; doch Berta wußte von dem Auftrag Gottes und ging ihren Weg trotz Spott, Hohn und Anfeindung.

Ihre Krankenbesuche hatte sie nicht aufgegeben. Auf dem Rückweg von einem solchen Besuch bot ihr ein bekannter Fuhrmann an, sie auf dem Heimweg in seinem Wagen mitzunehmen. „Schlecht gefahren ist besser als gut gelaufen", meinte er. Dankbar sagte sie zu. Nach einer Weile kamen sie an einem Wirtshaus vorbei. „Du kommst doch sicher einen Augenblick mit herein", forderte der Fuhrmann Berta auf. Sie lehnte ab und sagte: „Aber bleib nicht so lange, sonst mache ich mich doch zu Fuß auf den Weg."

Sie wartete eine Viertelstunde, eine halbe Stunde; schließlich entschloß sie sich, abzusteigen und schon vorauszugehen. Folgte er bald, so konnte sie immer noch aufsitzen. Als sie gerade losgehen wollte, öffnete sich die Wirtshaustür, und der Fuhrmann kam in Begleitung eines anderen Mannes heraus. Beide waren sichtlich angetrunken. Berta erschrak. Wäre es nicht besser gewesen, sie wäre schon zu Fuß losgegangen? Nun war es dunkel, und sie befand sich mit den beiden allein auf der Landstraße. Bis die ersten Häuser ihres Heimatdorfes in Sicht kamen, dauerte es noch eine Weile. Der Begleiter des Fuhrmannes war ihr nicht unbekannt. Er hatte einen schlechten Ruf. War es nicht besser, hier im Dorf zu bleiben, bei Bekannten zu übernachten und erst morgen früh nach Hause zu gehen? Doch der Vater würde sich um sie sorgen, das wußte sie. Und auch die Mutter könnte keinen Augenblick schlafen. Sollte Gott, der einen Daniel in der Löwengrube bewahrt hatte, nicht auch sie durch seine Engel behüten lassen? Sie wurde ganz ruhig und fuhr, zwischen den beiden Männern auf dem Kutschbock sitzend, in die Nacht hinein. Es war ein milder Sommerabend. Der Mond warf sein stilles Licht auf den Weg, auf Sträucher und Bäume. In seinem Schein erglänzte das talwärts strebende Bächlein silbern.

Berta plauderte ohne Angst mit den beiden Männern. Sie erzählte, daß sie von einem Krankenbesuch komme, wie sehr solch ein Krankenbett an die Vergänglichkeit des Lebens erinnere, daß man sich viel zu wenig mit dem Tode beschäftige und man die rechte Art zu leben überhaupt erst lerne, wenn man sich mit dem Sterben befasse und mit dem, was danach folge. Es war seltsam. Die beiden hörten still zu. Schließlich erwiderte der Fuhrmann: „Ja, du magst recht haben, Berta."

Sie war froh, als die ersten Häuser des Dorfes im Mondschein zu erkennen waren. Ganz hatte sie das Gefühl der Angst trotz allem nicht bannen können. Nun sah sie unten am Wiesenrain schon das Haus der Eltern. Ehe sich die beiden Männer besinnen konnten, war sie an dem einen vorbei mit einem Satz vom Wagen gesprungen. „Danke fürs Mitnehmen", rief sie zurück. „Gute Nacht!" Und dann lief sie den Wiesenweg entlang hinunter ins Tal. Nur noch etwa zehn Minuten, und sie war daheim.

Aber was hörte sie da? Waren das nicht Schritte, die sie verfolgten? Ihr Herz begann stürmisch zu klopfen. Als sie einen scheuen Blick zurückwarf, sah sie den Mann, der ihr durch seinen üblen Ruf bekannt war. Der Fuhrmann war weitergefahren.

„Berta", rief der andere. „So warte doch! Ich begleite dich nach Hause."

Am liebsten wäre das Mädchen jetzt noch schneller gelaufen. Aber irgend etwas zwang sie, stehenzubleiben. Schließlich war es nun nicht mehr weit nach Hause, so daß der Vater sie hören würde, wenn sie um Hilfe rufen müßte. So wartete Berta auf den Nachkommenden. „Sie brauchen mich nicht nach Hause zu bringen", sagte sie. „Ich finde meinen Weg alleine."

„So ein junges Mädchen wie du sollte so spät nicht allein auf einsamen Wegen gehen", erwiderte dieser und trat näher an sie heran.

„Erstens haben wir beide nicht zusammen auf der Schulbank gesessen", gab Berta zur Antwort. „Sie brauchen also nicht per Du mit mir zu reden. Außerdem wäre es gut, wenn Sie überlegen würden, was Ihre Frau dazu sagte, wenn sie wüßte, daß Sie um diese Zeit ein fremdes Mädchen nach Hause begleiten wollen. Sie suchen sicher nichts anderes als ein Abenteuer, aber da sind Sie bei mir nicht an die Rechte gekommen."

„Ich, ein Abenteuer?" heuchelte der Mann. „Und verheiratet? Sie irren sich. Sie müssen mich mit einem anderen verwechseln."

Aber Berta irrte sich nicht. „Ich bin meiner Sache ganz sicher", sagte sie. „Sie heißen Adolf Obermüller. Ihr Vater ist ein rechtschaffener, frommer Mann. Sie sind sein einziger Sohn und haben ihm schon viel Kummer gemacht. Nachdem Sie verschiedene andere Mädchen enttäuscht und Ihr Wort gebrochen haben, mußten Sie Ihre jetzige Frau heiraten. Jawohl, versuchen Sie nicht zu leugnen. Ich weiß es, Sie haben ein Kind, einen herzigen, kleinen Jungen, aber Ihre Frau ist todunglücklich und trägt sich mit dem Gedanken, sich von Ihnen scheiden zu lassen. Und wenn Sie so weiter machen, wird Ihr Kind einmal ohne jegliche Achtung von seinem Vater sprechen. Außerdem sind Sie schuld daran, wenn Ihr Vater mit grauen Haaren in die Grube fährt." Sie merkte in ihrem Eifer nicht, daß sie ein alttestamentliches Wort anwandte: „Kehren Sie um, ehe es zu spät ist. Gott bietet Ihnen noch einmal eine Gelegenheit. Wer weiß, ob es nicht die letzte ist."

Der Mann war still geworden. Plötzlich ließ er sich neben sie am Wiesenrand ins Gras sinken, schlug die Hände vors Gesicht und begann zu weinen. „Woher kennen Sie mich? Woher wissen Sie alles aus meinem Leben? Es stimmt, was Sie mir gesagt haben. Ja, ich habe meinem

Vater großen Kummer bereitet und meine Frau unglücklich gemacht. Glauben Sie, daß einem Menschen wie mir noch zu helfen ist? O kommen Sie, setzen Sie sich zu mir. Sagen Sie mir, was ich tun soll, um ein neues Leben anzufangen!"

Berta schüttelte energisch den Kopf. „Ich denke nicht daran, mich neben Sie zu setzen. Und Ihre Tränen rühren mich wenig, denn Sie sind betrunken. Aber vielleicht sind Sie doch noch nüchtern genug, um zu spüren, daß da ein Mensch ist, der Ihnen wirklich helfen möchte. Ihnen kann nur geholfen werden, wenn Sie aufrichtig Ihre Schuld bereuen und vor Gott bekennen — vor Gott und den Menschen: ‚Vater, ich habe gesündigt gegen den Himmel und vor dir. Ich bin hinfort nicht mehr wert, daß ich dein Sohn heiße.' Und wenn es Ihnen damit ernst ist, wird Gott Ihnen vergeben und Sie als sein Kind annehmen.

So, und nun muß ich heim. Vom Kirchturm schlägt es bereits zwölf Uhr, und ich höre meinen Vater husten. Der schläft bestimmt noch nicht, weil er auf mich wartet. Und nun gehen auch Sie nach Hause. Wenn Sie wirklich einen neuen Weg einschlagen wollen, dann kommen Sie am Sonntag mit uns in die Versammlung. Dort sind Männer, die Ihnen weiterhelfen können."

Sie reichte ihm die Hand und eilte hinunter in ihr Elternhaus.

Friedrich Wilhelm war gestorben. Ein schweres Magenleiden hatte ihn dahingerafft.

Beinah ein Vierteljahr hatte er außer wenigen Tropfen Wasser nichts mehr zu sich nehmen können. Für seine Frau und die Kinder war es fast unerträglich, mit ansehen zu müssen, wie er buchstäblich verhungerte. Aber über seine Lippen war keine Klage gekommen. Still vor sich hinsinnend hatte er am Fenster gesessen und über die blühenden Geranien und Fuchsien hinausgeblickt. Keiner wußte, was in ihm vorging. Er war ja nie einer von denen gewesen, die ihr Innerstes einem anderen offenbaren. Auch jetzt tat er es nicht. Ob er sich mit dem Tode seines Stiefsohnes beschäftigte, der vor seinem Sterben noch so ernst und eindringlich mit ihm allein gesprochen hatte? Wer konnte es wissen?

Berta setzte sich einige Male zu ihm und versuchte, mit ihm über ihr großes inneres Erleben zu sprechen, das sie so völlig verwandelt hatte. „Du mußt es doch merken, Vater, wie ganz anders ich geworden bin. So froh und zufrieden."

Er nickte. „Ja, das ist wahr, das ist wohl zu merken."

Als Berta ihm dann die Hand auf den Arm legte, ihm bittend in die Augen sah und sagte: „Vater, dasselbe kannst auch du erleben!" gab er keine Antwort. Aber er wandte sich auch nicht ab.

Wie beteten die älteren Kinder dafür, daß Gott ihren Vater innerlich überzeugen und ihm vor seinem Sterben noch eine Gottesbegegnung schenken möge.

Nun war er tot. Den Geschwistern war klar, daß sie jetzt erst recht der Mutter zur Seite stehen mußten. Da kam ein neuer Schlag. Berta wurde zu ihrem Chef gerufen. „Wir sind mit Ihrer Arbeit sehr zufrieden", sagte er, „aber doch muß ich Sie bitten, sich einen neuen Platz zu suchen. Ihre überspannte Frömmigkeit und Ihr Bekehrungsfanatismus werden von anderen als lästig empfunden. Nicht nur, daß Sie an Ihren Arbeitsplatz Bibelsprüche kleben — das wollte ich großzügig übersehen — aber Sie lassen den Leuten nicht einmal in ihren Frühstücks- und Mittagspausen Ruhe. Sie reden von Gott und Ewigkeit, von Buße und Gericht und was mir sonst noch alles zugetragen worden ist."

„Aber doch auch von der Liebe Gottes, und daß die Menschen, die so gebunden sind, gerettet werden können", ereiferte sich Berta.

Der Fabrikant wehrte ungeduldig und nicht ohne Verlegenheit ab. Es war geradezu peinlich, wie dieses junge Ding mit einer Selbstverständlichkeit über solche Probleme sprach. Kein Wunder, daß ihre Mitarbeiter sich dagegen wehrten.

„Sie haben gehört, was ich sagte. Ich bitte Sie, sich nach einer anderen Arbeitsmöglichkeit umzusehen."

„Aber das ist doch kein Kündigungsgrund", wollte Berta soeben erwidern, dann aber besann sie sich eines anderen und sagte: „So bitte ich Sie um meine Papiere, aber auch um eine Bescheinigung, die besagt, warum ich das Geschäft, in dem ich beinah sechs Jahre tätig war, verlassen muß."

Plötzlich sah sie ganz deutlich einen neuen Weg vor sich. Ihr war es in diesem Augenblick klar: Denen, die Gott lieben, müssen alle Dinge zum Besten dienen. Wie oft hatte sie in den letzten zwei, drei Jahren gedacht: Warum bin ich nur ein Mädchen und kein Mann? Ich würde Pfarrer oder Missionar werden. Ich hätte ganz andere Gelegenheiten, für Gott zu arbeiten. Sie fand keine Worte, um zum Ausdruck zu bringen, welch unbeschreibliche Sehnsucht sie erfüllte, Menschen für Gott zu gewinnen, das Evangelium zu verkündigen. Aber sie war ja nur ein Mädchen ohne ausreichende Schulbildung und mit nur geringen Kenntnissen. Jedoch ging sie mit offenen Augen durchs Leben. Sie sah, wie Zank und Zwietracht in den Familien herrschten, sie wußte von vielen Männern, die beinah ihren ganzen Arbeitslohn vertranken und ihre Familien dadurch darben ließen und unglücklich machten. Sie hatte erlebt, welch leichtfertiger und frivoler Geist an den Arbeitsstellen herrschte, wie Männer und Frauen, darunter ganz junge Mädchen und Burschen, Freude an zweideutigen, ja an gemeinen Redensarten hatten, und welch lasterhaftes Leben sie im Verborgenen oder auch schamlos offen führten. Sie kannte in den Dörfern des Oberbergischen Landes viele Kinder, die eigentlich nie eine Kindheit hatten.

Ein unsagbares Erbarmen mit ihnen allen füllte ihr Herz. Wie gerne wollte sie helfen. Wenn sie in ihrer Bibel las, und sie tat es regelmäßig und mit großem Eifer, wo es von Jesus heißt: ‚Es jammerte ihn des Volkes, denn sie waren wie Schafe, die keinen Hirten hatten', dann begriff sie dieses Wort wie nie zuvor. Ach, wenn sie doch nicht nur ein Mädchen wäre!

In jener Zeit tauchte in ihrem Dorf ein Mann auf, der in seltsamer, uniformähnlicher Kleidung von Haus zu Haus ging und unter anderem Blätter anbot, die den Titel trugen: Der Kriegsruf. In lebhafter Art sprach er mit den Leuten von Gott, von Buße und Bekehrung, von Gnade und Erlösung.

Lisette hatte ihn zum Essen eingeladen. Sie saß mit ihm bei Tisch, als Berta und die Geschwister aus dem Geschäft kamen. Erstaunt blickten sie den Fremden an. Aber es dauerte gar nicht lange, da wußte Berta, daß er ihre Sprache redete. Voller Interesse nahm sie das Blatt und las.

„Was ist das, die Heilsarmee?" fragte sie. „Erzählen Sie uns davon. Was für eine Lehre verbreiten Sie? Welche Ziele verfolgen Sie?"

Gerne folgte der Mann dieser Aufforderung. Er erzählte von William Booth, dem Gründer der Heilsarmee, der 1844 in London begann, die Ärmsten und Verlassensten, die Heimatlosen um sich zu sammeln, solche, die zu keiner Kirche und Gemeinschaft gehörten, um sie für das Reich Gottes zu gewinnen. Seine treuste Mitarbeiterin war seine Frau. Sie stand mit ihm unter den Brückenbögen, wo die Heimatlosen übernachteten. Beide waren sich einig in dem Entschluß, den Verkommensten und Schlechtesten, an deren Besserung niemand glaubte und die von der sogenannten gebildeten Gesellschaft geächtet und verstoßen waren, nachzugehen. Viel Anfechtung und Verkennung, ja sogar Verfolgung und Haß mußten sie über sich ergehen lassen. Gerade die Anhänger von Kirchen und Gemeinschaften waren ihre fanatischsten Gegner, obgleich William Booth immer wieder betonte, keine eigene Kirche oder Sekte gründen zu wollen. Rettet Seelen, geht den Schlimmsten nach! war sein Motto.

Im Laufe der Zeit hatten sich Gleichgesinnte um ihn gesammelt. Streiter auf dem Kampfplatz Christi wollten sie sein, keine Kirche, sondern eine Armee, die bewußt und systematisch den Kampf gegen das Böse aufnahm. Den Leiter und Gründer nannten sie ihren General. Als die Arbeit Gestalt annahm und sich verbreitete, sogar über England hinaus, erkannte William Booth es für richtig, sie nach militärischer Art zu organisieren. Das Blatt, das er herausgab, wurde ‚Der Kriegsruf' genannt. Die Mitglieder, die nicht abhängig sein durften von Wechsel und Torheit der Mode, sollten eine schlichte, blaue Uniform tragen. Männer wie Frauen mußten sich verpflichten, keinen irdischen Besitz zu erstreben, keinen Alkohol zu trinken, nicht zu rauchen und es als das höchste Ziel ihres Lebens anzusehen, Mitarbeiter Gottes zu sein, die sich der Verlassenen und Verkommenen annehmen. Kriegsartikel nannten sie diese Verpflichtungen, die sie zu unterschreiben hatten.

Dieses und manches andere erzählte der fremde Mann, der in Alefeld auf Lisette Zimmermann und ihre aufhorchenden Kinder durch seinen unerschrockenen Bekennermut großen Eindruck machte. „Haben Frauen und Mädchen in der Heilsarmee auch Gelegenheit, für Gott zu arbeiten?" fragte Berta mit glänzenden Augen.

„Ja, Katharina Booth, die Frau unseres Gründers, war seine beste Mitarbeiterin, und viele Frauen und Mädchen eiferten ihrem Beispiel nach — im Dienst an den Allerärmsten."

Bertas Gesicht glühte. Oh, wer das auch dürfte! Aber ihr Platz war an der Seite der verwitweten, halbgelähmten Mutter, das wußte sie. Vielleicht breitete sich diese Heilsarmee auch im Oberbergischen Land aus, dachte sie, dann könnte sie sich ihr auch anschließen, um wenigstens in ihrer freien Zeit mitzuarbeiten.

Bald begannen Heilsarmeeoffiziere mit regelmäßigen Versammlungen in der nächsten Kleinstadt. In Lisettes Wohnstube fanden Bibelstunden statt. Die aus dem Englischen übersetzten Lieder sagten dem Kreis der jungen Leute zu, die nun am eigenen Ort Gelegenheit hatten, Gottes Wort zu hören, und nun nicht mehr jeden Sonntag bei Wind und Wetter über Berg und Tal ziehen mußten, um mit Gleichgesinnten beisammen sein zu können. Die Anfeindungen im Dorf wurden nicht geringer. Aber das spornte die jungen Leute nur an, noch intensiver und hingebungsvoller ihrer Überzeugung treu zu sein.

Als die Mutter wegen ihrer Gicht die anstrengenden Arbeiten in Garten und Feld nicht mehr tun konnte, schlugen die erwachsenen Kinder ihr vor, das Dorf zu verlassen und mit ihnen und den noch schulpflichtigen Geschwistern nach Barmen zu ziehen, wo bestimmt für sie alle bessere Arbeits- und Verdienstmöglichkeiten sein würden, die Mutter aber sich besser schonen konnte. Ein besonders starker Anziehungspunkt war natürlich die Heilsarmee-Missionsstation in Barmen.

Lisette war einverstanden. Nachdem ihr ältester Sohn gestorben war und die andern bewußte, fröhliche Christen geworden waren, hatten ihre Wünsche eine andere Zielrichtung angenommen. Nun lebte sie nur noch für ihre Kinder und war bemüht, ihnen die Hände freizumachen für den Dienst im Reiche Gottes. Daß es trotz allem ein Opfer bedeutete, das sie ihnen brachte, indem sie in die Stadt zog, davon sprach sie nicht.

Wie weltfremd und unerfahren Berta mit ihren zwanzig Jahren noch war, zeigt folgendes Erlebnis: Sie war nach Barmen gefahren, um eine Wohnung und auch neue Arbeitsmöglichkeiten zu suchen. Alles hatte geklappt, und sie befand sich auf dem Heimweg. Es war schon spät am Abend, denn sie hatte es sich nicht nehmen lassen, an einer Versammlung der Heilsarmee teilzunehmen. Ihr Herz war voller Freude darüber, daß sie in Zukunft immer wieder solche Möglichkeiten haben würde. Ob sie sich nun nicht recht orientiert oder falsche Auskunft bekommen hatte, jedenfalls kurz vor Mitternacht stand sie am Bahnhof und hörte, daß kein Zug mehr fuhr. Hilflos blickte sie sich um. In ihren Bergen war sie daheim — aber hier in einer fremden Stadt zu solcher späten Stunde? Der Bahnhof lag verlassen da. Wo sollte sie hin? Noch nie in ihrem Leben war sie in einem Hotel gewesen. Doch hier auf der Straße konnte sie nicht bleiben.

Da trat ein junger Mann auf sie zu. „Wollten Sie hier umsteigen und mit der Kleinbahn weiterfahren?"

„Ja, aber es fährt kein Zug mehr."

„Was haben Sie nun vor?"

„Ich besinne mich gerade. Es bleibt mir wohl nichts anderes übrig, als hier zu warten, bis morgen früh der erste Zug nach Gummersbach fährt."

„Aber Sie können doch nicht auf der Straße bleiben! Der Bahnhof wird nach der Abfahrt des letzten Zuges, also jetzt, geschlossen."

Unschlüssig blickte Berta ihn an.

„Kommen Sie mit mir nach Hause. Meine Eltern werden sicher nichts dagegen einzuwenden haben, wenn Sie bei uns übernachten."

Berta war sich nicht klar, ob sie das Anerbieten annehmen sollte. Der junge Mann machte zwar einen treuherzigen, ordentlichen Eindruck, aber . . .

Noch einmal redete er ihr zu: „Kommen Sie nur, Sie können doch nicht auf der Straße übernachten! Wir haben ein Zimmer, in dem Sie gut schlafen können."

So ging also das unerfahrene Landkind mit. Eine alte Frau, in Unterrock und Nachtjacke mit einem weißen Tüchlein um den Kopf, öffnete die Tür. Als der Sohn ihr einige erklärende Worte gesagt hatte, begrüßte sie Berta und verschwand im Nebenzimmer, wo sie sich an einem Bett zu schaffen machte. Dann kam sie wieder in die Küche, in der inzwischen Berta und der junge Mann Platz genommen hatten, und wünschte eine gute Nacht. Darauf verschwand sie in einem Raum, aus dem das laute Schnarchen eines Mannes drang.

Berta blickte den Sohn der Alten fragend an. Wie dachte er sich das weitere? Er hatte eine Kaffeekanne vom Herd genommen, dazu Tassen aus dem Küchenschrank und Brot, Butter und Wurst. Er lud Berta ein, mit ihm zu essen. Sie dankte. So ließ er es sich in aller Gemütsruhe auch allein schmecken. Er sprach nichts, und Berta schwieg ebenfalls. Doch dann sah sie auch hier eine Gelegenheit zum Zeugnis und begann mit ihm über Gott und Ewigkeit zu sprechen. Wie immer, wenn sie auf dieses Thema kam, wurde sie recht lebendig und beredt. Ohne dabei süßlich oder frömmelnd zu wirken, flossen ihr die Worte nur so von den Lippen. Ihr persönliches Bekehrungserlebnis erzählte sie ihm auch.

Mit erstaunten, ein wenig blöden Augen blickte er sie an. Noch nie war ihm ein Mädchen begegnet, das ihm solche seltsamen Dinge berichtet hätte. Er wußte darauf nichts zu antworten.

Schließlich überkam Berta eine bleierne Müdigkeit. Sie gähnte ein paarmal herzhaft, doch er schien nichts zu merken und nahm die Zeitung zur Hand, um sich darin zu vertiefen. Nun wagte Berta es doch, nach ihrem Zimmer zu fragen.

„Da drüben", gab er zur Antwort, und wies mit dem Ellenbogen zu der Tür, hinter der die alte Frau zuerst verschwunden war.

Berta erhob sich und reichte dem jungen Mann die Hand: „Gute Nacht, schlafen Sie wohl."

Er nickte nur.

Die Wohnung war einfach, aber sauber. Berta sah sich in

dem Stübchen um. Die Frau hatte ein frisches Leinentuch über das Bett gelegt. Ein Schlüssel fehlte allerdings an der Tür, ebenfalls ein Riegel. Sie konnte sich doch unmöglich in das Bett legen, ohne die Tür zu schließen! Sie versuchte, den Schrank davor zu rücken. Aber der ließ sich nicht von der Stelle bewegen. Unschlüssig stand sie mitten in dem kleinen Zimmer. Doch dann wurde es ihr klar, daß Gott sie auch hier bewahren könnte. Sie legte sich in ihren Kleidern auf das Bett und nahm sich vor, nur zu ruhen, nicht aber einzuschlafen. Doch bald fielen ihr die Augen zu.

Wie lange sie geschlafen hatte, wußte sie nicht. Sie erwachte jedenfalls, als die Tür geöffnet wurde. Der junge Mann trat ein. Berta richtete sich mit einem Ruck auf.

„Was wollen Sie hier?"

„Auch schlafen."

„Schlafen?" Berta blickte ihn entsetzt an. „Machen Sie sofort, daß Sie hier herauskommen!"

„Aber Sie brauchen wirklich keine Angst zu haben. Ich verspreche Ihnen, daß ich Ihnen nichts tue!"

„Sie haben mich doch verstanden! Auf der Stelle verlassen Sie das Zimmer!"

„Aber, aber ich..."

„Sie scheinen nicht ganz normal zu sein, oder aber Sie verwechseln mich mit einer anderen Art von Mädchen. Entweder Sie gehen jetzt sofort, oder ich rufe Ihre Mutter."

„Ich gehe ja schon."

Bertas Herz klopfte wie wahnsinnig, als er die Tür hinter sich geschlossen hatte. Keine Minute mehr würde sie hier schlafen, das war sicher. Wenn sie nur nicht so schrecklich müde wäre. Aber er sollte es nur wagen, noch einmal hereinzukommen. Sie würde — da schlief sie auch schon wieder ein. Es war halt ein so anstrengender Tag gewesen.

Als Berta wieder erwachte, saß der Jüngling auf dem Bettrand und zog gerade seine Schuhe aus.

Mit einem Satz war sie draußen. „Sie unverschämter Mensch", fuhr sie ihn an.

Er aber lallte schlaftrunken: „Aber, aber ich tue Ihnen doch bestimmt nichts! Die ganze Nacht kann ich schließlich ja nicht auf dem Küchenstuhl zubringen. Das Bett ist doch breit genug für uns beide."

„Bitte, es steht Ihnen allein zur Verfügung."

Nun saß Berta auf dem Küchenstuhl. Es dauerte keine drei Minuten, und sie hörte den jungen Mann in tiefem Schlaf kräftig schnarchen. Jetzt glaubte sie, nichts mehr befürchten zu müssen. Fröstelnd sah sie sich in der Küche um. Es war alles sauber und ordentlich, aber der Sohn der alten Leute war gewiß ein wenig beschränkt. Jedenfalls hatte sie eine neue Erfahrung gemacht und wieder einmal Gottes Bewahrung erlebt. Sie nahm sich fest vor, in Zukunft nicht mehr so harmlos und gutgläubig wildfremden Menschen zu vertrauen.

Kurze Zeit später siedelte Lisette Zimmermann mit ihrer Familie nach Barmen über. Dieser Wechsel war allen schwerer, als sie es einander zugaben. Drei Gräber ließ man zurück. In Barmen wohnten sie zwischen vielen anderen Häusern. Kein Garten, kein Wald, keine Ziegen, keine Hühner. Das vertraute Rauschen der Tannen am Waldrand würde ihnen genauso fehlen wie das muntere Plätschern des Bächleins im Wiesengrund, dessen Ufer im Sommer von Vergißmeinnicht und Sumpfdotterblumen gesäumt waren. Einer verbarg vor dem andern seinen Trennungsschmerz.

Höchstens Berta wurde von den Geschwistern geneckt: „Wie ist's denn? Du hast doch gesagt, als du vor zwei Jahren in Köln warst, nie im Leben wollest du noch einmal in eine Stadt gehen. Da sei ja selbst der Rhein zugemauert." Tatsächlich war Berta mit achtzehn Jahren zum ersten Mal in einer Stadt gewesen und hatte nicht schnell genug wieder heimkommen können, wo sie überzeugt erklärte, es sei das erste und letzte Mal in ihrem Leben, daß sie eine Stadt aufgesucht habe.

Wäre das eine nicht gewesen, was Berta innerlich je länger desto mehr erfüllte, sie hätte das Heimweh kaum überwunden. Ihr Leben lang hat sie Sehnsucht nach dem Wald gehabt und mußte doch bis ins Alter hinein in Großstädten leben.

An einem Sonntagabend im Sommer war es. Festtäglich gekleidete Menschen füllten die Straße. Die Gasthäuser waren überfüllt. Häßliches Geschrei, kreischende Frauenstimmen, Singen und Gröhlen Betrunkener drang auf die Straße. Eine Gruppe blau gekleideter junger Leute, Männer und Mädchen, überquerte soeben einen belebten Platz. Einige von ihnen trugen Gitarren, eine eine Geige, ein anderer eine Mandoline. Kinder folgten ihnen, aufgehetzt von halbwüchsigen Burschen und riefen Schimpfworte oder Spottverse nach: „Immer rin, immer rin, immer rin in die Heilsarmee! — Schon wieder eine Seele vom Alkohol gerettet."

Die Uniformierten kümmerten sich nicht darum. Sie betraten soeben eine verrufene Kaschemme. Einer der jungen Männer ging zum Schanktisch und fragte den Wirt: „Würden Sie erlauben, daß wir Ihren Gästen ein Lied singen?"

Der Wirt schüttelte den Kopf. „Kommt nicht in Frage! Erst redet ihr gegen den Alkohol, dann wollt ihr hier betteln."

„Wir betteln nicht", erwiderte der junge Mann. „Wir missionieren."

„Nichts da! Macht, daß ihr hier rauskommt!"

Aber einige der Gäste wehrten sich. „Laß sie doch singen! Die haben gute Stimmen."

Ein lebhafter Wortwechsel setzte ein.

„Ja, sie sollen singen!"

„Nein, raus mit ihnen. Wir wollen nichts mit den Frommen zu tun haben!"

„Doch, wir wollen sie hören. Die tun viel Gutes."

„Die Duckmäuser sollen schleunigst verschwinden!"

Hin und her ging es.

Die Heilsarmeesoldaten aber hatten bereits zu singen begonnen:

„Hört ihr des Hirten Stimm so bang,
wie sie durch Berg und Wüsten drang?
Schafe, die von der Herd verirrt,
sucht immer noch der treue Hirt.
Bringt sie heim,
bringt die Irrenden zu Jesus."

Es war merkwürdig. Plötzlich wurde es in der Kaschemme still. Da und dort noch machte einer eine dumme Bemerkung, aber schließlich verstummte auch der letzte. Männer, die Karten spielten, legten diese beiseite. Einer verbarg das Gesicht in seinen Händen. Aus seinen Augen tropften Tränen. Es wurde so still wie in einer Kirche.

„Noch mehr", hieß es, als das Lied beendet war.

Da stand ein breitschultriger Mann mit schwammigem

Gesicht auf. Man sah, daß er dem Laster der Trunksucht frönte. Seine langen Haare hingen ihm bis auf die Schultern herab. Anstelle einer Krawatte trug er eine breite, schwarze Schleife. Er trat zu den Heilsarmeeleuten und sagte so laut, daß ihn alle verstehen konnten: „Ich bin vom Theater. Sie haben unter Ihren Sängern eine Perle." Er deutete auf Emma Zimmermann. „Das Mädchen hat Gold in der Kehle. Übergeben Sie mir ihre Ausbildung, ich werde sie berühmt machen."

Emma Zimmermann, fast noch ein Kind, sah alle Augen auf sich gerichtet. Sie erwiderte kein Wort und trat errötend einen Schritt zurück.

Der junge Mann, der anscheinend die Führung der Gruppe hatte, antwortete: „Wir singen zur Ehre Gottes, nicht um berühmt zu werden. Wir möchten durch unsere Lieder Menschen auf Christus hinweisen." Gleich danach setzten sie ihr Singen fort.

Aus der Gruppe der Uniformierten löste sich ein Mädchen. Es war klein und zart, aber in seinen Augen leuchtete eine geradezu mitreißende Überzeugungskraft: Berta Zimmermann, Lisettens Tochter. Sie ging nun von Tisch zu Tisch und bot die Blätter an.

„Was, Kriegsruf?" las einer der Männer laut vor. „Wir wollen keinen Krieg! Ich denke, ihr verkündigt den Frieden!"

„Wir haben dem Teufel, dem Widersacher Gottes, den Kampf angesagt", erwiderte das Mädchen ruhig und sah dem Mann ernst in die Augen. „Wir verkündigen den Krieg gegen das Böse, aber auch den Sieg und die Befreiung von der Macht der Sünde."

„Schämt euch, zu betteln", wiederholte ein anderer.

„Wir betteln nicht", gab Berta zur Antwort. „Das Geld, das wir für diese Blätter einnehmen, ist dazu bestimmt, Menschen in Not zu helfen. Wir selber bekommen und wollen keinen Pfennig dafür. Wir gehen unserer Berufsarbeit nach und opfern unsere freie Zeit diesem Missionsdienst."

Einige, die dem Singen der Lieder aufmerksam zugehört hatten, legten nicht nur die zehn Pfennige für den „Kriegsruf" hin, sie gaben mehr als das. „Wenn ihr damit den Armen helfen wollt, dann tun wir auch unser Teil dazu."

Ein angetrunkener Bursche wollte Berta umarmen. Er überragte sie um mehr als Kopfeslänge. Sie trat einen Schritt zurück und blickte ihn wortlos an. Beschämt senkte er die Augen und verzog sich hinter den Tisch, an dem er vorher gesessen hatte.

Was ging nur von diesem Mädchen aus? In seinem Innern brannte ein Feuer. Es war von nur einem Gedanken erfüllt: Menschen für Gott zu gewinnen.

So ging die Gruppe der Heilsarmeeleute von einem Gasthaus zum andern, bis es Zeit zur Abendversammlung wurde. Jeder Platz des Saales war besetzt. Außer solchen Menschen, die die Wahrheit suchten, waren eine Anzahl Radaubrüder mit dem Vorsatz gekommen, die Veranstaltung zu stören. Ein paar Betrunkene saßen auch in den Bänken. Die unbekannte und fremdartig wirkende Methode, in der die Heilsarmee ihre Versammlungen durchführte, schien diesen jungen, oberflächlichen Menschen dauernd Anlaß zu geben, ihre Glossen zu machen oder durch allerlei andere Störungen die Redner zu unterbrechen.

Unter den Zuhörern saß eine noch immer stattlich wirkende Frau. Zwar trug sie nur ein einfaches Kleid, und mancher mitleidiger Blick war ihr gefolgt, als sie — auf zwei Stöcken gestützt — mühsam den Saal betreten hatte. Ein junger Bursche, der wohl eben erst die Schule verlassen hatte, saß neben ihr.

In den Versammlungen der Heilsarmee ist es üblich, daß auch die nicht angestellten Mitglieder den Anwesenden ihre Erfahrungen mit Gott weitergeben. „Wir müssen die Geretteten ermutigen, andere zu retten", pflegte der Gründer der Heilsarmee zu sagen. Mancher Neubekehrte bekam regelmäßig Angstzustände, wenn er öffentlich reden sollte, doch man half ihm darüber hinweg. Es kam ja nicht auf die wohlgesetzten Worte an, sondern darauf, daß sie mit Überzeugung gesprochen wurden. Berta gehörte zu jenen, die eine ausgesprochene Gabe besaßen, ihre Gedanken in Worte zu kleiden. In der Heilsarmee nun fand sie Gelegenheit, diese Gabe anzuwenden. Sie merkte bald, daß das Wort eine Macht ist. Am Anfang hatte sie manchmal im Übereifer ihr Temperament mit sich durchgehen lassen. So war sie kurz nach ihrer Übersiedlung nach Barmen in einer Versammlung von dem Leiter der Missionsstation aufgefordert worden, zu den Zuhörern zu sprechen. Freudig und voller Begeisterung tat sie es. Sie sprach von ihrer früheren Neigung zur Oberflächlichkeit, auch davon, wie wild und ungezügelt sie als junges Mädchen gewesen sei.

Auf einigen Gesichtern der immer zu Störungen aufgelegten Burschen sah man bereits ein vielsagendes Lächeln.

Berta aber fuhr unbekümmert fort: „Oft, wenn unser Vater glaubte, wir schliefen schon, standen wir leise auf und verließen das Haus durchs Fenster. Dann sind wir ins Dorf geeilt und haben das Schlimmste getrieben."

Ein brüllendes Gelächter der Radaubrüder folgte diesen Worten. Einige warfen vor Vergnügen ihre Mützen in die Luft und schlugen sich auf die Schenkel.

Zuerst begriff Berta nicht den Grund ihrer plötzlichen Heiterkeit, dann aber glaubte sie zu wissen, was die Burschen meinten. Sie fühlte, wie sie bis unter die Haarwurzeln errötete. Aber sie blieb ruhig und wartete, bis der Lachsturm verebbt war. Dann sprach sie weiter: „Ich rede nicht von dem, was Sie meinen. Wir waren einfache Landkinder und hatten trotz manchen schweren Erlebnissen eine bewahrte Jugend. Unser Vater duldete kein zweideutiges Wort. In der Zeit, als wir uns erlaubten, gegen sein Gebot das Haus zu verlassen, waren wir voller Übermut und haben einigen Mitbewohnern unseres heimatlichen Dorfes einen Schabernack gespielt. Doch andere unerlaubte Abenteuer haben wir nie gesucht. Dennoch kam eines Tages die Gewißheit über mich, daß ich so, wie ich war, vor Gott nicht bestehen konnte. Wieviel Lieblosigkeit und Unzufriedenheit, wieviel Selbstsucht und Ichbezogenheit lag in meinem Wesen. Wie oft war mein ungezügeltes Temperament mit mir durchgegangen, daß ich zornig und heftig wurde und dadurch andere verletzte. Wie oft hatte ich über die an mich gestellten Forderungen geseufzt und meine Pflicht unfroh und auch nicht gewissenhaft erfüllt.

Das alles und noch manches andere fiel mir plötzlich schwer auf die Seele. Das Sterbebett meines Bruders stellte mich vor die Frage: Was würde sein, wenn du an seiner Stelle wärest? Könntest du dem Tode so ruhig ins Antlitz blicken wie er?"

Sie erzählte die Geschichte ihres verstorbenen Bruders, wie er in jener Nacht zu Gott gefunden hatte und in freudiger Erwartung und innerer Bereitschaft in die Ewigkeit ging. Über die ganze Versammlung hatte sich ein ehrfürchtiges Schweigen gebreitet. Auch die größten Spötter schienen plötzlich nachdenklich geworden zu sein. Vor ihnen stand ein knapp zwanzigjähriges Mädchen. Auf seinem Angesicht lag der Ernst einer tiefen Frömmigkeit, und in ihren Augen leuchtete das Feuer glühender Begeisterung. Mußte da nicht der übermütigste Störenfried verstummen?

Lisettens Augen füllten sich mit Tränen der Freude und der Dankbarkeit, als sie ihre Tochter so stehen sah und mit fröhlichem Bekennermut sprechen hörte. Woher nur hatte sie diese Fähigkeit? Ihre Schulkenntnisse reichten doch bestimmt nicht aus.

Hier bewahrheitete es sich wieder einmal: „Wes das Herz voll ist, des geht der Mund über." Berta hatte der Mutter einmal gesagt: „In der Bibel heißt es doch: Es wird euch zu der Stunde gegeben werden, was ihr sagen sollt." Und dann hatte sie Lisettens Hände erfaßt: „O Mutter, ich wüßte nichts Schöneres, als mein ganzes Leben Gott zur Verfügung zu stellen in der Weise, wie mir die Heilsarmee dazu Gelegenheit gibt."

„Du möchtest wohl auf die Ausbildungsschule nach Berlin?" hatte Frau Zimmermann ängstlich gefragt. „Wie heißt sie doch?"

„Du meinst die Kadettenschule, Mutter." Berta errötete. Ihre geheimsten Wünsche waren von der Mutter durchschaut worden.

Vor dem Potsdamer Bahnhof in Berlin stand ein junges Mädchen und blickte entsetzt in das Menschengewimmel vor ihr. Männer und Frauen hasteten vorüber, als hätten sie es alle eilig. Droschken kamen und fuhren ab. Gepäckträger wurden gerufen und eilten dienstbeflissen herbei.

Zeitungsverkäufer schrien ihre Blätter mit den neuesten Nachrichten aus: „Extrablatt — Extrablatt — Zehn Menschen in Großfeuer umgekommen — Extrablatt — Extrablatt."

Elektrische Bahnen fuhren mit lautem Klingeln vorüber — hielten — Fahrgäste stiegen ein und aus. Schnell — schnell weiter. Keine Zeit, keine Zeit.

Neben dem jungen Mädchen fragte ein aufgeregter Mann einen Polizisten nach der nächsten Haltestelle der Untergrundbahn. Ein Krankenauto fuhr vor. Aus dem Bahnhof trugen Sanitäter eine Tragbahre heraus, auf der eine alte Frau mit geschlossenen Augen lag.

Menschen stauten sich. Was ist da los? Ein Polizist kam: „Weitergehen! Hören Sie nicht, weitergehen! Hier darf keine Menschenansammlung stattfinden."

Berta, die mit weit geöffneten Augen, aus denen das helle Entsetzen sprach, um sich blickte, bekam einen unsanften Rippenstoß. „Sie, Schwester von der Heilsarmee, haben Sie nicht gehört, was der Polizist gesagt hat? Weitergehen, nicht stehenbleiben! Los, los, so gehen Sie schon!"

Ein paar junge Burschen brachen in höhnisches Gelächter aus, als sie sahen, wie verstört die in Uniform Gekleidete nach ihrem Koffer griff und hilflos um sich sah.

„Das scheint eine Landpomeranze zu sein", rief einer der Burschen dem andern zu. „Kick bloß, wie doof die sich benimmt."

Berta war in der Tat ein echtes, weltfremdes Landkind. Sie konnte es nicht verhindern, daß ihre Augen sich mit

Tränen füllten. Wie sollte sie sich nur in diesem Hexenkessel zurechtfinden? Barmen war ihr schon wie eine Großstadt vorgekommen. Was aber war dieses?

Unwillig über sich selbst schritt Berta plötzlich energisch aus. Was fiel ihr ein? Hatte sie sich darum durch all die Schwierigkeiten, die sich ihrem Entschluß in den Weg stellten, hindurchgerungen, um in den ersten Augenblicken nach ihrer Ankunft in Berlin zu kapitulieren?

Zwei Jahre waren vergangen, seit Lisette mit ihren Kindern nach Barmen gezogen war. Eigentlich hatten die Kinder mit ihrer Mutter den Wechsel unternommen, denn Lisette hätte von sich aus kaum das Landleben mit der Stadt vertauscht. In diesen zwei Jahren wurde sie auch nie das Heimweh los. Um der Kinder willen hatte sie sich gefügt. Sie war glücklich, zu sehen, wie sich ihnen durch den Anschluß an die Heilsarmee eine neue Welt auftat, eine Welt, die sie innerlich förderte und zu frohen Menschen machte.

Trotz der immer noch einfachen Lebensverhältnisse hatte ihr Dasein doch einen besonderen Inhalt bekommen. Ihre Feierabende und Sonntage waren erfüllt mit Aufgaben im Dienst für andere. Alle ihre Kinder waren hoch musikalisch. Wilhelm und Heinrich spielten in der Musikkapelle. Alle sangen im Gemischten Chor und im Gitarrenchor mit. Was aber Berta am meisten beglückte, war die Möglichkeit der Wortverkündigung.

Die Heilsarmee faßte immer mehr Fuß. Berichte aus den Missionsländern kamen in Bertas Hände. In ihnen stand vom Dienst an Gefangenen in den Strafanstalten, von den Bestrebungen der Trinker-Rettungsmission und anderes mehr. Berta wurde den Gedanken nicht los, daß auch auf sie eine solche Lebensaufgabe warte. Mit allen Fasern ihres

Herzens sehnte sie sich danach. Ein Heiratsantrag, den ihr jener Heilsarmeeoffizier machte, der als erster Bote dieser Arbeit damals in ihr Dorf gekommen war, änderte daran nichts. Sie mußte ihm eine Absage erteilen, weil sie ganz klar erkannte, daß dies für sie nicht der von Gott gewiesene Weg sei. Am liebsten wäre sie sobald wie möglich nach Berlin in die Ausbildungsschule der Heilsarmee gefahren, um sich für den Dienst an den Allerärmsten und Verkommensten zubereiten zu lassen. Aber sie wußte, daß die Mutter sie brauchte.

Als ihr Bruder Heinrich die Lehre hinter sich hatte, sprach sie mit Lisette. „Mutter, würdest du mich jetzt gehen lassen? Ich weiß um eine klare innere Berufung. Mit den Geschwistern habe ich bereits gesprochen. Sie sind bereit, weiter für dich zu sorgen. Ob ich die Möglichkeit haben werde, dir finanziell beizustehen, kann ich nicht sagen. Du weißt ja, daß die Heilsarmeeleute auf jeglichen Besitz verzichten und geloben, wenn es der Dienst erfordert, die Armut zu wählen. Ich für mein Teil bin bereit dazu. Aber das sollst du wissen: Sollte ich ein kleines Gehalt bekommen, so will ich dir davon regelmäßig schicken, was ich entbehren kann. Auf keinen Fall will ich ohne deine Einwilligung und ohne deinen Segen gehen, Mutter."

Lisette hatte ihre Tochter in tiefer Bewegung angeblickt. „Was könnte mir Schöneres und Größeres geschehen, als daß eins meiner Kinder ganz im Dienst der Nächstenliebe steht. Geh mit Gott, mein Kind."

Als Berta nun auf dem Potsdamer Platz mitten im Gewühl und Lärm der Großstadt stand, meinte sie plötzlich die segnenden Hände ihrer Mutter auf dem Haupt zu fühlen. „Geh mit Gott!"

Ja, in seinem Auftrag hatte sie die Heimat, ihre Familie verlassen, hatte sie einen Schlußstrich unter die Vergangenheit gezogen und durfte nun unter keinen Umständen zurückschrecken. Sie war einfach müde von der durchreisten Nacht auf den harten Bänken der alten Wagen. Der Lärm und der schwindelerregende Betrieb auf der Straße waren ihr ungewohnt. Doch mußte sie nicht damit rechnen, daß es noch ganz andere Schwierigkeiten zu überwinden galt, und hatte sie sich etwa einen leichten Weg erhofft? Gott wollte sie dienen an den Allerärmsten und Geringsten. Da durfte sie nicht nach ihren Gefühlen fragen. Ihr Weg war gezeichnet von Opferbereitschaft und Hingabe.

Sicher würde auch in Berlin einmal die Sonne scheinen und nicht jeder Tag in solchen Nebelgewändern stecken wie dieser erste.

Mit diesen schon tröstlichen Gedanken erreichte Lisettens Tochter die Kadettenschule der Heilsarmee in der Landsberger Straße. Zuerst blickte sie scheu und ängstlich um sich. Würde sie, die eine so ungenügende Schulbildung genossen hatte, überhaupt mitkommen? Schrecklich, wenn die Schulleitung ihr eines Tages nahelegen müßte, zurückzufahren, weil sie das Pensum nicht schaffte. Aber da waren außer ihren eigenen noch andere ängstliche Augen, die bange in die Zukunft blickten. Sie war hier ja nicht das einzige Landkind. Berta faßte Mut. Vielleicht ging alles besser, als sie dachte.

In einer der ersten Stunden mußte jeder Schüler über seinen Werdegang berichten. Vor allem über die Beweggründe, die ihn dazu geführt hatten, diesen Beruf zu ergreifen. Dabei fiel von Berta alle Scheu ab. Mit leuchtenden Augen stand sie vor ihren Lehrern und Mitschülern. Jede Hemmung schwand, und über alle kam ein großes Staunen, wie dieses zarte Menschenkind — sie war die Kleinste von allen — Worte fand, um ihren Gedanken Ausdruck zu verleihen.

„Ich habe keinen Augenblick daran gedacht", sagte Berta, „diese Ausbildung als den Beginn eines Berufsweges zu betrachten. Hier kann es ja eigentlich nicht um einen Beruf, sondern nur um Berufung gehen. Ich glaube, dies in aller Demut sagen zu dürfen. Ich weiß, daß Gott mich in seinen Dienst gerufen hat und hoffte, ihn innerhalb meiner Kirche tun zu können. Leider wurde mir dort die Ausübung des Dienstes, den ich glaubte verrichten zu müssen, aufs Strengste verboten. Ich war darüber sehr unglücklich, denn mein Herz war erfüllt von dem einen Wunsch, anderen den Weg der Rettung aus Sündenschuld und Gebundenheit, aus der Sinnlosigkeit eines Lebens ohne Gott zu zeigen. Ich liebte meine Kirche.

Als ich die erste Begegnung mit der Heilsarmee hatte und von dem Werk der Liebe und Barmherzigkeit hörte, das William Booth ins Leben gerufen hat, wünschte ich nichts so sehr, als selbst in solchem Dienst zu stehen. Ich sah damals zwar noch keinen Weg zur Verwirklichung dieses Wunsches, aber ich wußte, bei Gott sind alle Dinge möglich. Und ich traute ihm zu, daß er auch für mich Türen öffnen und Wege ebnen könne. Er hat es auf wunderbare Weise getan, und nun bin ich hier und möchte mich zubereiten lassen für den Dienst der Hingabe an ihn."

So sprach Lisettens Tochter und wuchs in ihrer Begeisterungsfähigkeit geradezu über sich selbst hinaus. Das war nicht mehr das kleine Hirtenmädchen, sondern ein seines Auftrags bewußter Mensch, bereit, den Einsatz seines Lebens zu wagen.

Staunend blickten die Mitschüler sie an. War dieses Mädchen nicht ein Kind vom Lande? Woher hatte sie diese Redegewandtheit, und welche Überzeugung und Freude sprach aus ihren Worten!

Sogleich setzte ein eifriges Lernen ein. Bibelkunde war das Unterrichtsfach, das Berta am meisten lag. Es kam ihr vor wie ein unermeßlicher Reichtum, der da ausgebreitet wurde. Gleichsam die Schatzkammer Gottes war ihnen aufgetan, und sie durften mit beiden Händen hineingreifen. Berichte aus fernen Ländern, in denen die Missionsarbeit der Heilsarmee oft nur unter großen Schwierigkeiten getan wurde, ließen Bertas Herz höher schlagen. Ach, wer doch auch hinauskönnte in die Heidenwelt, um dort das Evangelium zu verkündigen! Sie würde wohl vor Heimweh umkommen, war das doch die Krankheit, gegen die sie hier schon täglich ankämpfen mußte. An manchem Abend war ihr Kopfkissen naßgeweint. Die Sehnsucht nach der Mutter und den Geschwistern, nach dem schlichten Leben machte ihr schwer zu schaffen. Aber sie lernte es, sie zu überwinden.

Die Regeln und Verordnungen der Heilsarmee wurden ebenfalls in einem Unterrichtsfach gelehrt. Berta lernte sie auswendig und war gewillt, sie zu halten. In ihrem Innern aber hatte sie sich schon selbst Regeln aufgestellt, diktiert von dem eigenen Gewissen. So bereitete ihr der Verzicht auf Alkohol, weltliche Vergnügungen und manches andere keine Mühe. Ihr Leben zu Hause war ja auch nicht üppig gewesen. Was das Abstinenz-Gelübde betraf, so brauchte sie nur an die Not mit dem Vater zu denken, an all die leidvollen Stunden ihrer Kinder- und Jungmädchenzeit, um dem Entschluß, allem Alkohol zu entsagen, willig zu folgen.

Rechnen und Schreiben, Deutsch, Aufsatz und Singen standen ebenfalls auf dem Stundenplan. Berta seufzte: Rechnen. Wenn nur nicht Bruch- und Prozentrechnungen an die Reihe kamen, dann war sie blamiert. Was, Buchführung sollte sie auch noch lernen? Wozu denn? Wann sollte sie das jemals benötigen? Doch bald leuchtete es ihr ein, als der Leiter der Kadettenschule erklärte: Auch in der Arbeit für Gott müsse unbedingt Ordnung herrschen. Die Heilsarmee könne es sich nicht leisten, auf irgendeinem Gebiet undurchsichtig zu arbeiten. Einnahmen und Ausgaben müßten sorgfältig eingetragen werden und einer Prüfung standhalten können. Das verstand Berta. Und sie machte sich, ihrer Art gemäß, voller Eifer dahinter. Wovon sie einmal überzeugt war, das bejahte sie auch. Für Deutsch und Rechtschreibung hatte sie immer eine besondere Begabung gehabt. Sie schrieb fehlerlos und sehr schön.

Bald erkannte Berta, daß sie den Lehrstoff der Schule beherrschen würde. Das stärkte ihr Selbstvertrauen und half ihr, noch vorhandene Hemmungen zu überwinden.

Vor einer der weiblichen Lehrkräfte, die ebenfalls im Offiziersrang stand, fürchtete sie sich. Diese war früher Erzieherin in England gewesen, achtete auf ihr Äußeres mehr, als es nach Bertas damals wohl noch etwas engherzigen Meinung nötig gewesen wäre, und blickte ein wenig auf das einfache Landkind herab, nicht ahnend, daß sie später noch oft zu den Füßen ihrer ehemaligen Schülerin sitzen würde, wenn diese in großen Veranstaltungen vor vielen hundert Menschen sprechen mußte.

Daß diese Vorgesetzte sich heftig darüber aufregen konnte, wenn die weißen Rüschen, die sie um den Uniformkragen und an den Ärmeln trugen, nicht tadellos gebügelt waren, konnte Berta einfach nicht begreifen. Das sind doch völlig untergeordnete Dinge, dachte sie, für die der Dienst im Reiche Gottes alles und jedes andere nebensächlich war.

Wenn ich bei der Einteilung der Hausarbeit nur nicht dazu beordert werde, das Zimmer dieser Offizierin in Ordnung zu halten, dachte Berta. Und prompt geschah es. Das entrang ihr manchen Seufzer. Aber ihr wurde klar, daß dies von ihr noch geringe Überwindungskraft forderte im Vergleich zu dem, was später an sie herangetragen würde.

Zur Ausbildung gehörte auch praktischer Dienst. An einem Nachmittag der Woche wurden die Schüler ausgesandt, je zwei und zwei — die männlichen und die weiblichen für sich — um Hausbesuche zu machen. Dadurch sollten die Heilsarmeekadetten es lernen, mit den Leuten in seelsorgerliche Gespräche zu kommen, sich um ihre sozialen oder anderen Nöte zu kümmern und möglichst zu versuchen, ihnen irgendwie zu helfen.

Manche gingen recht zaghaft an die Ausführung dieses Auftrages. Zu wildfremden Menschen zu gehen, mit ihnen ein religiöses Gespräch zu beginnen und dieses möglichst mit einem freien Gebet zu beschließen, sich auch auslachen oder die Tür vor der Nase zuschlagen zu lassen, das war wahrhaftig nicht einfach.

Berta fühlte sich auch hier in ihrem Element. Wenn sie zu armen Leuten kam, half es ihr, daß sie selbst in einfachen Verhältnissen groß geworden war und den Kampf um das tägliche Brot kannte. Begegnete sie Not, die etwa durch die Trunksucht des Mannes verursacht war, brauchte sie nur an das Leid in der eigenen Familie zu denken, und schon brannte ihr Herz, hier helfen zu können. Kam sie zu wohlhabenden Leuten — auch bei ihnen mußten die Schüler Hausbesuche machen — so half ihr dort ihre immer stärker hervortretende Redegabe und ein natürliches Empfinden für Takt und Herzensbildung.

Manch erstaunter Blick ruhte auf dem jungen Mädchen, das so unerschrocken, durchdrungen von einer tiefen Überzeugung und großen Liebe, Menschen auf Gott hinzuweisen und über Dinge zu sprechen verstand, die man sonst höchstens einmal in der Kirche hörte. Berta erkannte gar bald, daß längst nicht alle wohlhabenden Leute wirklich reich waren. Im Gegenteil, sie lernte damals die Wahrheit der Bibel kennen, in der es heißt: „Wie mancher ist arm bei großem Gut, und mancher ist reich in seiner Armut" (Sprüche 13,7).

Wenn nur das zermürbende Heimweh nicht gewesen wäre! Wie wartete Berta voller Sehnsucht auf die Briefe der Mutter, von denen jeder Ströme von Tränen bei ihr auslöste. Wäre sie diesem schmerzhaften Gefühl nachgegangen, sie hätte es keine vier Wochen in Berlin ausgehalten, wo Lärm die Straßen füllte, wo man vor Häusermauern kaum ein Stückchen Himmel sah, wo keine Vögel sangen, außer in den Parkanlagen, die alle eingezäunt waren und die keines Menschen Fuß betreten durfte.

Berta wußte, die Heilsarmee arbeitete hauptsächlich in den Großstädten. Das bedeutete also, daß sie ihr Leben lang in solchen zubringen mußte. Mehr als einmal hieß es in ihr: Warum zwingst du dich zu etwas, was deinem Wesen und deiner Art so fremd ist? Nie wirst du dich in der Stadt glücklich fühlen. Warum solltest du nicht auf dem

Lande, in den Dörfern missionieren können? Werde Diakonisse, dann hast du die Möglichkeit innerhalb deiner Kirche, zu der du ja noch immer gehörst, einen Platz auszufüllen. Dort stehst du ebenfalls im Dienste Gottes. Doch Berta wußte, daß das nicht ihr Weg war. War es nicht eine Frau gewesen, zu der Jesus an jenem ersten Ostermorgen gesagt hatte: „Gehe hin und verkündige meinen Brüdern, daß ich auferstanden bin von den Toten"? Hier lag ihre Aufgabe. Das erkannte sie immer deutlicher, und damit konnte sie das ständig wieder über sie hereinstürzende Heimweh überwinden.

An einem freien Nachmittag hielt sie es in dem Häusermeer einfach nicht mehr aus. Mit der Untergrundbahn fuhr sie hinaus aus Berlin an einen Vorort und wanderte dann eine ganze Strecke weit, bis sie zu Wiesen und Feldern kam. Da stand nun Lisettens Tochter an eine der vielen Birken gelehnt, die dort die Wege säumten, und schluchzte vor Sehnsucht nach dem Landleben, in dem sie groß geworden war. Hier draußen spürte man den Wind, der kräftigen Heugeruch zu ihr trug. Ach, was hätte sie darum gegeben, bei der Heuernte mithelfen zu können!

Ganz still war es um sie her. Berta vernahm das Summen der Bienen, das Zirpen der Grillen. Auf ihrer Hand, die den Stamm einer Birke umklammerte, ließ sich ein Zitronenfalter nieder. Berta rührte sich nicht, um den Schmetterling nicht zu verscheuchen. Ihr Herz klopfte froh, als er eine Weile sitzen blieb. Über ihr wölbte sich ein strahlend blauer Himmel, herber Erdgeruch strömte aus dem Acker, neben dem sie stand. Wiesen, die noch nicht abgemäht waren, schienen bestickt mit unzähligen Blumen, die in allen Farben leuchteten.

Tief atmete Lisettens Tochter auf. Über ihr jubilierte eine Lerche. Ihr kleiner Körper schwang sich in den blauen Himmel, und ihr Danklied perlte in jubelnden Tönen zu Berta hernieder. Sie trocknete ihre Tränen. Wie schön war dieser Tag! Wie reich an Erlebnissen, die viele Menschen in der Großstadt nie kannten oder wahrnahmen. Machten sie sich einmal frei von Arbeit und flohen den Straßenlärm, dann kamen die meisten nicht weiter als bis zu einer der vielen Gartenwirtschaften, an denen in jener Zeit verheißungsvoll ein Schild lockte:

> Der alte Brauch wird nicht gebrochen,
> Familien können Kaffee kochen.

Die Hausfrau trug ein Tütchen gemahlenen Kaffee bei sich, den sie in der Gaststätte mit kochendem Wasser überbrühen ließ. So konnten auch kinderreiche Familien ohne große Ausgaben unter grünen Bäumen zu mitgebrachtem Kuchen ihren Kaffee trinken. Damals wußte man noch zu sparen.

Doch Lisettens Tochter dachte jetzt weder an Kaffee und Kuchen noch an irgendwelche lukullischen Genüsse. Sie genoß den Nachmittag fern von der Großstadt wie ein kostbares Geschenk. Als sie am Abend in die Schule zurückkehrte, bewunderten ihre Mitschülerinnen den herrlichen Wiesenstrauß, den sie mitgebracht hatte. Manche von ihnen, die in der Großstadt aufgewachsen waren, hatten eine solche Vielfalt von Blumen noch nie gesehen.

Verschämt schwieg Berta über die Handvoll Heu, das sie aufgehoben und sorgfältig in ihr Taschentuch geknüpft und so in die Schule mitgebracht hatte. Als in den Schlafräumen das Licht gelöscht war, barg sie ihr Gesicht in dem Heu und atmete sehnsüchtig den Duft ein, der ihr ein

Stück Kindheit vermittelte und Erinnerungen wachrief an jene Zeit, da sie noch ein kleines Hirtenmädchen war und im roten Röcklein barfuß auf der Waldwiese tanzte.

Nach Beendigung ihrer Ausbildung kam Berta nach Königsberg/Pr. unter Kommando, wie es in der Heilsarmeesprache heißt. Das bedeutete, daß sie der Leiterin einer Missionsstation unterstellt war. Sie hatte Seelsorge zu üben, Arme und Verlassene zu betreuen, Kranke und Verkommene zu besuchen, Schriftenmission zu betreiben und Gottes Wort in Versammlungen für Erwachsene und Kinder zu verkündigen. Nach wie vor erfüllte der Dienst das Herz der noch nicht ganz Dreiundzwanzigjährigen mit großer Freude. Aber auch immer noch litt sie an der Großstadt und unter fast unstillbarem Heimweh, obwohl es ihr je länger desto mehr klar wurde, daß der Weg in der Nachfolge Jesu Christi ein Weg der Selbstüberwindung ist.

Damals begann der Gedanke zum erstenmal in ihr Fuß zu fassen, daß das Leben in der Großstadt und das Heimweh sich leichter überwinden lassen würde, wenn man einen Menschen hätte, zu dem man unlöslich gehörte. Aber allein bei diesem Gedanken errötete sie, als lade sie damit Schuld auf sich. Hatte sie ihr Leben nicht Gott geweiht? Wie konnte sie sich auch nur gedanklich mit solchen Wünschen befassen! Wohl war es in der Heilsarmee den jungen Leuten gestattet, sich zu verheiraten, aber der Ehepartner mußte ebenfalls im Dienst dieser Organisation stehen. Darüber hinaus mußte der Landesleiter, der Kommandeur, seine Einwilligung zu einer Eheschließung geben. Es konnte sein, daß er den Eindruck hatte, daß die beiden jungen Menschen, die ihn um Erlaubnis baten, sich verloben zu dürfen, nicht zusammenpaßten. In einem solchen Falle gab er seine Einwilligung nicht. Das schuf oftmals Erbitterung und Auflehnung. Aber die meisten unterstellten sich gehorsam der Anordnung. Die Entscheidung des Kommandeurs wurde als maßgebend angesehen, und man glaubte, darin Gottes Willen für sich zu erkennen.

Lisettens Tochter wehrte sich damals gegen den immer wieder in ihr aufsteigenden Wunsch, einen Menschen zu finden, der ihr Heimat sein würde und durch den sie endlich das sie quälende Heimweh überwinden könnte.

Von Königsberg kam sie zurück nach Berlin. Schon dort wurde ihr die selbständige Verantwortung für die Leitung einer Missionsstation übertragen. Die vorgesetzte Behörde glaubte, diesem zwar noch sehr jungen, doch selten ernsten, reifen und befähigten Menschen ein solches Amt anvertrauen zu dürfen. Sicher, gewissenhafter und treuer hätte niemand seinen Platz ausfüllen können.

Die einzelnen Missionsstationen mußten sich selber erhalten. Freiwillige Beiträge von den Mitgliedern liefen oft nur spärlich ein. Die Kollekten in den Versammlungen waren damals ebenfalls gering. So blieb gerade nur das Allernötigste, um das Leben zu erhalten. Aber keinen Augenblick seufzte Berta darüber. War sie nicht bereit gewesen, die Armut im Dienste Gottes zu wählen? Hatte Christus nicht selbst gesagt: „Die Füchse haben Gruben und die Vögel unter dem Himmel haben Nester; aber des Menschen Sohn hat nicht, wo er sein Haupt hinlege." Sollte sie mehr beanspruchen dürfen?

Enttäuschungen in der Arbeit gab es natürlich auch. Zwar waren die Zeiten der Verfolgungen vorüber, wie sie die Heilsarmee in den ersten Jahren ihres Bestehens in Deutschland und auch in anderen Ländern durchlebt hatte, aber Spott und Hohn mußte man sich noch immer gefallen lassen. Hin und wieder, wenn auch selten, kam es vor, daß eines der uniformierten Mädchen während der Wirtschaftsmission angepöbelt oder mit unflätigen Worten belästigt wurde. Auch Berta erlebte das einige Male. Doch ein Blick aus ihren Augen ließ jeden Frechen schweigen. Einmal aber mußte sie sich sogar tätlich zur Wehr setzen.

Berta war an jenem Abend mit den Heilsarmee-Zeitschriften in einem Lokal und bot die Blätter an. Kommen die Menschen nicht zu uns, um die Botschaft des Heils zu vernehmen — so hatte der Gründer der Heilsarmee gesagt — dann müssen wir mit der Botschaft zu ihnen gehen. So sah man in der Verbreitung der „Kriegsrufe" eine wichtige Missionsaufgabe. Schon oft hatte Berta an einem Abend mehr als hundert dieser Blätter bei der Wirtschaftsmission unter die Leute gebracht. Manch einer, der nie zur Kirche ging, wurde durch einen geistlichen Artikel dieses Blattes zum Nachdenken, ja sogar zur Umkehr bewogen.

Berta gab gerade einigen Männern Antwort, die sie gefragt hatten, wodurch so ein junges Mädchen wie sie zur Heilsarmee käme. Plötzlich nahte von hinten ein angetrunkener Mann. Mit einer unverschämten Bemerkung versuchte er den Arm um Berta zu legen und sie an sich zu ziehen. In rascher Bewegung stieß Berta ihn von sich und blitzte ihn aus empörten Augen an.

Dann sprach sie ruhig weiter.

Nun kam der Betrunkene von einer anderen Seite und versuchte wieder, sie zu belästigen. Blitzschnell hatte Berta sich umgedreht, und nun war es, als käme der Impuls des Hirtenmädchens wieder über sie, das sich zur Wehr setzte. Ehe der aufdringliche Bursche sich versah, hatte sie ihren

Stoß „Kriegsrufe" erhoben und schlug sie ihm kräftig ins Gesicht.

„Bravo", schrien die Männer am Stammtisch.

Berta aber erschrak beinah vor ihrem eigenen Tun. Durfte sie so handeln? Sie hatte damit wenigstens die Belästigungen abgewiesen. Der Bursche zog verlegen ab.

Derartiges kam jedoch höchst selten vor. Die Uniform der Heilsarmee flößte den meisten Menschen Achtung ein und verbürgte eine gewisse Bewahrung, ebenso wie die Tracht der Diakonissen.

Das Motto des Gründers der Heilsarmee: „Rettet Seelen, geht den Schlimmsten nach", brachte es natürlich mit sich, daß die Heilsarmeeleute es meistens mit Menschen aus den untersten Volksschichten zu tun hatten. Obgleich Berta sich im Geschäft oft entsetzt hatte über die niedere Lebensauffassung mancher ihrer Mitarbeiter, so war sie hier beinah fassungslos. Bei ihren Hausbesuchen und anderer seelsorgerischer Arbeit bekam sie Einblicke in Verhältnisse, die sie niemals für möglich gehalten hätte. Sie sprach mit Prostituierten, die sich dagegen wehrten, den Sumpf ihres Lebens zu verlassen, und sich über den Bekehrungseifer der jungen Heilsarmeeschwester lustig machten. Berta kam in Familien, die in einem unbeschreiblichen Schmutz und in unvorstellbarer Verkommenheit lebten. Es schien ihr unfaßlich, daß man es in solchen Verhältnissen aushalten konnte. Entlassenen Strafgefangenen wieder Arbeitsmöglichkeit zu beschaffen, war eine der schwersten Aufgaben, die sich die Heilsarmee gestellt hatte. Wie unglücklich war deshalb Berta, wenn die offenen Türen eines solchen Platzes für gestrandete Menschen durch das Mißtrauen und die Herzenshärte anderer wieder zugeschlagen wurden.

Das Bestreben der Heilsarmee, notleidenden Menschen auch auf sozialem Gebiet zu helfen, wurde von verantwortungslosen Menschen oft mißbraucht. Das war jedoch kein Grund, sich entmutigen zu lassen oder seine Bemühungen aufzugeben. Der Auftrag war da, und er mußte ausgeführt werden.

Die Versammlungen der Heilsarmee wurden vielfach von solchen Menschen besucht, die sonst nirgends Anschluß hatten. Es kamen aber auch solche, die den Mut und die Entschlossenheit der Heilsarmeeangehörigen bewunderten. Das waren vielfach Menschen aus besten Kreisen, die dann Freunde der Heilsarmee wurden und durch ihre finanziellen Unterstützungen die Arbeit förderten.

An einem Sonntag fiel der jungen Leiterin der Missionsstation eine Frau auf, die einen geradezu finsteren Blick hatte. Am Schluß der Versammlung kam sie auf Berta zu und fragte: „Kann ich Sie morgen sprechen?"

Einen Tag später erzählte Alice — so hatte sie sich selbst vorgestellt — von schrecklichen Familienverhältnissen und beschuldigte vor allem ihre Schwester, die ihr das Leben zur Hölle mache.

„Wollen Sie Ihre Schwester nicht einmal mit in unsere Versammlung bringen?" fragte Berta.

„Die kommt nicht. Wenigstens wird sie nicht mit mir gehen. Seit Jahr und Tag haben wir keinen gemeinsamen Weg mehr gemacht. Und ob sie allein zu Ihrer Versammlung kommt, bezweifle ich sehr. Die ist nämlich gottloser als gottlos."

„Laden Sie sie jedenfalls einmal ein", ermutigte Berta sie.

Zur Versammlung kam sie wirklich nicht, während die

andere sie regelmäßig besuchte, aber immer mit demselben finsteren und abweisenden Gesicht. Sie sang nicht mit, blickte herausfordernd umher, während andere wenigstens die Hände zum Gebet falteten oder das Haupt neigten. Berta fragte sich oft, was diese Frau eigentlich bewog, überhaupt zu kommen.

An einem Abend stand eine kleine, ziemlich rundliche Person vor Bertas Tür.

„Sind Sie die Leiterin der Missionsstation der Heilsarmee?" fragte sie mit heiserer Stimme.

„Ja, die bin ich."

„Kann ich Sie sprechen?"

„Bitte, kommen Sie nur herein!" Berta bot ihr einen Stuhl an.

Die Frau war in ihren Bewegungen sehr unsicher. Sie tastete beinah wie eine Blinde. Die dunkle Brille bewies, daß sie ein Augenleiden hatte.

Berta führte sie am Arm zu dem Stuhl. „Sie scheinen sehr schlecht zu sehen."

„Fast gar nicht!" antwortete diese. Dann saß sie eine Weile da, ohne zu sprechen.

Berta wartete, doch dann fragte sie: „Was führt Sie zu mir? In unseren Versammlungen habe ich Sie noch nie gesehen. Kommen Sie in irgendeiner Not zu mir? Brauchen Sie einen Rat? Kann ich Ihnen irgendwie helfen?"

Die freundliche Stimme schien der Frau Mut zu machen. Nachdem sie noch ein paar herzzerreißende Seufzer ausgestoßen und sich unter ihrer dunklen Brille einige Tränen abgewischt hatte, begann sie: „Ich bin die Schwester von der Alice, die bei Ihnen war. Ich weiß, sie hat mich schlecht gemacht, wie sie es überall tut."

Und nun begann sie bitterlich zu weinen. „Glauben Sie ihr nur nicht! Sie ahnen ja nicht, was ich in ihrem Hause ausstehe. Was ich auch tue, das ist falsch. ‚Frieda mach dies, mach das — laß das sein — hör auf, du machst alles verkehrt! Wie lange muß ich dich noch in meinem Hause dulden.' So geht es am laufenden Band. Wenn ich nur wüßte, wo ich hinkönnte, ich wäre schon längst fortgegangen. Aber ich bin ja fast blind und kann nicht arbeiten und bin darum auf sie angewiesen. Mit ihrem Mann lebt sie ja auch wie Katz und Hund."

„Hund und Katze leben manchmal recht gut zusammen", erwiderte Berta und dachte an das Tieridyll daheim. Immer hatte Minka mit Möppi, dem kleinen Hund, in einem Körbchen hinter dem Ofen geschlafen, und stets hatten sie aus einem Napf gefressen. Als Minka Junge bekam, war Möppi nicht von ihrem Körbchen gewichen und hatte später die Katzenjungen wie ein Vater betreut.

„Daß Ihre Schwester verheiratet ist, wußte ich nicht", wunderte sich Berta. „Davon hat sie mir nichts gesagt."

„Ja, sehen Sie, sehen Sie", trumpfte Frieda auf. „Das verschweigt sie. Dafür hat sie auch gute Gründe. Fragen Sie sie einmal nach ihrer Heiratsurkunde. Ich kann nur sagen: Nirgends stimmt es, nirgends. Aber bei den Leuten herumziehen und mich schlechtmachen, das kann sie." Die heisere Stimme der Empörten schnappte beinah über. „Als ob ich an meinem Schicksal nicht schwer genug trage. Oh, ich hasse sie, ich hasse sie!"

Berta war entsetzt von diesem Gefühlsausbruch, der von Wut, Empörung und Haß diktiert zu sein schien. Wie konnte sie hier raten und helfen?

„Werden Sie vor allem erst einmal ruhig", versuchte

sie einzulenken. „In dieser Weise können wir ja nicht miteinander reden."

„So glauben Sie also meiner Schwester und nicht mir?" fuhr die Frau hoch. „Diese giftige Schlange hat Sie schon gegen mich eingewickelt!"

„So sollten Sie nicht über Ihre Schwester sprechen, ganz gleich, wie Sie auch zueinander stehen."

„Na, dann kann ich ja gleich wieder gehen", brauste Frieda auf. „Ich hatte gehofft, Sie würden mir helfen!"

„Das will ich gerne versuchen, aber es scheint mir gar nicht so einfach. Ich müßte Sie beide zusammen hier haben. Können Sie Ihre Schwester morgen nicht mitbringen?"

„Auf keinen Fall!" Die Frau erhob sich vom Stuhl. „Was glauben Sie, die geht doch nicht mit mir über die Straße. Die schämt sich ihrer krüppelhaften Schwester."

„Aber was reden Sie denn? Sie sind doch kein Krüppel!"

„Davon bin ich nicht weit entfernt. Wenn ich erst ganz blind bin, dann ..." Sie brach ab. „Es hat ja keinen Sinn. Ich sehe schon, Sie können mir auch nicht helfen!" Sie begann wieder hysterisch zu weinen.

„Soll ich Sie morgen besuchen, um gemeinsam mit Ihnen und Ihrer Schwester zu reden?" fragte Berta.

Die Frau erhob abwehrend die Hände. „Wo denken Sie hin? Der Mann würde Sie aus der Wohnung werfen! Meine Schwester darf auch unter keinen Umständen erfahren, daß ich hier gewesen bin. Sie schlüge mich tot."

„Wie aber soll ich Ihnen dann helfen können?" erwiderte Berta sichtlich betrübt. „Ich will jedoch ernstlich nachdenken, was ich für Sie tun kann. Vor allem werde ich für Sie beten."

„Als ob das etwas nützen würde!"

Berta half der Frau behutsam die Treppen hinunter. „Können Sie denn allein über die Straße gehen?" fragte sie.

„Es bleibt mir ja nichts anderes übrig. Schließlich komme ich mal unter ein Auto. Je eher, desto besser!"

Bekümmert blickte Berta ihr nach, wie sie sich an den Häuserwänden entlangtastete. Ach, wieviel Not gab es doch, und wie gering war dagegen die Hilfe, die man geben konnte!

Drei Tage später stand Alice vor der Tür. „Ich muß Sie sprechen!"

Berta ließ sie ein.

„Sie haben ja schön über mich hergezogen, als meine Schwester bei Ihnen war", fauchte sie Berta an, nachdem sie Platz genommen hatte.

Berta blieb ganz ruhig. „Es freut mich, daß sie nun doch darüber gesprochen hat, daß sie bei mir war. Daß ich weder über Sie noch über Ihre Schwester schimpfte, bedarf wohl keiner Erklärung."

„Desto mehr wird Frieda über mich hergezogen haben!"

„Sie ist ein unglücklicher Mensch. Vielleicht sollten Sie bei Ihrem Zusammenleben ein wenig darauf Rücksicht nehmen. Denken Sie, wenn man vor der Erblindung steht."

„Natürlich, sie hat das alte Lied gesungen. Überall schindet sie Mitleid heraus und hetzt die Leute gegen mich auf."

„Ich würde so gerne einmal mit Ihnen beiden zusammen sprechen. Wenn Sie nun schon den Weg zu mir gefunden haben, Sie und auch Ihre Schwester, dann wäre es doch gewiß das beste, eine Aussprache herbeizuführen."

„Niemals!" schrie Alice und sah haßerfüllt aus.

Berta versuchte es auf alle Arten, sie zu überzeugen, ihr

gut zuzureden. Es war umsonst. Wutentbrannt schmetterte Alice nach einer Stunde die Tür hinter sich zu.

Wenige Tage später hatte Frieda sich wieder die Treppen heraufgetastet. Sie kam meistens in der Dämmerung.

„Ich muß heimlich gehen, damit meine Schwester mich nicht sieht. Um diese Zeit geht sie immer einkaufen, und da sie eine alte Klatschbase ist, bleibt sie stundenlang fort." Und dann legte sie aufs neue los und schimpfte mit ihrer heiseren Stimme über die Schwester.

Wochenlang ging das so. Einmal kam Alice, das nächste Mal wieder Frieda. Eine zog über die andere her. Eine beschuldigte die andere immer schlimmerer Dinge. Frieda kam nie in die Abendversammlung. Berta war überzeugt, sie besuchte auch keine Kirche. Somit kam sie nie unter das Wort Gottes. Sprach Berta mit ihr über Gott oder versuchte sie, vom Gewissen her einen Einfluß auf diese Frau auszuüben, dann lachte ihr Frieda spöttisch ins Gesicht.

„Hören Sie mir auf mit Ihrem frommen Gefasel. Ich glaube an keinen Gott. Und wenn ein solcher wirklich existiert, dann würde ich mit ihm nichts zu tun haben wollen. Wo ist denn der Gott der Liebe, der seine Geschöpfe so ungerecht behandelt? Welch ein kümmerliches Leben läßt er mich führen? Nur noch kurze Zeit, dann bin ich völlig blind und ganz und gar abhängig von diesem Weib, das sich meine Schwester nennt und das mich am liebsten umbringen möchte."

Berta war oft völlig ratlos. Wie sollte sie hier nur helfen?

Auch Alice besuchte sie nach wie vor. Sie kam in die Sonntagsversammlungen, aber alles, was sie hörte, schien ohne Wirkung auf sie zu bleiben. Nach wie vor spie sie eine Fülle unflätiger Worte und Schimpfnamen über ihre

Schwester aus, wenn sie Berta in der Woche mindestens ein- oder zweimal aufsuchte.

Schließlich wurde es dieser zu bunt. Wenn beide Schwestern unnachgiebig blieben, wenn sie sich nicht raten und helfen lassen wollten und auch zu einer Aussprache nicht zu bewegen waren, dann wünschte Berta von ihnen nicht länger gestört zu werden.

Als Alice das nächste Mal kam, sagte sie ihr unumwunden, daß es besser sei, sie besuche jetzt nur noch die Versammlungen.

Daraufhin brach diese in ein großes Geschrei aus: „Nun wird mir auch das noch genommen. Nicht einmal die Möglichkeit mehr soll ich haben, mir alles vom Herzen sprechen zu können, was mich bedrückt. So sind sie, die Christen; ich habe es ja immer gesagt. Aber ich weiß, was ich zu tun habe: Ich nehme mir das Leben. Sie jedoch haben mich auf dem Gewissen, Sie scheinheilige Heilsarmeeschwester! Und der anderen, der Frieda, der werde ich's sagen, die wird etwas erleben wie nie zuvor. Die ist nämlich schuld, die hat Sie gegen mich aufgehetzt."

Noch am gleichen Tag kam Frieda. „Was ist bloß in meine Schwester gefahren? Sie tobt wie eine Irre und hat mich mit einem dicken Knüppel geschlagen."

Tatsächlich, unter ihrem Kopftuch trug sie einen Verband.

„Wenn ich nicht zu Nachbarsleuten geflüchtet wäre, hätte sie mich gewiß umgebracht. Die haben mich verbunden und wollten die Polizei benachrichtigen. Doch das habe ich nicht zugelassen. Was soll ich nur tun? Ich kann mich doch nicht nach Hause wagen."

„Ich werde mitgehen und mit Ihrer Schwester reden."

Frieda geriet außer sich. „Nein, nein, auf keinen Fall! Es gibt bestimmt ein Unglück!"

„Entweder Sie fügen sich jetzt meinem Vorschlag, oder ich kann nichts mehr für Sie tun."

Frieda stand heulend auf und tastete sich zur Tür. „Es ist gut, ich weiß jetzt, was ich zu tun habe."

Berta ließ auch sie gehen.

Am nächsten Tag erschien tatsächlich wieder Alice. Kaum hatte Berta ihr die Tür geöffnet, da taumelte die Frau auf die Erde und verdrehte die Augen. Aus ihrem Mund floß eine widerliche rote Brühe.

Entsetzt und maßlos erschrocken standen die beiden Heilsarmeeoffizierinnen, Berta und ihre junge Mitarbeiterin, vor der sich in Krämpfen windenden Frau. Kein Zweifel, Alice hatte sich vergiften wollen! Aber je länger Berta auf die vor ihr Liegende und Stöhnende niederblickte, desto mehr erfüllte sie nicht Mitleid, sondern ein Gefühl von Ekel und Widerwillen.

„Wasser! Holen Sie Wasser!" beauftragte sie ihre Assistentin. Sie selbst riß das Fenster auf, um frische Luft hereinzulassen. Dann beugte sie sich über Alice, die scheinbar besinnungslos war, um ihr den Puls zu fühlen. Es konnte nicht schaden, wenn sie ihr Umschläge auf das Herz machte. Inzwischen sollte ihre Mitarbeiterin einen Arzt holen.

Gerade hob sie den Kopf der vor ihr Liegenden, als sie wahrnahm, wie diese sie aus lauernden Augen ganz kurz ansah, dann aber rasch wieder die Lider senkte. Plötzlich war es Berta klar. Diese Frau spielt auf gemeine Art und Weise Theater. Der Selbstmordversuch war fingiert. Ein hysterisches Geltungsbedürfnis erfüllte diese Person.

Die junge Mitarbeiterin erschrak beinah, als Berta in sehr bestimmtem Ton sagte: „Stellen Sie die Schüssel mit Wasser wieder weg, wir brauchen sie jetzt nicht mehr."

Zu Alice gewandt sagte sie in einer Weise, die keinen Widerspruch duldete: „Stehen Sie sofort auf! Diese elende Komödie nimmt hiermit ein Ende. Es ist das letzte Mal, daß Sie unsere Wohnung betreten haben."

So war sie diese Frau los.

Als Berta noch hin- und hergerissen war von der Frage, ob sie mit der Frau nicht doch zu hart umgegangen sei, erschien nach einigen Tagen ein fast kümmerlich wirkender, mittelgroßer Mann, dessen Gesichtsausdruck unzweifelhaft etwas widerspiegelte von dem, was er an der Seite einer hysterischen Frau seit Jahren durchmachen mußte. Berta erfuhr, daß Alice und Frieda ein und dieselbe Person waren. Frieda hatte sich verkleidet, ausgestopft, eine schwarze Brille aufgesetzt, und sich auf diese Weise unkenntlich gemacht. Sie hatte über eine Schwester geredet, die überhaupt nicht existierte. Es war immer dieselbe Person, die monatelang Berta zum Narren hielt. Ihr Mann hatte sich aus Verzweiflung dem Trunk ergeben, denn das Leben an der Seite dieser hysterischen Frau war eine Hölle. Obwohl er ihr nicht helfen konnte, erkannte aber auch er ebensowenig wie seine Frau die Notwendigkeit, sein Leben grundlegend zu ändern.

Er bat Berta um Geld. Sie verweigerte es ihm, weil sie es nicht für richtig hielt, das Laster, dem er verfallen war, noch zu unterstützen. Inwieweit ihre einfühlenden, ermahnenden Worte in ihn eindrangen, war schwer festzustellen. Offensichtlich hatte er etwas anderes von seinem Besuch in der Heilsarmeestation erwartet.

Berta war froh, dieses Kapitel abschließen zu können. Wieviel Zeit und Kraft hatte sie daran gewandt, dieser Frau zu helfen. Sie ahnte damals nicht, daß die Sache einige Jahre später noch ein Nachspiel haben sollte. Alice begegnete ihr nach Jahren und wollte Berta umbringen. Nur dem Eingreifen des Ehegatten Bertas gelang es, dies zu verhindern. —

Ein großer Tag stand bevor. Der General und Gründer der Heilsarmee, William Booth, sollte nach Berlin kommen. Zuerst war es Berta seltsam erschienen, daß dieser Mann seine Mitarbeiter geradezu militärisch organisierte und kennzeichnete. Sie, die in der Ursprünglichkeit des Oberbergischen Landes groß geworden war, der Rang und Titel nichts bedeuteten, fragte sich, warum diese militärischen Titel: Oberst, Major, Adjutant, Kapitän sowohl für Frauen als auch für Männer eingeführt worden waren. Brüder und Schwestern, ja damit hätte sie sich einig erklärt. Lag nicht eine Berechtigung dafür in der biblischen Aussage Jesu: „Wer sind meine Brüder, wer sind meine Schwestern? Diejenigen, die den Willen tun meines Vaters im Himmel." Gewöhnt, ehrlich zu sagen, was sie dachte, hatte sie diese Frage schon auf der Kadettenschule gestellt. Warum dieses Militärische? Geduldig war man damals auf sie eingegangen, wußte man doch, daß sie nicht locker ließ, ehe sie von der Notwendigkeit einer Sache überzeugt war. So erfuhr Berta, daß der Gründer der Heilsarmee seine Leute in die Verbrecherkneipen, in die Dirnenviertel und Bordelle, in die Slums zu den Messerstechern und den Trunkenbolden schickte, um mit ihnen zu sprechen und ihnen das Evangelium zu bringen, ja um alles einzusetzen für ihre Rettung. Sie mußten eine Tracht tragen, an der sie schon von weitem zu erkennen waren. Und da sie in den Heilskrieg zogen, um das Böse, das Dämonische zu bekämpfen, mußte dies eine Uniform sein. Alle Mitglieder, die sich freiwillig seiner Sache zur Verfügung stellten, ohne jedoch ihren Beruf aufzugeben, nannte er seine Soldaten. Diejenigen aber, die durch die Kadettenschule gingen und dann hauptamtlich auf den verschiedenen Posten, Korps genannt, und den Filialen, die als Vorposten galten, und in den Sozialanstalten, die im Laufe der Jahre gegründet wurden, in Männer- und Mädchen-, Wöchnerinnen- und Kinderheimen arbeiteten, nannte er Offiziere.

Längst hatte Berta sich daran gewöhnt, als Korpsleiterin Kapitänin genannt zu werden. Alles war am Platz und ihr recht, wenn es nur dem Bau des Reiches Gottes diente.

Nun aber wurde der General erwartet. Der große „Zirkus-Busch-Bau" war gemietet worden, weil keins der kleineren Versammlungslokale ausgereicht hätte, die vielen Menschen zu fassen, die aus ganz Deutschland zusammenkamen, um den Mann zu sehen, dessen Lebensaufgabe es geworden war, denen nachzugehen, die vielfach als Abschaum der Menschheit galten.

Die Heilsarmee war damals schon in verschiedenen Ländern tätig. Um den General zu erfreuen und zur Information der vielen Freunde und Heilsarmeesoldaten, die an diesem Kongreß in Berlin teilnahmen, plante man, jeweils einen weiblichen und einen männlichen Heilsarmeeoffizier in der Landestracht auftreten zu lassen, in der die Heilsarmee damals tätig war.

Berta hatte eine Japanerin darzustellen. Sie sah reizend

aus in ihrem bunten Kimono, einen blumenbedruckten Fächer in der Hand und einen Zweig Jasminblüten in ihrem dunklen Haar. Gerade machte sie sich Gedanken darüber, wie sich wohl in den verschiedenen Ländern die Heilsarmeearbeit durchsetzen würde, da fiel ihr Blick auf einen baumlangen Kapitän, der einen Inder darstellen sollte und der nur mit großer Mühe das fallende Ober- und Untergewand um seinen schmalen Körper drapiert hatte. Hilflos blickte er aus seinen blauen Augen um sich, weil es ihm nicht gelang, um seinen dunkelblonden Kopf einen Turban zu winden. Daß diese Augen blau wie ein Bergsee waren, stellte Berta mit Erröten fest, als er ihr das Tuch reichte, vor ihr niederkniete und sie bat, ihm zu helfen.

Kopfschüttelnd hatte sie eine Weile seinen vergeblichen Bemühungen zugesehen, aber sich nicht getraut, ihm ihre Hilfe anzubieten. Es war nicht erwünscht, daß die weiblichen Offiziere Kontakte mit den männlichen suchten oder umgekehrt. Auf der Kadettenschule war es sogar verboten gewesen, auch nur ein einziges Wort miteinander zu reden.

Dieser lange Kapitän aber war in scheuer und doch wieder treuherziger Art zu ihr getreten. „Wenn mir jetzt niemand beim Bau meines Turbans hilft, dann stehe ich noch hier, wenn der Kongreß längst vorbei und der General bereits wieder abgereist ist."

Unsicher hatte sie an dem Hünen emporgeblickt. Wie stellte er sich das vor? Wie sollte sie dort oben hingelangen und einen Turban auf seinem Kopf anbringen können? Aber schon war er vor ihr auf die Knie gesunken und hob sein Haupt erwartungsvoll zu ihr empor. Und da sah sie es dann ganz deutlich, daß seine Augen blau waren. Sie spürte plötzlich ihr Herz heftig klopfen und merkte in großer

Verlegenheit, daß ihre Hände zitterten, als sie die Falten des Turbans ordnete. Er aber blieb noch ein paar Sekunden länger als nötig vor ihr knien, obgleich der Turban bereits kunstgerecht seinen Kopf zierte.

Berta wandte sich verlegen ab.

Er brachte nur ein scheues „Dankeschön" hervor.

Aber an den folgenden Tagen, in denen der General seine Offiziere in besonderen Versammlungen für den Dienst schulte, spürte Berta die Augen des langen Kapitäns immer wieder fragend und prüfend auf sich ruhen, und ihr Herz wurde von einer bis dahin nicht gekannten großen Freude erfüllt.

Am letzten Tag des Kongresses bat der Kapitän Berta um eine Unterredung. Sie wußte, ohne daß irgend etwas gesagt worden war, was auf sie zukam. Treuherzig waren die blauen Augen auf sie gerichtet. Wenn sie nun aber eine feurige Liebeserklärung erwartet hätte, wäre sie sicher enttäuscht gewesen.

Bittend streckte Otto ihr die Hand entgegen: „Wäre es nicht schön, wenn wir beide zusammen im Dienste Gottes stehen würden? Ich meine, wir könnten gemeinsam den Menschen noch mehr geben als bisher. Es gibt so viele Situationen, in denen ich immer empfinde, wie wichtig es wäre, eine Frau an meiner Seite zu haben."

Ob sie ihn liebte, den langen Mann? Berta hätte es damals noch nicht sagen können. Aber sie spürte die Lauterkeit seines Herzens. Und sie achtete ihn wegen seiner Treue und Hingabe an Gottes Sache. So wollte sie im Vertrauen darauf, daß auch ihr Weg vorgezeichnet war, die Entscheidung des Kommandeurs als bindend für sich erkennen.

Kurze Zeit später stand Otto wieder vor ihr. Seine Augen strahlten. Der Kommandeur hatte es bewilligt. Aufs neue streckte er ihr die Hand entgegen. Berta blickte zu ihm empor, legte wortlos ihre Rechte in die seine und wußte, daß sie nun verlobt war.

Fest umschloß Otto die Hand seiner Braut. Von diesem Augenblick an war es Berta klar: Dieser Hand konnte sie sich anvertrauen. Es war eine gute Hand, zuverlässig und treu. Und dann knieten die Brautleute miteinander nieder und baten Gott um Segen und Führung, und versprachen ihm als höchstes Ziel ihres gemeinsamen Weges den Bau seines Reiches auf dieser Erde.

„Ich bin verlobt, Mutter", schrieb Berta an Lisette, „und ich glaube, daß ich einmal einen herzensguten Ehemann haben werde. Zwar kennen wir uns kaum, und leider bin ich gleich von Berlin nach Kiel versetzt worden, während Otto in Berlin blieb. Das ist anscheinend so Sitte in der Heilsarmee, daß man Brautleute möglichst weit auseinander stationiert. Aber auch diese Zeit wird vergehen..."

Mit Herzklopfen öffnete Berta den ersten Brief ihres Bräutigams. Als junges Ding hatte sie manchmal heimlich Liebesgeschichten gelesen — auf dem Kartoffelacker oder oben auf der Wiese am Waldrand. Sie erwartete natürlich keinen Brief dieser Art, aber ein wenig war sie doch enttäuscht, daß so gar kein Wort herzlicher Zuneigung darin stand. Das einzige, was ihr eine kleine Ahnung davon gab, daß er ihr gut war, sagten seine Anrede: „Meine liebe Berta" — und der Schluß: „Gott segne dich! Es grüßt dich Dein Otto." Dazwischen war nichts zu lesen, als daß seine Versammlungen gut oder weniger gut besucht waren, daß hilfsbedürftige Menschen um Rat nachsuchten und daß er glücklich sei, im Dienst Gottes zu stehen.

Ein wenig traurig legte Berta das Blatt aus der Hand, So also sah ihr erster Liebesbrief aus. Ob das so blieb? Ja, es blieb so, wenigstens in der Brautzeit. Weil der Bräutigam nicht anders schrieb, wagte auch die junge Braut natürlich nicht, ihm Einblick in ihr Herz zu geben. So wußten die beiden vor ihrer Hochzeit recht wenig voneinander. Ob Otto es nicht auch vermißte? Berta jedenfalls mußte in dieser Zeit manchmal eine in ihr aufsteigende Enttäuschung niederringen.

Die Briefe waren immer ziemlich gleich. In den anderthalb Jahren ihrer Verlobungszeit sahen die zwei sich dreimal, aber jedesmal nur für wenige Stunden. Zweimal wiederum an einem Kongreß, und einmal durfte Otto sie kurz besuchen. Aber auch da wurden keine Liebesschwüre getauscht, sondern fast nur von der Arbeit gesprochen. Scheu erzählte Berta ihrem Verlobten von ihrer Mutter und den Geschwistern. Sie brannte doch darauf, ihn mit nach Hause zu bringen. Otto hörte still zu. Er sprach nicht viel.

Im Laufe der Zeit erfuhr sie, daß er schon mit zwölf Jahren seine Mutter verloren und darunter unsagbar gelitten hatte. Der Vater war Webmeister und versuchte seine Familie so gut wie möglich zusammenzuhalten. Aber die Seele des Hauses fehlte eben. Otto wurde bald in die Lehre zu einem Tischlermeister gegeben. Er litt stark unter Heimweh. Mit zwanzig Jahren begegnete er in Elberfeld, seiner Heimatstadt, der Heilsarmee und wurde dort von der frohen Botschaft stark angezogen. Nie vorher hatte er ein Verhältnis zu einer Kirche oder Gemeinschaft gehabt. Nach seiner Konfirmation kümmerte sich um ihn kein Pfarrer oder Seelsorger mehr. In der Heilsarmee fand er zu Gott und entschied sich bewußt dafür, ihm sein Leben zu weihen. Nun war er glücklich, seine zukünftige Frau ebenfalls in diesem Kreis gefunden zu haben. Seine damals noch scheue und zurückhaltende Art hinderte ihn daran, über seine Gefühle ihr gegenüber zu reden.

Berta durchlebte gerade damals eine schwere Zeit. Eine ihrer Assistentinnen hatte sie sehr enttäuscht und wurde später auch entlassen, weil ihr Lebenswandel nicht mit den Zielen der Heilsarmee übereinstimmte. Als Berta während eines Kongresses in Berlin eine freie Stunde benutzte, um ihrem Verlobten auf einem Spaziergang das Herz auszuschütten, klagte sie über diese Assistentin. Otto hörte sich das eine Weile an. Dann blieb er plötzlich stehen und sagte ruhig, aber sehr bestimmt: „Wenn du jetzt nicht aufhörst, dich über deine Mitarbeiterin zu beschweren, dann lasse ich dich hier stehen und gehe allein zurück!"

Beinah entsetzt starrte Berta ihn an. In welch einem Ton wagte er mit ihr zu sprechen? Empört warf sie den Kopf zurück. Was fiel ihm denn ein? Gut, dann ging eben jeder wieder seinen eigenen Weg!

Doch plötzlich glaubte sie ihn aufs neue zu hören. ‚Meinen Sie nicht, daß wir beide gemeinsam für Gott arbeiten sollten?' Das bedeutete, sich zu überwinden, sich selbst zu verleugnen. Berta sah in diesem Augenblick ihren Weg klar vor sich.

Zum ersten Mal wagte sie es, ihre Hand auf seinen Arm zu legen. Bittend sah sie ihn an. „Nein, nicht jeder alleine. Laß uns gemeinsam unsern Weg fortsetzen."

Sie hat es nie bereut, so gehandelt zu haben. Keine Ehe kann glücklicher gewesen sein als die ihre. Bis an sein Lebensende blieb ihr Mann dem Grundsatz treu, in Abwesenheit anderer nicht unfreundlich über sie zu reden.

Tat es jemand anders in seiner Gegenwart, dann versuchte er stets den Abwesenden zu verteidigen.

Später, als wir Kinder noch alle zu Hause waren und es auch immer wieder einmal vorkam, daß wir über andere herzogen, ging der Vater eines Tages in den Wald und bastelte aus Baumrinde eine kleine Kapelle. Unter dem Dach befestigte er ein Glöckchen und hängte das Ganze an einer Zimmerwand auf. Sorgfältig schrieb er darunter folgende Worte:

> Willkommen sei uns jedermann,
> der über andere schweigen kann.
> Wer Böses über andere spricht,
> entgeht dem Sünderglöckchen nicht.

Es kam vor, daß er wortlos vom Tisch aufstand, wenn wir über die Schwächen anderer zu berichten wußten, und das Sünderglöckchen läutete. Das hatte immer zur Folge, daß wir beschämt schwiegen.

In der Heilsarmee wird jede Gelegenheit zum missionierenden Dienst genutzt. Was es auch sei, ob Hochzeit, Beerdigung oder Kinderweihe, immer sieht man dabei eine Gelegenheit, Menschen die Botschaft des Heils zu verkündigen. Am Nachmittag des Hochzeitstages hatte eine kleine Feier im engsten Kreis der Mitarbeiter stattgefunden. Berta war wenige Tage vor der Hochzeit von Kiel nach Berlin gekommen.

„Du verstehst, daß ich dich auch nicht für kurze Zeit mit in meine Wohnung nehmen kann", hatte er gesagt und Berta zu einer ehemaligen Kameradin aus ihrer Kadettenschulzeit geführt.

Wieder wollte über sie eine Traurigkeit kommen. Wie fremd war er ihr immer noch. Und dieser Mann sollte in wenigen Tagen ihr Gatte werden?

Und dann fand die eigentliche Hochzeitsfeier statt. Der große Versammlungssaal war bis auf den letzten Platz gefüllt. Viele mußten sogar stehen. Eine Heilsarmeehochzeit war schon eine gewisse Sensation. Ein erwartungsvolles Schweigen füllte den Saal, als zu den weihevollen Klängen der Musikkapelle das Brautpaar durch den langen Mittelgang schritt. Beide in der Uniform der Heilsarmee. Als einzigen Schmuck trug Berta eine breite weiße Seidenschärpe, besteckt mit kleinen Myrtenzweigen, und einen Strauß weißer Rosen. Ottos Uniform zierte ebenfalls ein kleiner Myrtenzweig.

Die große Versammlung erhob sich zum gemeinsamen Gesang. Nach dem Gebet folgten verschiedene Ansprachen, in denen dem jungen Paar Segenswünsche ausgesprochen wurden. Der Chor sang mehrfach, und ein kleines Mädchen sagte ein Gedicht und überreichte der Braut einen Strauß.

Dann folgte der feierliche Trauakt. Unter der Fahne der Heilsarmee wurden Berta, Lisettens Tochter, und Otto getraut.

Daraufhin sang das neuvermählte Paar gemeinsam ein Lied:

> Ein Leben nur, ein Leben hier auf Erden,
> ein Leben nur, schnell eilt's dem Ende zu.
> Ein Leben nur, so voll Gelegenheiten,
> ein Leben nur, und dieses, Herr, willst du.
> Du willst mein Gut und was du mir gegeben,
> willst meine Zeit und Kraft, mein Herz und Sinn.

> O teurer Herr, der für mich gab sein Leben,
> was kann ich tun, als alles geben hin.
> Ein Leben nur, und das wird schnell vergehn,
> nur was für Gott getan, bleibt dort bestehn.

Die große Zuhörerschaft lauschte ergriffen dem beredten Zeugnis des jungvermählten Paares. Jeder spürte, es kam aus tiefstem Herzen und sprach von einer ganz bewußten Hingabe an Gott.

Otto war stolz auf seine Frau. Seltsam, sobald Berta Gelegenheit hatte, über das Wichtigste und Heiligste ihres Lebens zu reden, schien sie über sich selbst hinauszuwachsen. Man vergaß die kleine, zierlich wirkende Gestalt. Ihre Worte rissen die Zuhörer mit. Aus ihren Augen leuchtete der Glanz einer tiefen Überzeugungskraft. Jeder Anwesende spürte es deutlich: Hier waren zwei Menschen, die sich selbst und ihre persönlichen Interessen zurückstellten um des gemeinsamen Zieles willen.

Noch am gleichen Abend reisten die Neuvermählten ab. Nicht auf eine Hochzeitsreise, sondern an ihren neuen Wirkungskreis. Der Kapitän war als Leiter der Süddivision nach Göppingen versetzt worden, während seine Frau mit einer Assistentin zusammen die Leitung der dortigen Missionsstation zu übernehmen hatte. Die ganze Nacht über fuhren sie vierter Klasse im Personenzug. Zum ersten Mal wagte Berta es, ihren Kopf an die Schulter ihres Mannes zu lehnen. Eine Welle großer Freude überflutete sie, als er ihre Hand in der seinen behielt. Nun gehörten sie untrennbar zusammen. Nie würde einer von ihnen je wieder einsam sein, und das unstillbare Heimweh würde endlich schwinden.

Als sie auf einer Station umsteigen mußten, beobachtete sie ein Bahnbeamter eine ganze Weile. Er trat an Bertas Assistentin heran, die ebenfalls von Berlin mitfuhr, und fragte: „Sie, Schwester von der Heilsarmee, darf man denn bei Ihnen heiraten?"

„Ja, natürlich. Warum denn nicht?"

„Die beiden da", fuhr er fort und wies mit dem Daumen über die Schulter zu dem neuvermählten Paar, das auf dem Bahnsteig auf und ab ging, „die sehen mir aus, als seien sie glücklich verheiratet."

„Ja", plauderte die Assistentin aus, „die befinden sich auf der Hochzeitsreise."

„Was?" wunderte sich der Beamte. „Aber der Mann ist ja schrecklich mager, der hat bestimmt die Schwindsucht."

Ja, er konnte es schon brauchen, der hoch aufgeschossene Mann, daß eine liebevolle Frauenhand ihn umsorgte.

In Frankfurt wurde die Reise unterbrochen. Dort sollten die Neuvermählten am Abend nach ihrer Hochzeit eine Missionsversammlung leiten. Sie taten es mit großer Freudigkeit.

Ihre Blicke trafen sich immer wieder in stillem Glück. Wenn aber Berta glaubte, nichts und niemand könne sie jetzt noch von ihrem Mann trennen, so irrte sie sehr. Nach der Versammlung nahm der dortige Stationsleiter Otto am Arm und sagte: „Für deine Frau und ihre Assistentin habe ich bei sehr netten Freunden unserer Arbeit eine Übernachtungsmöglichkeit. Du kommst mit mir."

Der junge Ehemann wagte nicht nein zu sagen. Berta aber zog traurigen Herzens mit den Freunden, die sie in diesem Augenblick gar nicht als Freunde empfand. Nun war sie verheiratet und doch wieder allein.

Da die Heilsarmeeoffiziere oft versetzt werden, sind überall auf ihren Missionsstationen Dienstwohnungen eingerichtet. In damaliger Zeit war das noch sehr dürftig. Nur das allernötigste an Möbeln war vorhanden, als die Neuvermählten nach Göppingen kamen. Doch sie hatten ja die Armut mit Bewußtsein gewählt. Ein paar nette Bilder an den Wänden, Blumen auf dem Tisch und den Fensterbänken, ein paar Decken und Sofakissen — und das kleine Heim hatte schon ein freundliches Gesicht. Otto verstand ja mit Holz umzugehen. So entstanden aus Eier- und Obstkisten Schränkchen und Regale. Mit einem bunten Vorhang versehen, sahen sie recht lustig aus, und waren vor allem zweckmäßig. Das junge Paar jedenfalls lebte in seinen vier Wänden ebenso glücklich, als hätte ihm eine große kostbare Wohnungseinrichtung zur Verfügung gestanden.

Wenn wir Kinder später unsere Eltern fragten: „Wie konnte jeder von euch nur einen völlig fremden Menschen heiraten, ihr kanntet euch doch gar nicht genügend?" dann blickten sie sich glücklich an und antworteten: „Wir haben uns ja gar nicht geheiratet. Gott hat uns zusammengeführt. So konnte es nicht anders als gut gehen."

Heute bin ich, ihre einzige Tochter, mir darüber völlig im klaren, daß es mit dieser Auffassung stimmt: Gott muß zwei Menschen zusammengeführt haben.

Ja, Lisettens Tochter und ihr Mann wurden mit jedem Tag ihres gemeinsamen Lebens dankbarer für diese wunderbare Führung. Wie oft hat es uns unsere Mutter erzählt: Ich hätte keinen liebevolleren, gütigeren Mann bekommen können. Er war ein Mensch mit einem unverdorbenen, guten Herzen. Wenn zunächst auch nicht von himmelstürmender Liebe geredet werden konnte, so wuchs voreinander doch von Tag zu Tag mehr die Achtung, aus der eine tiefe, beglückende Liebe zueinander entstand.

Und so ist es geblieben durch die fünfunddreißig Jahre ihres Ehelebens. Otto mußte viel auf Reisen sein, denn er hatte die süddeutschen Missionsstationen zu betreuen, ihren Stand zu prüfen, die Buchführung zu kontrollieren, Verbindung mit den Behörden aufzunehmen, neue Stationen in solchen Städten zu eröffnen, in denen das Werk bisher noch nicht Fuß gefaßt hatte, und vieles andere mehr.

Beide, Otto wie auch Berta, die indessen nach gewohnter Weise in der Göppinger Missionsstation tätig war, erfüllten ihre Pflichten mit großer Treue und Gewissenhaftigkeit. Daß sie aber auch jetzt immer wieder getrennt waren, wollte ihnen nicht gefallen. Sie waren deshalb froh, daß sie schon verhältnismäßig bald die Versetzung nach Berlin bekamen, wo Otto als Leiter der Kadettenschule tätig werden sollte. Wenigstens mußten sich die jungen Eheleute dort nicht immer wieder trennen.

Berta hatte einige Mühe, ihren Mann für diese Aufgabe zu gewinnen, denn er traute es sich kaum zu, das verantwortungsvolle Lehramt zu übernehmen: „Wir bekommen die Vorschriften doch vom Hauptquartier in London zugeschickt, das den Lehrplan für alle Heilsarmee-Ausbildungsstätten in den verschiedenen Ländern ausarbeitet. Wir müssen uns nur hineinarbeiten und haben ja auch selbst die Kadettenschule besucht. Glaube nur, daß du in dieses Amt hineinwachsen wirst."

Berta selbst, so stellte sich später heraus, lag das Unterrichten viel mehr. Es bereitete ihr auch große Freude. Otto war mehr organisatorisch begabt. Bald zeigte es sich, daß für beide Aufgaben in Hülle und Fülle zu bewältigen waren.

So stand Lisettens Tochter, das einstmalige kleine Hirtenmädchen, vor den Schülern und Schülerinnen der Heilsarmee-Kadettenschule und erteilte ihnen Unterricht in biblischer Lehre, in praktischen Anweisungen, für den seelsorgerischen Dienst und anderes mehr. Otto war von Herzen dankbar, daß sie ihm in dieser Arbeit so tatkräftig half.

Eines Tages flüsterte sie ihm ein beglückendes Geheimnis zu. Einen Augenblick sah der große Mann seine kleine Frau an, als könne er ein solches Glück kaum fassen. Dann aber zog er Berta an sein Herz.

„Kleine Mama", sagte er leise. Und als sie ihre Augen zu den seinen emporhob, sah sie, daß diese tränengefüllt waren.

Als an einem strahlenden Maientag ein Sohn geboren wurde, war er selbst vor Glück wie ein übermütiger Junge. Vorher jedoch, als er seine kleine Frau so blaß und abgekämpft in den Kissen liegen sah, kniete er an ihrem Bett nieder und konnte vor innerer Bewegung und großem Dank kein Wort sagen. An seinen zuckenden Schultern merkte Berta, wie ihn das Ereignis aufs tiefste bewegte.

„Wir haben einen Sohn, einen Gideon", flüsterte sie und legte den Arm um ihn. „Ach Papa, daß wir so unsagbar glücklich sein dürfen!"

Allen ihren Söhnen und Töchtern gaben sie biblische Namen. Später mußten sie sich von ihnen zwar sagen lassen, daß das doch recht gewagt gewesen sei, da man ja nie vorher wissen könne, ob die Kinder in den Fußstapfen derer gehen würden, dessen Namen sie trügen. In Berlin kam auch der zweite Sohn, Johannes, zur Welt. Bald danach wurde das Ehepaar nach Hamburg versetzt, und dort war Otto wieder ganz in seinem Element.

Die Dienstwohnung befand sich an der Reeperbahn, inmitten eines sündhaften, lasterhaften Lebens, von dessen Ausmaß beide bisher noch keine Ahnung gehabt hatten. Eine Kneipe lag neben der anderen. Bis in den frühen Morgen hinein vernahm man das Gröhlen betrunkener Männer und Frauen. Hin und wieder wurde ein Schuß in die Nacht gefeuert. Frauenstimmen kreischten auf. Die Polizei mußte eingreifen. Manche Schreckensszene spielte sich vor ihren Fenstern ab. Scharen von Prostituierten boten sich in dieser Gegend Abend für Abend feil, und manch unflätiges, gemeines Wort wurde den beiden jungen Leuten nachgerufen, wenn sie in ihrer Uniform von einer Versammlung nach Hause zurückkehrten. Sie versuchten, mit Dirnen ins Gespräch zu kommen, aber nur in ganz seltenen Fällen waren diese Mädchen oder Frauen gewillt, ihr lasterhaftes Leben aufzugeben und einen neuen Weg einzuschlagen.

Die verschiedenen Missionsstationen der Hamburger Division waren Otto unterstellt. Hier sah er große Möglichkeiten, besonders auf dem sozialen Gebiet. Auf den Straßen und vor allem in der Hafengegend lungerten Obdachlose in Scharen herum. „Sie verkommen", sagte er zu seiner Frau. „Wir müssen etwas für sie tun. Ich suche einen Weg, der es uns ermöglicht, an diese gestrandeten Menschen heranzukommen. Sie gehen unter, und viele von ihnen werden zu Verbrechern. Hast du den Jungen heute gesehen, als wir durchs Hafenviertel gingen? Er stand mit zwei Dirnen im eifrigen Gespräch und rief irgendwelche gemeinen Bemerkungen hinter uns her. Dabei war er bestimmt nicht älter als sechzehn Jahre. Was können wir nur tun, um diese gefährdete Jugend zu bewahren?"

„Und jedes ist einer Mutter Kind", fügte Berta ernst hinzu. „Ja, du hast recht, Otto, wir müssen irgendwelche Wege einschlagen. Wir müssen uns etwas einfallen lassen. Nein, Gott muß es uns zeigen, wie wir an sie herankommen können. Aber solange sie nichts zu essen haben, werden sie für das Evangelium unzugänglich sein. Jetzt kennen sie nur einen Drang: ihren Hunger zu stillen. Ob sie dabei stehlen, einbrechen, morden, das ist ihnen letztlich ganz gleich."

„Der Winter steht vor der Tür, und sie leben auf der Straße." Eine Weile schwiegen beide, in ernstes Nachdenken versunken. Plötzlich wurde Otto lebhaft: „Ich hab's, ich weiß, was ich tun werde."

Etwa eine Woche später sah man eine seltsames Gefährt durch das verkommenste Viertel Hamburgs fahren. Der Adjutant, Otto war inzwischen befördert worden, hatte einen Suppenwagen gebaut. Innerhalb eines großen Kastengestells, das zur Warmhaltung mit Holzwolle angefüllt war, stand ein gewaltiger, waschkesselähnlicher Suppentopf. Mit dieser fahrbaren Speisehalle fuhr Otto täglich an die Plätze, wo sich die Obdach- und Arbeitslosen herumdrückten. Berta und eine Mitarbeiterin, die über der Uniform weiße Schürzen trugen, verteilten die Suppe.

Zitternd vor Kälte, mit ausgemergelten, frostblauen Gesichtern und hungrigen Augen, streckten ihnen die Männer, die zum Teil nur in zerfetzte Lumpen gehüllt waren, ihre Blechnäpfe oder Konservenbüchsen entgegen. Jeder bekam zu seiner Suppe ein Brötchen. Inmitten dieser ausgehungerten, heruntergekommenen Gesellschaft standen Otto und Berta und bemühten sich mit diesen Männern und Frauen — auch solche waren darunter zu finden — Kontakt zu bekommen. Sie fragten, ob sie ein Obdach hatten, luden sie ein, in die Versammlungen der Heilsarmee zu kommen, und suchten nach allen möglichen Mitteln und Wegen der Hilfe. Viele nahmen diese Hilfeleistungen selbstverständlich an und scheuten sich nicht, trotz allem ihrer Unzufriedenheit Ausdruck zu geben. Nie war es genug, was man für sie tat. Andere jedoch wußten die Hilfsbereitschaft der Heilsarmee zu schätzen.

Wieder durchlebte Otto eine schlaflose Nacht. Von der Straße kam das Grölen Betrunkener herauf. Eine Frauenstimme sang ein zweideutiges Lied. Plötzlich ertönten Hilfeschreie. Das Überfallkommando raste heran. Berta und Otto standen am Fenster und blickten hinaus. Zwei Männer wurden mit Handschellen gefesselt und abgeführt. Die jungen Eheleute fanden keinen Schlaf mehr.

„Es ist noch viel zu wenig, was wir tun", sagte Otto. „Wir müßten ihnen auch Arbeit und Obdach beschaffen können." Der Morgen graute bereits, ein kühler Wind blähte den Vorhang am offenen Fenster des Schlafzimmers wie ein Segel, da war in Ottos Herz und Kopf ein neuer Plan gereift. Lisettens Tochter hielt an seiner Seite Schritt. Er wußte, daß er sich auf sie verlassen konnte.

Ich kann nicht sagen, woher mein Vater das Geld bekam: vielleicht durch eine Spende, oder er hatte es von Freunden der Heilsarmee entlehnt und es ihnen später zurückgegeben. Jedenfalls kaufte er ein Pferd, einen Wagen und Holz, das er auf einem Hof stapelte. Als er mit seinem Suppenwagen wieder an die Plätze der Obdachlosen fuhr, hatte er ihnen nicht nur eine warme Mahlzeit auszuteilen, sondern auch ein Angebot zu machen.

„Ich habe für euch Arbeit. Wem es wichtig ist, wieder in geordnete Bahnen zu kommen, wer mit Fleiß und Ausdauer sich etwas verdienen will, der komme heute nachmittag um zwei zu mir. Ich plane nicht nur, euch Arbeit zu beschaffen, ich will auch für ein Heim sorgen, in dem ihr übernachten und euch in eurer Freizeit aufhalten könnt, bis sich eure Wege wieder geebnet haben. Aber ihr müßt den Willen für ein geordnetes Leben mitbringen."

Einige lachten ihm geradezu ins Gesicht, andere aber stellten sich dankbar und guten Willens ein. Berta und Otto waren froh, diesen Arbeitslosen Arbeitsgelegenheit anbieten zu können. Die Männer spalteten das Holz klein und bekamen dafür ihr Essen und später, als ein Obdachlosenheim eröffnet wurde, auch einen Platz, wo sie wohnen und schlafen konnten. Außerdem erhielten sie je nach Arbeitsleistung ein kleines Entgelt. Das gespaltene Holz wurde verkauft, und manch ein Abnehmer, der erkannte, daß hier ein Werk der Nächstenliebe ins Leben gerufen worden war, gab mehr, als von ihm gefordert wurde, um dieses Werk zu unterstützen. Das Heilsarmee-Pferdegespann war bald überall bekannt.

„Könnte ich dir doch mehr helfen", sagte Berta eines Tages zu ihrem Mann. „Aber die Kinder sind noch so klein. Sie benötigen mich und", sie lehnte sich an ihn und blickte innig zu ihm empor, „im April kommt nun vielleicht doch die kleine Tochter, die du dir so sehnlich wünschst."

„Mama!" Otto ergriff ihre Hand. „Wirklich? Wie würde ich mich freuen! Gideon und Johannes sollten doch noch ein Schwesterchen haben. Wie soll es heißen?"

„Elisabeth", sagte Berta. „Ich wünschte auch, es wäre ein kleines Mädchen."

„Ich freue mich auf jedes Kind von Herzen", fügte Otto hinzu. „Wenn ich nur nicht jedesmal einige Wochen auf deine Mitarbeit verzichten müßte." Inzwischen hatte er sich so sehr daran gewöhnt, daß ihm ihre Mitarbeit unentbehrlich geworden war. Er hatte ja nicht nur die Missionsstationen in Hamburg zu betreuen, sondern auch die der umliegenden Städte. Es bildete sich bald so heraus, daß sie die biblischen Ansprachen in den Versammlungen übernahm, während er die Leitung der Veranstaltung hatte. Immer mehr entwickelte Berta sich zu einer hervorragenden Rednerin, die in Vollmacht den Zuhörern die Botschaft des Heils brachte. Sie lebte in ihrer Bibel. Alle Geschehnisse des Alltags wurden von dort her beleuchtet und beurteilt. Jedes Lebensproblem fand in der Bibel eine Parallele. Es war ihr geschenkt, die Geschichten des Alten und Neuen Testamentes in ihre Zeit und deren Probleme zu übertragen. Manch ein Zeitungsreporter, der in die Versammlungen kam, um über die Organisation der Heilsarmee in seiner Zeitschrift zu berichten, schrieb stark beeindruckt über die Ansprache dieser schlichten Frau. Dabei blieb Berta bescheiden und wurde sich je länger desto mehr ihrer Abhängigkeit von Gott bewußt.

Heilsarmeeleute aus aller Herren Länder kamen nach Hamburg, um von dort ins Innere des Landes zu Evangelisationsvorträgen oder Kongressen weiterzureisen. Gewöhnlich stiegen sie im Divisionshauptquartier bei Otto und Berta ab. Engländer, Amerikaner, Schweden Holländer, Schweizer und Inder, Afrikaner, Schwarze, Gelbe und Braune saßen an ihrem Tisch. Die wenigsten sprachen deutsch. Aber die meisten konnten sich auf englisch verständigen. So kam es, das Lisettens Tochter, die während ihrer Schulzeit wochenlang keine andere Hausaufgabe auf ihre Tafel geschrieben hatte als den Vers: „Ich ging im Walde so vor mich hin", sich mit ihrem Mann nun eifrig daran machte, Englisch zu lernen, um mit den verschiedenen Besuchern aus allerlei Ländern reden zu können. Sie gewann daran große Freude. Außerdem las Berta viel und bildete sich auf diese Weise weiter. Dabei war sie eine ausgezeichnete Hausfrau.

Weil sie von Hamburg aus mit ihrem Mann oft auf Dienstreisen ging, mußte sie für die Betreuung ihrer Kinder ein junges Mädchen anstellen. Später hat sie öfter von den inneren Konflikten berichtet, in die sie geriet, wenn sie ihre Kinder zurücklassen mußte. Wo ist meine erste Pflicht? Der Dienst für Gott war immer ihr wichtigster Auftrag. Jedoch ging sie nie fort, ohne einen treuen und zuverlässigen Menschen bei den Kindern zu wissen. Wenn sie sich über die Vertrauenswürdigkeit ihres jeweiligen Mädchens nicht ganz sicher war, nahm sie eins oder sogar zwei der Kinder mit.

Die Versammlungen stellten oft große Anforderungen an den Leiter, so daß Otto nicht ohne die Unterstützung seiner Frau bleiben wollte. Manchmal waren an einem Sonntagabend eine ganze Anzahl angetrunkener Männer und Frauen unter den Zuhörern. Bei solchen Gelegenheiten war Bertas innere Ruhe und Gelassenheit für Otto eine große Hilfe.

Das nächste Kind wurde wirklich eine Tochter. Beide Eltern, besonders aber der Vater, waren überglücklich. Bis an sein Lebensende war er mit dieser Tochter besonders stark verbunden, während die Söhne immer ein inniges Verhältnis zur Mutter hatten.

Bis zum Jahresende waren durch die von Otto ins Leben gerufene Arbeitsstätte bereits vierhundert obdachlose Männer gegangen. Er erkannte daran, wie wichtig dieser soziale Dienst war. Doch andere, neue Aufgaben kamen auf ihn zu.

In jenen Tagen war Hamburg bestürzt durch einen Zeitungsartikel, der in großen Schlagzeilen von den Greueltaten einer Frau berichtete, die mehr als sechzehn neugeborene Kinder getötet hatte. In ihrer Wohnung hatten Mädchen, auch solche aus sogenannten besseren Kreisen, ihren unerwünschten Kindern das Leben geschenkt. In fast allen Fällen wollten sie das Dasein dieser Kinder verheimlichen. Die Frau hatte sich von den Mädchen und ihren Liebhabern große Geldsummen geben lassen mit der Zusicherung, die Kinder im Ausland gut unterzubringen. Die Mütter mußten dafür jedes Recht an ihren Kindern abtreten und durften sich auch nie mehr um sie kümmern. Diese unmenschliche Frau hatte alle Kinder umgebracht und in ihrem Küchenherd verbrannt. Eines Tages jedoch wurde ihr teuflisches Tun entdeckt und die Frau zum Tode verurteilt. Auch Berta und Otto hatten von den Greueltaten gelesen.

„Wie nur kann ein Mensch, dazu eine Frau, die doch selbst mütterlich empfinden müßte, zu solchen Greueln fähig sein?" fragte Berta, als sie nicht einschlafen konnte.

„Es ist nur so zu erklären, daß sie völlig unter dämonischen Einfluß geriet", gab Otto zur Antwort. „Sie hat den Tod verdient."

„Aber sie hat eine unsterbliche Seele."

„Du hast recht. Was für eine Kindheit mag sie selber

durchlebt haben? Vielleicht stand an ihrem Lebensweg kein Mensch, der das Gewissen weckte. Ob sie überhaupt an Gott, an eine Ewigkeit glaubt?"

„Ich kann es mir nicht denken. Sonst wäre sie zu solchem Tun nicht fähig gewesen."

„Nun wird sie morgen früh hingerichtet. Aber damit ist ihr Leben ja nicht ausgelöscht. Sie wird sich vor dem höchsten Richter zu verantworten haben."

„Wir müssen für sie beten, daß sie noch zur Erkenntnis ihrer Schuld kommt und Buße tut."

„Sollten wir nicht sonst noch etwas für sie tun?"

„Wie meinst du das?" Berta richtete sich auf und blickte zu ihrem Mann hinüber.

„Wärst du bereit, mit mir ins Gefängnis zu gehen, um mit ihr zu reden? Jetzt gleich?"

„Ich bin bereit."

Eine halbe Stunde später schritten zwei Menschen in Heilsarmeeuniform durch die nächtlichen Straßen Hamburgs. Feiner Regen rieselte auf sie herab. An dunklen Ecken standen vereinzelt undefinierbare Gestalten, manche in inniger Umarmung. Eine schwüle, unheimliche Atmosphäre füllte die engen Gassen der berüchtigten Gegend. Rotverhängte Lampen verrieten, welchem Zweck manche der Häuser dienten. An etlichen sogenannten Verbrecherkneipen kamen die Eheleute vorbei. Sie sprachen nicht viel miteinander. Berta schob die Hand in die ihres Mannes. Es war gut, in dieser Gegend zu wissen, daß man nicht allein war und zueinander gehörte.

Dann standen sie vor der Gefängnispforte. Der diensttuende Beamte bezweifelte, daß sie die Erlaubnis zum Besuch der Mörderin bekämen.

„Wie stellen Sie sich das vor, jetzt in der Nacht?"

„Es ist die letzte Nacht ihres Lebens. Wir wollen wenigstens den Versuch machen, mit ihr in ein seelsorgerisches Gespräch zu kommen. Bemühen Sie sich doch bitte, die Genehmigung zu erlangen."

„Ich kann den Direktor um diese Zeit nicht im Schlaf stören!"

„Geben Sie ihm unsere Gründe an. Bitte, machen Sie den Versuch."

Sie bekamen tatsächlich die Erlaubnis. Schwere eiserne Tore wurden vor ihnen geöffnet und nach ihnen wieder geschlossen. Durch lange, nur spärlich erleuchtete Gänge, vorbei an vielen Zellentüren, hinter denen sich Schuld und Leid verbargen, schritten sie hinter einem Wärter her. Wieder rasselte der Schlüsselbund. Türen auf — Türen zu. Wieder lange, schmale Gänge. Hohl klangen ihre Schritte durch die Stille der Nacht. Endlich stand man vor der Zelle der zum Tode Verurteilten. Inzwischen drang das erste spärliche Licht des Morgens durch die eisenvergitterten Gangfenster. Ein neuer Tag brach an, der letzte für die Mörderin.

Als der Wärter die Tür aufschließen wollte, trat ein katholischer Priester aus der Zelle und verwehrte beiden Heilsarmeeleuten den Zutritt. Die zum Tode Verurteilte gehörte seiner Kirche an, und er hatte die Nacht betend bei ihr zugebracht. Otto und Berta war es unverständlich, daß ihnen der Gefängniswärter an der Pforte davon nichts gesagt hatte. Vielleicht war inzwischen Dienstwechsel gewesen und der abzulösende Wärter hatte es versäumt, von der nächtlichen Seelsorge des katholischen Geistlichen Bericht zu erstatten.

Schweigend schritten die Eheleute zurück durch die langen Gänge. Ihr Weg in die Nacht war umsonst gewesen. Umsonst? Kein Dienst, der für Gott getan wird, ist vergeblich, selbst wenn er nicht so ausgeführt werden kann, wie der dazu Beauftragte es möchte.

Um fünf Uhr läutete die Sünderglocke des Gefängnisses. Der Augenblick der Hinrichtung war gekommen. Vielleicht neigten außer Otto und Berta noch andere ihr Haupt zum stillen Gebet für die Frau, deren Leben so erlosch.

Etwa anderthalb Jahre später läutete wieder eine Glocke mit traurigem Klang. Über die kiesbestreuten Wege des Ohlsdorfer Friedhofs in Hamburg schritt eine Schar Menschen hinter einem weißen Kindersarg. Da die Heilsarmee eine staatlich anerkannte Religionsgemeinschaft ist, sind ihre Offiziere berechtigt, Beerdigungen und Trauungen selbst zu halten.

Somit beerdigte Otto sein Kind, die kleine Debora-Maria die ihm als zweite Tochter geschenkt worden war. Wie hatten die Eltern sich gefreut, daß nach Elisabeth noch einmal ein kleines Mädchen geboren wurde. Lisette hatte die Strapazen der weiten Reise vom Rheinland nach Hamburg auf sich genommen, um der Tochter beizustehen, obgleich die Gicht ihre Glieder immer mehr krümmte und ihr unvorstellbare Schmerzen bereitete. Sie, die nur mit Schaudern an eine solche Stadt wie Hamburg dachte, wußte, daß Berta sie brauchte, und sie kam. Schon lange nicht mehr wohnte sie in Barmen. Ihre Tochter Julie hatte sich inzwischen auch verheiratet und lebte auf dem Lande. Sie hatte die Mutter zu sich genommen, weil diese Erde und nicht Steine unter den Füßen haben mußte. „Ich komme wieder, Julchen", hatte sie versprochen, „aber jetzt braucht mich Berta."

Während sie in Hamburg war, bekamen die drei ältesten Kinder Keuchhusten. Nachdem Berta sich von der Geburt erholt hatte, reiste sie mit ihrem Mann wieder auf die Missionsstationen. Eines Tages erlebte sie etwas Seltsames. Sie hatte sich in einer Stadt im Hause wohlhabender Freunde, bei denen sie mit ihrem Mann logierte, nach dem Mittagessen hingelegt und befand sich im Halbschlaf. Plötzlich schreckte sie empor. Ihr Herz klopfte heftig.

„Was ist dir?" fragte Otto, der im gleichen Zimmer über einer schriftlichen Arbeit saß, besorgt. „Hast du geträumt?"

Mit entsetzten Augen starrte Berta ihn an und erwiderte fast tonlos: „Debora stirbt."

„Aber Mama", versuchte er sie zu beruhigen, „du hast bestimmt geträumt. Wie kannst du so etwas sagen? Das Kind war doch ganz gesund, als wir von zu Hause abreisten."

„Doch." Berta blieb dabei, während Tränen aus ihren Augen stürzten. „Debora stirbt. Das ist mir eben offenbart worden."

Als die beiden nach Hause zurückkehrten, war das erste, was Lisette ihnen sagte, daß die Kleine sich angesteckt habe. Die Eltern versuchten alles, was in ihrer Macht stand. Zwei Ärzte bemühten sich um Debora. Doch das Kind wurde immer elender. Es war erst wenige Wochen alt und hatte bis dahin noch nicht bewußt reagiert, wenn die Mutter mit ihm gesprochen hatte. Als Berta sich am Todestag nach einem schweren Hustenanfall über die Kleine beugte und sie bei ihrem Namen rief, wandte Debora das Köpfchen und blickte die Mutter mit einem Ausdruck schmerzhafter Klage an, daß es dieser tief ins Herz drang. „Der ganze Jammer ihres kurzen Erdenlebens lag in diesem Blick", erzählte unsere Mutter uns später.

Berta wünschte, daß ihre Kinder auch die besonderen Ereignisse des Familienlebens so weit als möglich miterlebten. Deshalb nahm sie ihre Drei zur Beerdigung des Schwesterleins mit.

Elisabeth war noch nicht einmal zwei Jahre alt. Als der Vater in tiefer Bewegung an dem kleinen Kindergrab stand, in das man den weißen Sarg gesenkt hatte, ließ sie plötzlich die Hand der Mutter los und strebte mit Händen und Füßen zum Vater hin. Berta versuchte sie zurückzuhalten und flüsterte der Kleinen zu: „Du kannst jetzt nicht zu Papa." Aber Elisabeth ließ sich nicht beruhigen. Alles Zureden half nichts. Schließlich rief sie aus Leibeskräften: „Papa, Papa!" bis der Vater das Kind auf den Arm nahm und seine Trauerrede in dieser Weise beendete.

Zu Hause angekommen stand Berta weinend am leeren Bettchen ihres verstorbenen Kindes. Der Anblick der Hemdchen und Jäckchen, die die Kleine getragen hatte, ließ die Wunde aufs neue schmerzen. Wochenlang ging das so, bis sie eines Tages glaubte, deutlich eine Antwort Gottes zu vernehmen: Wie willst du andere verstehen, die vom Grabe eines geliebten Menschen kommen, wenn du nicht selbst durch solche Zeiten des Leides gegangen bist? Wieviel hast du anderen voraus, die keine lebendige Hoffnung kennen? Dein Kind lebt. Wer weiß, vor welcher Not Gott es dadurch bewahrt hat, daß er es zu sich nahm!

Als Berta ein Jahr später wußte, daß ihr ein fünftes Kind geschenkt werden würde, sah sie dieses bereits vor der Geburt als Trost für die Tochter an, die sie hatte hergeben müssen. Später antwortete manchmal der kleine

Samuel auf die Frage, wer er sei, mit den Worten: Mamas Tröster!

Neben der vielen Arbeit, die Berta zu bewältigen hatte, war es ihr stets ein Anliegen, sich soviel wie irgend möglich ihren Kindern zu widmen. Das jüngste auf dem Schoß und die drei anderen um sich herum sitzend, sang sie mit ihnen viele kleine Kinderlieder und erzählte ihnen biblische Geschichten oder aber von der geliebten Bergischen Heimat, nach der immer wieder das Heimweh in ihr aufstieg.

Gideon, der Älteste, war ein zartes, immer bleiches Kind. Mit großen, fragenden Augen blickte er in die Welt und gewann, wohin er auch kam, die Herzen der Menschen. Wiederholt geschah es, daß er in der Straßenbahn oder auch im Zug von seinem Platz rutschte, zu irgendeinem Mann oder einer Frau ging, sein Mündchen bot und sagte: „Kuß, Tante, Kuß, Onkel!"

Die Eltern waren damit natürlich aus mancherlei Gründen nicht einverstanden, daß ihr Ältester so freigebig im Austeilen von Zärtlichkeiten war und solche bedenkenlos von x-beliebigen Fremden entgegennahm.

Die Mutter sagte ihm: „Gideon, du darfst nicht so viele Küßchen verschenken. Auf einmal hast du keine mehr."

„Dann mache ich mir neue", erwiderte der Kleine.

„Wie machst du die denn?"

„Aus Spucke."

Berta war um der Kinder willen oft betrübt wegen der unruhigen Wohnung und wünschte sehr, daß die Kleinen so viel wie möglich an die frische Luft kamen. So setzte sie manchmal die beiden Jüngsten in den Kinderwagen, während Gideon und Johannes links und rechts nebenhergingen. Fuhr man an den Hafen, wo die vielen Schiffe zu sehen waren, gerieten die beiden Buben in jubelnde Begeisterung. Manchmal lenkte Berta ihren Kinderwagen auch in eine kleine Parkanlage in der Nähe des großen Rummelplatzes, der den Namen „Heiliggeistfeld" trug. Von dorther drangen Schlagermusik, Johlen und Schreien zu jeder Tages- und Nachtzeit. Während Johannes zu Füßen der Mutter im Sand spielte, sah Gideon mit großen Augen hinüber auf den Platz, von dem der Lärm herkam und fragte: „Mama, was ist das?"

Da legte sie den Arm um den kleinen Frager und antwortet in großem Ernst: „Dort wohnt der Teufel." Seltsam, keines der Kinder konnte jemals vergessen, daß die Mutter sie von klein auf vor solchen Vergnügungsstätten gewarnt hatte.

Es kam vor, daß Berta bei solchen Gelegenheiten ihr kleines Testament aus dem Kinderwagen zog und den Kindern eine Geschichte aus dem Leben Jesu vorlas. Sie wollte alles tun, um sie vor dem verderblichen Einfluß der Welt zu bewahren, und konnte ihnen im späteren Leben doch keine Entscheidung abnehmen, die sie selbst zu treffen hatten.

Einmal durfte Gideon sie auf einer Reise begleiten. Er war noch keine drei Jahre alt. Sie war mit dem Kind an der Hand eine weite Strecke übers Feld gegangen und kam verstaubt und müde am Bahnhof an, von dem sie zurück nach Hamburg fahren wollte. In diesem Aufzug konnte sie sich jedoch unmöglich in der Stadt blicken lassen. Sie bat die Putzfrau des Bahnhofs um eine Bürste, um ihre Schuhe reinigen zu können. Als sie nach einer Weile wiederkam, um der Frau die Bürste zurückzugeben, stand diese weinend da.

„Was haben Sie für ein frommes Kind", sagte sie und wischte sich die Tränen ab.

Während der Abwesenheit seiner Mutter war der kleine Gideon niedergekniet, hatte die Händchen gefaltet, die Augen geschlossen und gebetet: „Lieber Heiland, segne diese Tante!" Das wurde der Anlaß zu einem ernsten seelsorgerlichen Gespräch, das Berta mit der Putzfrau des Bahnhofs hatte.

Aber die Kinder waren keineswegs immer fromm und brav. So mußte Berta einmal sehr energisch eingreifen, als ihr Mann an einem Himmelfahrtstag einen großen Dampferausflug leitete. Jedes Jahr mietete er einen Dampfer für einige Hundert Familien, die die Heilsarmee betreute. Mit ihnen fuhr er hinaus ins Freie, um solchen, die in den engen Straßen der Hamburger Altstadt lebten, vielfach ohne Sonnenschein und frischer Luft, einen Tag in der Natur zu ermöglichen. In einem Gartenrestaurant hatte er an langen Tafeln unter grünen Bäumen Kaffee und Kuchen servieren lassen. Dann wurde unter freiem Himmel ein Gottesdienst gehalten, und anschließend folgte fröhliches Spielen mit jung und alt. Otto entwickelte bei solchen Unternehmen ein geradezu erstaunliches Organisationstalent.

Einmal bat er eine Firma, ihm einige hundert bunte Luftballons für die Kinder zu schenken. Es war ein wunderschöner Anblick, als zwei Dampfer, die unter seiner Obhut standen und in denen sich etwa achthundert Menschen befanden, sich zu den Klängen einiger Musikkapellen in Bewegung setzten. Alle Kinder hielten in ihren Händen rote, blaue, grüne und gelbe Luftballons. Nie war Otto so glücklich, als wenn er Freude schenken konnte.

An jenem Himmelfahrtstag war die kleine Elisabeth in sehr gereizter Stimmung. Sie verlangte dauernd von ihrem Vater auf den Arm genommen zu werden. Die Mutter versuchte sie auf allerlei Art abzulenken, doch es half nichts. Elisabeth begann schließlich zu weinen und zu schreien und ließ sich weder durch gute noch durch ernste Worte beruhigen. Schließlich griff Berta energisch zu. Sie nahm die eigensinnige kleine Tochter an die Hand, suchte auf dem vollbesetzten Schiff den Ort auf, dessen Tür sich nur öffnen ließ, wenn man ein Zehnpfennigstück in den dafür vorgesehenen Schlitz warf, und verabfolgte dort ihrer Tochter einige spürbare Schläge. Diese bewirkten Wunder. So bekam Elisabeth für zehn Pfennig das, was im Augenblick nötig war, und ging als ein liebes Kind an der Hand der Mutter zurück auf ihren Platz.

Die Art, in der Berta und Otto ihre Kinder erzogen, hatte nichts mit süßlicher Frömmigkeit zu tun. Sie wußten, daß die Kinder einmal im Leben stehen und ihren Platz ausfüllen mußten. Sie wollten sie nicht zur Schwärmerei erziehen, sondern waren bemüht, ihnen ein klares und praktisches Christentum vorzuleben. Die Kinder erinnern sich nicht, je eine Lüge von den Eltern gehört zu haben, und wenn einmal irgendeine Meinungsverschiedenheit zwischen ihnen bestand, so wurde sie nie in den nächsten Tag mit hinein genommen. Gewöhnlich war es der Vater, der seine große Hand der kleinen Mutter entgegenstreckte und bat: „Komm, laß uns wieder gut miteinander sein." Dann legte Berta, die Temperamentvollere von beiden, beschämt durch seine Güte ihre Rechte in die seine. Es war in der Tat eine gute Hand, der sich Lisettens Tochter anvertraut hatte!

Als die Kinder etwas älter wurden, amüsierten sie sich oft über den Größenunterschied der Eltern.

„O Papa, was hast du dir bloß für eine kleine Frau genommen", rief Gideon einmal mit sieben Jahren aus.

Großen Spaß machte es, wenn die Eltern ihre Eheringe abzogen und Mamas Ring in Papas Ring Platz hatte. Noch schöner war es, wenn der Vater von einer Reise zurückkehrte und sich bei einem ihm bekannten Schuhfabrikanten Schuhe gekauft hatte. Die Kinder fragten ihn dann: „Warum hast du nicht auch für Mama ein Paar gekauft?"

Der Vater antwortete: „Sucht einmal richtig nach, ich habe zwei Paar Schuhe gekauft."

Doch sie fanden Mutters Schuhe nicht. Aber plötzlich brach eines der Kinder in lautes Gelächter aus. Es hatte Mamas Schuhe in Papas Schuhen gefunden, die sie manchmal spaßhaft „Oderkähne" nannten. Er hatte Schuhgröße achtundvierzig und Mama siebenunddreißig. Meistens mußten Vaters Schuhe aus der Fabrik bezogen werden.

Nur ganz selten strafte der große Mann seine Kinder. Das überließ er meistens seiner Frau. „Laßt das, die Mama will es nicht", konnte er sagen, wenn die vier zu laut waren oder etwas taten, was sie nicht sollten. Die Kinder wußten ganz genau: Von ihm konnten sie weit eher die Erfüllung eines Wunsches erbetteln als von der Mutter, die, wenn sie einmal nein gesagt hatte, auch bei dem Nein blieb. Berta hatte die „Handschrift" Lisettens geerbt, die auch nicht lange fackelte, wenn es galt, ein ungehorsames Kind zu strafen. Aber die Kinder hingen gleicherweise an beiden Eltern. Ihr Gerechtigkeitsgefühl ließ sie erkennen, daß sie nicht bestraft wurden, ohne es verdient zu haben.

Der Vater konnte prächtig singen, die Mutter allerdings nicht minder. Aber erzählen konnte Mama doch ganz anders als Papa. Ungezählte Male baten die Kinder: „Mama, erzähl bitte eine Geschichte aus deiner Jugend." Und sie, die alle in einer Großstadt geboren und darin aufgewachsen waren, hingen mit glänzenden Augen an ihrem Munde, wenn sie von der Bergischen Heimat, von den Wäldern und Wiesen, von Rehen und Hasen, von den Vögeln erzählte, deren Stimmen die Mutter so erstaunlich nachzuahmen vermochte.

„Und hattest du keine Angst vor der Kuh?" fragte Elisabeth, die nie an einem solchen Tier vorbeiging, ohne daß ihr die Knie zitterten, „wenn du sie hüten mußtest?"

Ja, Lisettens Tochter konnte wundervoll erzählen! Das entdeckte auch ein Freund des Hauses, Dr. Ernst von Mai, ein Schweizer, der in einem aristokratischen Berner Hause aufgewachsen war. Er hatte alles verlassen, um in der Heilsarmee Gott zu dienen. Als Otto mit seiner Familie von Hamburg nach Stuttgart und von dort wieder nach Berlin zurückstationiert wurde, wohnte Dr. von Mai bei ihnen und war ihnen allen in inniger Freundschaft zugetan. Diese Freundschaft dauerte bis zu seinem Tode an. Er war einige Jahre jünger als Otto. Obgleich die Heilsarmee im Lauf der Jahre auch in Deutschland Fuß gefaßt hatte, die Dienstwohnungen besser eingerichtet wurden und den Offizieren auch ausreichende Gehälter bezahlt werden konnten, mußte man immer sorgsam einteilen, zumal jetzt vier Kinder da waren. Dr. von Mai aber war vermögend. Wie oft griff er in großzügiger Weise ein.

„Ich glaube, die Kinder fangen so langsam an, aus ihren Mänteln herauszuwachsen. Wollen wir nicht am

Sonnabendnachmittag mit allen vieren in die Stadt fahren, um ihnen Mäntel zu kaufen?" Berta vermochte kaum zu antworten. Ihr Herz war voller Dankbarkeit. Gerade an diesem Morgen hatte sie sich den Kopf darüber zerbrochen, wie die Kinder zu Wintermänteln kommen sollten.

„Gideon ist jetzt in dem Alter, in dem er Musikunterricht haben sollte. Er ist so musikalisch. Ich zahle die Klavierstunden. Ein Klavier zu kaufen hat bei den vielen Versetzungen keinen Sinn. Aber wir mieten eins." Der gute Onkel Ernst, so durften ihn die Kinder nennen, erkannte immer rechtzeitig, was gerade nötig war.

„Johannes gebe ich selbst Geigenunterricht."

Dr. von Mai war auch kein Spielverderber. Die beiden Ältesten lasen bereits leidenschaftlich. Indianergeschichten waren bei ihnen in jener Zeit besonders beliebt. Da schlug Gideon eines Tages vor, einen Indianerstamm zu gründen und einen Raubzug in Onkel Ernsts Zimmer zu unternehmen. Gleich darauf versammelten sich die vier Geschwister im Badezimmer, wo sie sich ihrer Kleider entledigten. Tätowieren wäre ja noch echter gewesen, aber schließlich genügte es auch, wenn man sich mit den Farben des Malkastens gegenseitig Rücken und Brust so bunt wie möglich anmalte. Nun noch Federn in die Haare gesteckt, die aus Holz gefertigten Kriegsbeile und ein Lasso in den Händen, und mit lautem Indianergeheul stürmten die vier in das Zimmer von Onkel Ernst, überfielen den Ahnungslosen, kletterten ihm in affenartiger Geschwindigkeit auf Schoß und Schultern, „skalpierten" und fesselten ihn und ließen ihn zum Entsetzen der herbeieilenden Eltern erst wieder frei, nachdem er ein Lösegeld in Form von echter Schweizer Schokolade versprochen hatte.

Dr. von Mai war damals im Hauptquartier der Heilsarmee in der Redaktion tätig. Er erkannte besonders Bertas Wortbegabung und ermutigte sie, Artikel für die verschiedenen Zeitschriften der Heilsarmee zu verfassen. Mit großer Freude kam sie dieser Aufforderung nach, und manch wertvoller Beitrag ist ihrer Feder entsprungen.

Wann Berta ihr erstes Gedicht oder Lied verfaßt hat, ist nicht festzustellen. Im Laufe der Jahre dichtete sie eine Reihe geistlicher Lieder, die in vielen Kreisen gesungen wurden und noch werden.

Auch in der englischen Sprache suchten sich beide zu vervollständigen. Gemeinsam mit Ernst von Mai pflegten sie an einem Abend der Woche dieses Studium, indem sie bei der Unterhaltung und beim gemeinsamen Lesen eines Buches sich nur der englischen Sprache bedienten. Zwar blieb dafür nicht so viel Zeit, wie es nötig gewesen wäre, um ein perfektes Englisch zu sprechen, aber eine Hilfe war es doch. Das merkten sie wenige Wochen vor Ausbruch des Ersten Weltkrieges, als sie mit Dr. von Mai zu einem internationalen Kongreß nach London reisten, in dessen Verlauf Berta in einer großen Versammlung als einzige deutsche Frau zu sprechen hatte.

Mein Vater hat uns Kindern später manchmal davon erzählt, wie unsere Mutter dort vor der riesigen Menschenmenge in derselben Ruhe und Gelassenheit gesprochen hatte wie in der Heimat. Er war stolz auf seine kleine, zierliche Frau.

So war Lisettens Tochter, die Buschelster — wie man sie im heimatlichen Dorf oft genannt hatte, weil ihr Lieblingsort der Wald war — in die Weltstadt London gekommen. Otto hatte bei diesem Kongreß allerlei organisatorische

Aufgaben zu erledigen, während der treue Freund des Hauses, Kapitän Dr. von Mai, ihr ritterlich und beratend zur Seite stand. Er ahnte sicher, daß die kleine Frau sich in der Millionenstadt ohne seine Führung nicht zurechtgefunden hätte. Als der Kongreß zu Ende war, die deutschen Abgeordneten aber noch die Möglichkeit erhielten, zusätzlich etliche Tage in London zu bleiben, und Otto wegen einiger Verpflichtungen davon Gebrauch machte, reiste Berta allein zurück, um nicht länger von den Kindern fern sein zu müssen. Immer lebte sie in der Sorge, daß diesen bei ihren vielen dienstlichen Aufgaben nichts entbehren möge.

Das war auch der Grund, weshalb sie mit ihrem Mann festlegte, daß der Sonnabend ganz und gar den Kindern gehöre, während der Sonntag mit den verschiedenen Versammlungen völlig belegt war. Die Kinder kannten es nicht anders, als Sonntag für Sonntag mit den Eltern zu den Gottesdiensten zu gehen, wenn diese nicht gerade auf Reisen waren. Keines von ihnen hatte je den Eindruck, daß das Familienleben durch den aufopfernden Dienst der Eltern zu kurz kam. Die Freude an der Arbeit für Gott prägte vielmehr das Familienleben. Wie viele herrliche Wanderungen machten die Eltern mit ihren Kindern! Wie fröhlich wurde musiziert; und wenn es hieß, gemeinsame Spiele zu machen, dann war der Vater einer der Lebhaftesten, oft wie ein übermütiger Junge, so daß die kleine Mutter manchmal kopfschüttelnd in der offenen Tür stand. „Papa, Papa! Du bist der schlimmste von allen. Den meisten Lärm vollführst du."

Verkleiden war eins der beliebtesten Spiele. Vater und Mutter mußten das Eintritt zahlende Publikum darstellen.

Elisabeth saß dann etwa mit aufgelösten Haaren, die sie an Stelle eines goldenen mit einem Stahlkamm kämmte, auf einem improvisierten Felsen, der Tischkante, umgeben von sämtlichen Blumenstöcken und Blattpflanzen, die sich in der Wohnung befanden, und sang das Lied von der Loreley. Gideon begleitete sie auf dem Klavier, während Johannes und Samuel als Fischer vom Rhein in einem hölzernen Waschbottich saßen und mit großen Kochlöffeln an den Felsen zu rudern versuchten, auf dem die geheimnisvolle Jungfrau saß und schmachtend sang: „Ich weiß nicht, was soll es bedeuten, daß ich so traurig bin."

Nie waren die Eltern Spielverderber, ganz gleich, auf welche phantastischen Ideen ihre Kinder auch kamen. Nur eins erlaubte Berta nicht: Wenn das Kasperletheater hervorgeholt und ein Spiel improvisiert wurde, dann durfte darin nie der Teufel auftreten. „Der Teufel", sagte sie, „ist keine Spielfigur. Sein Wirken, sein Einfluß sind viel zu ernst und viel zu grauenhaft, als daß man mit ihm spielend umgehen könnte."

Die Arbeit erforderte von Jahr zu Jahr mehr Kräfte. Die Divisionen wurden immer größer. Bertas Gesundheit hielt den Anforderungen kaum stand. Eine weniger energische Frau, die sich nicht mit eiserner Willenskraft überwunden oder den körperlichen Schwächen nachgegeben hätte, wäre den vielen Strapazen bestimmt unterlegen. Darum wünschte Otto, daß seine Frau jedes Jahr mit den Kindern einige Wochen in ihre Heimat reiste, um sich dort zu erholen.

Wieder einmal war der große Reisekorb gepackt worden. Berta saß mit den vor Freude fast fiebernden Kindern im Wartesaal eines der großen Berliner Bahnhöfe und wartete auf den Zug, der sie ins Rheinland bringen sollte. Otto hatte soeben die Fahrkarten gelöst und kam zurück. „Weißt du", sagte er, „es ist eigentlich unsinnig, daß du mit den Kindern diese weite Strecke im Personenzug vierter Klasse zurücklegen willst. Du kommst halbtot in Gummersbach an."

„Aber denke doch, die Fahrt im Schnellzug ist für uns alle viel zu teuer."

„Ach, wir werden schon darüber hinwegkommen. An einer anderen Stelle sparen wir es vielleicht leichter ein. Ich bin nicht beruhigt, wenn ich es zulasse." Otto sah richtig bekümmert aus.

Plötzlich deutete er durch das Fenster des Wartesaales auf einen Zug auf dem ersten Bahnsteig. „Sieh", rief er aus, „der fährt direkt nach Köln. Er scheint zwar schon abfahrtbereit zu sein, aber komm! Schnell, Kinder, ihr fahrt mit dem Schnellzug."

Ehe Berta sich besinnen konnte, hatte er das Handgepäck ergriffen — der große Reisekorb war bereits aufgegeben worden — und lief durch die Sperre, allen anderen voraus. Was blieb seiner Frau übrig, als mit den Kindern in größter Eile zu folgen. „Der Zuschlag wird im Zug nachgelöst", rief Otto dem Schaffner zu. „Schnell, schnell, sonst fährt er ab."

Berta wußte nachher nicht zu sagen, wie sie mit dem Jüngsten auf dem Arm und dem Handgepäck in den Zug gekommen war. Nach ihr sprang Gideon hinein, und dann, o Schreck, setzte sich der Zug langsam in Bewegung. Johannes und Elisabeth standen noch auf dem Bahnsteig. Berta wurde es durch die Aufregung übel. Inzwischen hatte Otto seine Tochter ergriffen. Ein Schaffner, der die Situation überblickte, packte Hans, und beide Kinder wurden mit einem Schwung in den bereits anfahrenden Zug befördert. Johannes landete in der Toilette, deren Tür bei dem Anprall aufsprang; doch alle fanden sich schließlich in dem Abteil ein, in dem die Mutter totenbleich und wie benommen mit dem Jüngsten saß.

Der Schaffner kam. Er sah die zitternde Frau in Heilsarmeeuniform.

„Bitte, die Fahrkarten." Berta war so erledigt, daß sie nicht imstande war, sich zu erinnern, wo sie diese hingetan hatte.

Der Schaffner sagte wohlwollend: „Lassen Sie das bis später. Wo reisen Sie denn hin?"

Bertas Gedanken waren in diesem Augenblick wie ausgelöscht. „Ich weiß es nicht mehr", antwortete sie. „Jedenfalls die ganze Nacht hindurch."

Da nickte der Schaffner ihr freundlich zu: „Erholen Sie sich nur erst, ich komme später wieder."

Gewöhnlich nahm Berta ihre Kinder einige Wochen vor den großen Ferien aus der Schule und ließ sie während der Zeit ihres Fortseins mit Genehmigung des Schulamtes die Dorfschule besuchen. Dort waren sie dann die von allen bestaunten Berliner. Wie von einem Freiheitsrausch befallen tobten und jagten sie über den großen Obsthof beim Hause ihrer Tante, kletterten auf den Bäumen umher, kugelten sich auf den abschüssigen Wiesen und brachten die Arme voller Blumen mit. Sie suchten die Tiere in den Ställen auf und wateten im Bach. Bei allem fühlten sie sich wie im Paradies. Weniger paradiesisch jedoch fanden sie das Blaubeerenpflücken, das die Mutter sehr liebte. Für Berta war es einmal eine herrliche Kindheitserinnerung

— von daher besaß sie auch eine große Fertigkeit im Pflücken — außerdem aber eine sehr zu begrüßende Hilfe für den Küchenzettel. Die Kinder jedoch fanden diese Sammelei langweilig und stumpfsinnig. Indianerspielen, Laubhütten bauen und ähnliches reizten sie weit mehr. Aber Berta blieb unwiderruflich bei ihren Bestimmungen. Jeder mußte jeden Tag seine bestimmte Anzahl Becher mit Blaubeeren füllen. Sie wußte, wie gesund diese Waldfrüchte waren, und duldete es nicht, daß die Ferientage ohne jede Pflichterfüllung dahingingen.

Wieder eine Versetzung. Diesmal ging es der Heimat Bertas viel näher. Lisettens Tochter war darüber glücklich. Sie bekamen eine sehr schöne, gut eingerichtete Wohnung, nahe am Wald in Düsseldorf-Rath. Die Kinder erzählten voller Stolz, daß darin vor ihnen der Bürgermeister gewohnt hatte.

Dann aber kam der Krieg. Voller Bangen rechnete Berta sich aus: Ihr Mann wurde am nächsten Geburtstag fünfundvierzig Jahre alt. Ob er verschont blieb? Man holte ihn noch zum Landsturm. Das war ein herber Trennungsschmerz. Zwar waren die Söhne stolz auf den Vater, der nun auch noch das Vaterland verteidigen sollte, aber Berta litt schwer; und Elisabeth, die damals elf Jahre alt war, meinte, nie im Leben wieder froh sein zu können, weil der Vater in den Krieg zog. Lange konnte das Kind weder Klavier spielen noch sonst irgendein Instrument hören, ohne daß ihm die Tränen in die Augen stiegen. In ihren kindlichen Gebeten bestürmte sie geradezu den Himmel mit der Bitte, der über alles geliebte Vater möge ihnen doch erhalten bleiben.

Wie Berta sich als Erzieherin ihrer Kinder bewährte, möge folgende Episode zeigen: Es wurde Ostern. Die rechte Festfreude wollte bei den Kindern nicht aufkommen. Der Vater fehlte. In einem Schaufenster sah Elisabeth ein mit gelbem Samt überzogenes Küken aus Pappe, das rote Glasaugen hatte. Ihr, der Elfjährigen, gefiel es ungemein. Zu gerne hätte sie es gehabt. Nie aber hätte Berta, die strikt gegen unnötige Ausgaben war, ihr erlaubt, derartiges zu kaufen. Elisabeth überlegte. Wenn sie es nun als Geschenk für ihren Vater erstand? Würde er sich nicht ebenfalls darüber freuen? Schon, weil es von seiner Tochter kam. Dabei würde es ihr persönlich wenigstens für kurze Zeit gehören. Sie könnte dann mit dem Finger über den herrlichen gelben Samt fahren.

An jenem Tag besaß sie allerdings nur dreißig Pfennige. Das gelbe Osterküken aber kostete fünfzig. Berta hatte ihre Tochter beauftragt, verschiedene Einkäufe zu machen. Gewiß würde sie nicht merken, daß diese ein kleineres Brot heimbrachte und das Geld, das ihr übrigblieb, zu den dreißig Pfennigen legte, um das ersehnte Küken erstehen zu können.

In einem seltsamen Gemisch von Glück und schlechtem Gewissen machte Elisabeth sich auf den Heimweg, unterwegs immer wieder das gelbe Küken ansehend und es befühlend. War es nicht eine gute Tat, dem in der Ferne weilenden Vater damit eine Freude zu bereiten? Das wog doch bestimmt schwerer als das Unrecht, das sie getan, indem sie der Mutter die zwei Groschen genommen hatte. Später würde sie es ihr vielleicht bekennen. Aber je näher das Kind der Wohnung kam, desto ungemütlicher wurde ihm ums Herz. Nein, es mußte dieses Osterküken so schnell wie möglich wieder aus dem Haus schaffen. Ganz rasch wollte Elisabeth es verpacken und dann auf die Post bringen. Doch Bertas Kinder waren es nicht gewöhnt, etwas zu verbergen. Kaum betrat Elisabeth die Wohnung mit ihrem Einkaufskorb — sie mußte wohl ein sehr unglückliches, zumindest ein unsicheres Gesicht gemacht haben — als die Mutter sie fragte: „Nanu, was ist denn mit dir los? Ist etwas passiert?"

Elisabeth vermochte nur den Kopf zu schütteln.

„Hast du Geld verloren?"

„Nein." Ganz fremd klang ihre Stimme.

„Aber mit dir ist doch irgend etwas nicht in Ordnung!"

Mehr bedurfte es nicht. Laut weinte das Kind auf. „Ich, ich habe etwas getan, Mama. Ich habe etwas getan, was ich nicht durfte."

„Komm, erzähle mir alles."

Elisabeth beichtete, war aber doch sehr bemüht, hervorzuheben, daß es sich um eine gute Tat handle, weil sie ja dem Vater mit dem Geschenk eine Freude machen wollte.

Die Mutter blieb zwar ruhig, war aber doch, das merkte Elisabeth genau, sehr traurig über ihre Tochter. „Es tut mir weh", sagte sie, „daß du nicht so viel Vertrauen zu mir hast und mir sagst, du möchtest Papa zu Ostern eine Freude machen. Wir hätten miteinander beraten, was wir ihm schicken können. Du bist alt genug, um zu verstehen, daß er mit diesem Samtküken, so sehr es dir persönlich gefallen mag, nichts anfangen kann. Im Grunde genommen hast du es selbst gewollt und dich hinter dem Gedanken der guten Tat versteckt, um dein Gewissen zum Schweigen zu bringen. Daß du dabei Geld, das dir nicht gehörte, veruntreut hast, ist sehr schlimm. Ich bin mehr als traurig über dich. Ich verlange, daß du sofort in das Geschäft gehst und das Küken mit der Begründung zurückbringst, daß du es nicht kaufen durftest."

Was kam in diesem Augenblick über Elisabeth, daß sie sich wie eine Wildkatze gebärdete? „Das tue ich nicht. Das tue ich nicht, und wenn du mich totschlägst, ich tue es nicht!"

Dieser Trotz mußte natürlich gebrochen werden. Dieses Mal handelte es sich nicht nur um ein paar Klapse wie damals auf dem Ausflugsdampfer, dieses Mal wurde die Tochter regelrecht durchgehauen.

„Bist du nun bereit, in das Geschäft zu gehen?"

Elisabeth zitterte am ganzen Körper. Ihr Gesicht war tränenüberströmt. Aber sie warf den Kopf zurück: „Und wenn du mich totschlägst, ich gehe nicht!"

Es folgte eine zweite Tracht Prügel.

„Willst du jetzt gehen?"

Das Kind rang nach Luft. „Nein, ich gehe nicht!"

Da sah es, daß auch über das Gesicht der Mutter Tränen rannen. Das war mehr, als Elisabeth ertragen konnte. Mit einem verzweifelten Aufschrei warf sie sich ihr in die Arme. „Mama, Mama, ich will's tun, ich will gehen. Verzeih mir!"

Fest umschlungen hielt Berta ihre Tochter, die sie größenmäßig damals nur noch um weniges überragte.

Dann aber kam das Unvergeßliche. Sie nahm ihr Kind bei der Hand und zog es neben sich auf die Knie nieder. Sie faltete ihre Hände über den Händen ihrer Tochter und betete: „Lieber Herr, ich komme zu dir mit meinem Kind, das mich so traurig gemacht hat. Gib doch, daß Elisabeth keine Diebin wird und daß sie lernt, auf die Stimme ihres

Gewissens zu achten, und immer den Mut aufbringt, das Unrecht zu gestehen und gutzumachen, wo sie gefehlt hat. Du liebst sie ja noch viel mehr, als wir Eltern es tun können. Du bist auch für ihre Sünden gestorben; und nun hilf ihr, daß sie niemals wieder etwas veruntreut."

Es mag jemand sagen: War es nötig, so eine Affäre aus einer Bagatelle zu machen, wo es sich doch nur um zwanzig Pfennig handelte? Heute ist Elisabeth ihrer Mutter dankbar, daß diese es so ernst nahm. Sie kann sich nicht erinnern, jemals wieder etwas Ähnliches getan zu haben. Das Gebet ihrer Mutter hat sie zutiefst beeindruckt.

Nachdem sie ihr verweintes Gesicht gewaschen und die Mutter ihre zerzausten Haare geordnet hatte, ging Berta mit ihr bis vor das Geschäft. „Nun geh mutig hinein. Ich warte draußen auf dich."

„Ich durfte es nicht kaufen", sagte Elisabeth und rang mit den bereits wieder aufsteigenden Tränen. Dabei legte sie das Küken auf den Ladentisch.

Ohne ein Wort zu sagen, griff der Besitzer in die Kasse und gab dem Mädchen die fünfzig Pfennig zurück.

Ein Stein fiel von Elisabeths Herzen. Draußen umarmte sie ihre Mutter stürmisch. „Mama, ich bin so froh, und meine dreißig Pfennig schenke ich dir jetzt auch noch."

Damals hat das Kind wie nie zuvor empfunden, wie ein reines Gewissen glücklich machen kann.

Die Frauen der Heilsarmeeoffiziere bekamen ihre Kriegsunterstützung wie alle anderen Kriegerfrauen auch. Aber die Frage nach der Versorgung beunruhigte Berta nicht so stark wie die Frage nach den weiteren Möglichkeiten, für Gott zu arbeiten. „Geben Sie mir eine kleine Missionsstation", bat sie den damaligen Landesleiter der Heilsarmee in Deutschland. „Mit einer Assistentin kann ich diese Arbeit gut bewältigen. Meine Kinder sind jetzt in einem Alter, in dem sie sich in vielen Dingen bereits selber helfen können. Ich ertrage die Trennung von meinem Mann leichter, wenn ich in einer Arbeit stehe, die mich völlig ausfüllt."

Berta gehörte nicht zu den Menschen, die sich ihrem Jammer hingeben und darin versinken.

Als die Frau eines Divisionsoffiziers, der viele Stationen unter sich hatte, war Berta rangmäßig, aber auch — was die Arbeit anbelangte — auf einer höheren Stufe, als es die einer Missionsstationsleiterin ist. Doch das machte ihr nichts aus. Sie hatte ihr Leben dem Dienst Gottes geweiht, und sie wollte auch jetzt nicht untätig sein. Sie wußte, daß sie trotz aller Arbeit, die auf sie wartete, noch genügend Zeit finden würde, sich ihren Kindern zu widmen, und erhoffte gerade auch für diese einen erzieherischen Einfluß von ihrer Arbeit.

Aber der Landesleiter behauptete, ihr einen solchen Platz nicht geben zu können. Sie bat wiederholt darum. Er jedoch schrieb ihr, Kriegerfrauen hätten keinen Anspruch auf einen eigenen Arbeitsplatz. Sie habe ja ihre Kriegsunterstützung, von der sie mit den Kindern leben könne. Berta begriff nicht, daß der Landesleiter ihr kein Verständnis entgegenbrachte. Es ging ihr doch gar nicht um irgendeine finanzielle Versorgung, sondern allein das war ihr wichtig, die schweren Jahre des Krieges nutzbar zu verbringen im Dienst der Nächstenliebe. Auch die Kinder sollten es lernen, aus dieser Zeit das Beste zu machen.

Sie schrieb ihren Kummer Dr. Ernst von Mai. Er war nun im Hauptquartier der Heilsarmee in Bern stationiert und mit der Familie Dreisbach in regem Briefwechsel geblieben. Es dauerte nicht lange, dann antwortete er: „Ich habe Ihre Angelegenheit mit Kommandeur Olivant besprochen!" Das war der Leiter der Heilsarmee in der Schweiz. Er war früher Pfarrer gewesen, hatte dann aber erkannt, daß Gott ihn zum Dienst an den Verkommenen und an den von der sogenannten besseren Gesellschaft Ausgestoßenen berief. Deshalb trat er, der Engländer, von seinem Pfarramt zurück und ging mit seiner Frau, einer Holländerin und begabten Dichterin, diesen Weg der Erniedrigung. Etliche Jahre war er Kommandeur der Heilsarmee in Deutschland gewesen und hatte dabei auch Otto und Berta kennen- und schätzen gelernt.

Als Dr. Ernst von Mai mit ihm über Bertas Anliegen sprach, sagte er: „Ich werde dieser Frau die Leitung einer Missionsstation in der Schweiz geben. Ich verstehe gut, daß sie nicht ohne eine Verantwortung im Dienste Gottes sein kann. Schreiben Sie ihr, sie möge zu einer Besprechung nach Bern kommen. Ich werde es vor dem internationalen Hauptquartier in London zu verantworten wissen, daß ich ihr hier in der Schweiz eine Anstellung gebe."

„Glaube nur nicht, daß ich mir einen eigenen Weg ertrotzen will", schrieb Berta damals an Otto. „Aber ich weiß noch heute genauso wie in den ersten Jahren meiner Heilsarmeelaufbahn um meine Berufung zu diesem Dienst. Ich kann es mir nicht vorstellen, daß es im Sinne Gottes ist, wenn ich in den Jahren deines Fernseins nur als Hausfrau und Mutter tätig bin. Daß ich alles, was in meinen Kräften steht, für die Kinder tue, damit diese in keiner Weise vernachlässigt werden, weißt du. Sie sollen nie irgendwo zu kurz kommen. Aber viele Stunden, in denen sie in der

Schule sind, würden nur von Kochen, Putzen, Waschen, Nähen und ähnlichem ausgefüllt sein, und das ist mir zu wenig. Mein Leben gehört Gott."

Der Briefwechsel zwischen den beiden Eheleuten stand in keinem Verhältnis mehr zu dem ihrer Brautzeit. Wenn jeder Brief, den eines dem andern schrieb, die Anrede trug: Mein liebes Herz! so war das nur der Ausdruck dessen, was sie längst in Wirklichkeit füreinander empfanden. Je länger sie verheiratet waren, desto glücklicher wurde ihre Ehe.

Otto litt in diesen Kriegsjahren ebenfalls sehr unter der Trennung von den Seinen, aber er war zum Wehrdienst gerufen worden und hatte keine andere Wahl, als sich zu fügen. „Wenn Gott mich nur davor bewahren würde, einen Menschen töten zu müssen", äußerte er oft seiner Frau gegenüber. Diese Bitte wurde ihm erhört. Während der ganzen Kriegszeit hatte er Gefangene zu bewachen und erhielt von diesen immer wieder in gebrochenem Deutsch das Zeugnis: „Du gut Mann." Außerdem wurde er mit seinem Lichtbilderapparat in die Soldatenheime der verschiedenen Städte geschickt, um Vorträge zu halten. Diese Gelegenheit nahm er ebenfalls wahr, zu seinen Kameraden von Gott und Ewigkeit zu sprechen.

Nur bangte Otto um seine Familie. Er kannte Berta zu genau, um nicht zu wissen, daß sie sich unter keinen Umständen damit abfand, nur als Hausfrau tätig zu sein. Nicht, daß sie die Aufgaben einer Hausfrau gering achtete. Sie wußte sich jedoch von Gott in den Dienst gerufen und fühlte sich auch während des Krieges von diesem Auftrag nicht entbunden. Mit Sorgen sah er jedem Brief seiner Frau entgegen. Eines Tages kam die Nachricht: „In aller

Kürze reisen wir in die Schweiz. Der dortige Kommandeur hat mir eine Missionsstation in Aarau angeboten. Sobald die Paßangelegenheiten geregelt sind, fahre ich mit den Kindern dorthin. Diese können es kaum noch erwarten und bringen mich fast um mit ihren Fragen: Ist es nun wirklich wahr, daß wir in die Schweiz ziehen? Kommt nun nichts mehr dazwischen? Ich kann ihnen immer nur antworten: Wenn es Gottes Wille ist, kommen wir hin. Aber nun scheint sich ja wirklich der Weg geebnet zu haben. Vorher komme ich allerdings noch einmal zu Dir, um alles Nötige mit Dir zu besprechen."

Für Gideon, den Ältesten, hatte sich inzwischen in Dänemark eine sehr gute kaufmännische Lehre bei Freunden der Familie gefunden. Berta brachte ihren Sohn selbst dort hin. Beinah zwei Tage und zwei Nächte waren sie unterwegs, weil der Zug, der in der Nacht wegen der Fliegergefahr nicht beleuchtet werden durfte, oft stundenlang auf freier Strecke stand. Es war eine unheimliche Fahrt. Bertas Herz war schwer. Nun mußte sie bereits eines ihrer Kinder ziehen lassen, obgleich es in einem Alter war, in dem es die Mutterhand noch nötig gebraucht hätte. Wohl war gerade der Älteste immer ein selbständiges Kind gewesen, dennoch war sie mit ihm in besonderer Weise verbunden. Wenn sie nun mit den anderen drei Kindern in die Schweiz fuhr, waren sie viele Kilometer voneinander entfernt. Was wußte man, wie der Krieg enden würde? War es zu verantworten, den Sohn von sich zu geben? In mancher schlaflosen Nachtstunde hatte sie Gott um Weisung gebeten und glaubte nun, daß dies der vorgeschriebene Weg war.

„Lebe immer vor den Augen Gottes, Gideon", sagte sie, als sie von ihrem Ältesten Abschied nahm. Ein Trost bedeutete es ihr, daß der Chef ihres Sohnes ein bewußter Christ und ein väterlicher Mann und seine Frau eine wahre Mutter waren.

Dann kam der Tag, an dem sie mit den anderen drei Kindern die Schweizer Grenze überschreiten sollte. Allerlei ungeahnte Schwierigkeiten stellten sich ihr jedoch in den Weg.

Zwei der Kinder hatten bereits das zwölfte Lebensjahr überschritten. Einer der Beamten sagte: „Sie benötigen einen eigenen Paß. Es genügt nicht, daß sie auf dem Paß der Mutter vermerkt sind."

Entsetzt blickten die Augen der Kinder ihn an. Bedeutete das, daß sie die lange Reise ins Rheinland nun wieder zurücklegen und dort einen Paß beantragen mußten?

Der Zollbeamte beruhigte sie. „Das können Sie auf dem Konsulat in Lörrach erledigen", erklärte er Berta. „Aber heute ist das schon geschlossen. Morgen vormittag können Sie dort vorsprechen."

Wohl hatte Berta keine Möbel über die Grenze zu transportieren, aber im Laufe der Jahre war doch manches Notwendige an Kleidung, Wäsche, Büchern und Geschirr zusammengekommen. Berta hatte keine Ahnung gehabt, daß es verboten war, Porzellan in Zeitungspapier zu verpacken. Es hätten ja irgendwelche politischen Nachrichten, die zu Spionagezwecken gebraucht wurden, darin stehen können.

So stand sie mit ihren drei Kindern da und hatte stundenlang zu tun, sämtliches Porzellan aus den Zeitungshüllen zu schälen und behutsam in Holzwolle zu verpacken. Als die Zollbeamten aus einem Koffer Elisabeths Puppen hervorholten, sagte diese: „Bitte, gehen Sie sorgfältig mit meinen Kindern um." Über die bis dahin reserviert blickenden Gesichter der Männer huschte der Schein eines Lächelns.

In einem Gasthof in Lörrach übernachtete Berta mit ihren Kindern. Sie vermochte kaum eine Stunde zu schlafen. Waren die sich zeigenden Schwierigkeiten etwa ein Fingerzeig Gottes, daß ihr Weg in die Schweiz ein eigener war? Wenn sich nun am nächsten Tag neue Schwierigkeiten einstellen würden? Wenn es auf dem Konsulat nicht klappte?

Ernstlich betete sie: „Zeige uns, Gott, deinen Weg! Ich bin bereit, mich deinem Willen zu beugen, selbst wenn du uns zurückführen solltest. Laß mich nur Möglichkeiten finden, für dich und dein Reich zu arbeiten."

Als die Kinder am nächsten Morgen erwachten, bestürmten sie ihre Mutter mit Fragen: „Mama, was denkst du? Kommen wir über die Grenze? Was machst du, wenn wir keinen Paß erhalten? Müssen wir dann zurückfahren?"

Johannes erhob Protest, noch ehe die Mutter antworten konnte: „Dann gehen wir irgendwo heimlich über die Grenze!"

„Nein", erwiderte Berta entschieden. „Dann ist das ein Zeichen dafür, daß wir uns getäuscht haben und daß unsere Fahrt in die Schweiz nicht dem Willen Gottes entspricht."

Die Kinder verstummten vor Entsetzen. Und das wollte bei ihrer Lebhaftigkeit schon etwas heißen.

Aber es klappte auf dem Konsulat. Allen fiel ein Stein vom Herzen.

„Siehst du, Mama, es ist doch Gottes Wille." Dieses Mal passierte man die Grenze nicht auf der Leopoldshöhe, sondern in Riehen. Da, o Entsetzen, nahte ein neues Verhängnis! Die deutsche Grenze hatten sie hinter sich. Nun standen sie vor dem Schweizer Zollbeamten.

„Wo haben Sie Ihren Heimatschein?"

„Heimatschein?" fragte Berta gedehnt. „Davon habe ich noch nie etwas gehört."

„Sie besitzen keinen Heimatschein?"

„Nein!"

„Es tut mir leid. Dann können wir Sie nicht über die Grenze lassen."

Berta erbleichte. Äußerlich blieb sie aber völlig ruhig. So war nun die Antwort von Gott gegeben. Zurück ins Rheinland. Alle Vorbereitungen waren umsonst gewesen. Hatte sie nicht fest gemeint, ihres Weges ganz sicher zu sein? Hatte sie nicht immer wieder Gott um deutliche Weisung gebeten?

Stumm blickte sie ihre Kinder an. In den Augen der beiden Jüngsten standen Tränen. Der zweitälteste Sohn hatte den Kopf trotzig zurückgeworfen. Ha, er würde gewiß einen Weg finden, um trotzdem in die Schweiz zu kommen!

Inzwischen hatte der Grenzbeamte, dem die erschrockene Frau und deren Kinder leid taten, in Bertas Paß geblättert. „Offizierin der Heilsarmee", las er.

„Sind Sie viel gereist?" fragte er plötzlich.

Berta bejahte es eifrig. „Ständig war ich mit meinem Mann unterwegs, um die Missionsstationen unseres Bezirks zu besuchen."

„Gut, dann kann ich Sie über die Grenze lassen, und zwar als Reisepredigerin." Stempel — Unterschrift.

Zwei weitere Schritte, und Lisettens Tochter war mit ihren Kindern in der Schweiz in Riehen bei Basel. Berta wußte nicht, wie ihr geschah. Nach den mit Spannung geladenen Augenblicken fühlte sie sich wie benommen.

Die Kinder aber mußten ihrer Freude Ausdruck geben. Was kümmerte es sie, daß Grenzbeamte und Passanten ihrem Treiben kopfschüttelnd zusahen. Sie vollführten auf offener Straße einen Indianertanz, fielen sich gegenseitig und ihrer Mutter um den Hals und schrien und tobten im Überschwang ihrer großen Freude.

„Wir sind in der Schweiz! Wir sind in der Schweiz!"

Und dann begann der neue Weg. Es war wie ein Weg ins Gelobte Land. Wie viele liebe, prächtige Menschen hat Berta in den vier Jahren ihres Dortseins kennengelernt. Zwar waren die Deutschen in jener Zeit im großen und ganzen nicht sehr beliebt. Aber Bertas klare Art, ihr bewußtes Christsein errang das Vertrauen der Menschen, wo sie auch hinkam.

Einige Wochen blieb sie mit ihren Kindern im Frauenheim der Heilsarmee in Basel, wo man sie liebevoll versorgte. Der schweizer Kommandeur meinte, eine Zeit des Ausruhens würde ihr und den Kindern bestimmt guttun. Doch bald verlangte Berta nach Arbeit. Auch mußten die Kinder zur Schule. Das untätige Herumsitzen tat ihnen nicht gut.

So übergab man Berta die Leitung der kleinen Missionsstation in Aarau. Sie bekam eine schweizer Assistentin, die zuerst mit großer Scheu und abwartend zu der „dütschen Familie" ging. Hatte sie nicht schon genug gehört von der großen preußischen Klappe? Als sie aber erkannte, wie tapfer und fleißig diese kleine deutsche Frau ihre Arbeit anpackte, wie sie mit den drei lebhaften, dauernd zu irgendwelchen Streichen und absonderlichen Unternehmungen aufgelegten Kindern fertig wurde, legte sie ihr Vorurteil bald ab und wurde Berta eine treue Mitarbeiterin.

Als sie die Missionsstation in Aarau übernahm, führte dort die Heilsarmee gerade eine Zeltevangelisation durch. Dieser Zweig der Arbeit war Berta bis dahin unbekannt gewesen, aber sie sah darin eine herrliche missionarische Möglichkeit und setzte sich mit allen ihr zur Verfügung stehenden Kräften ein. Auch hier mußte zunächst einmal eine Mauer von Vorurteilen durchstoßen werden.
„Was will diese deutsche Frau hier?"
Die Heilsarmee in der Schweiz stand in gutem Ansehen. Sie hatte dort in anderen Kreisen Fuß fassen können als in Deutschland. Der Leiter der Schweizer Kadettenschule in Bern war Professor Dr. Rudolf von Tawel. Eine Dame aus altem schweizer Geschlecht, Fräulein Anna von Watenwil, die Berta später auf ihrem wundervoll gelegenen schloßähnlichen Landgut besuchen durfte und mit der sie auch von Deutschland aus in Verbindung blieb, war ebenfalls eine von Gott gesegnete Heilsarmeeoffizierin. Außerdem standen viele andere hochgestellte und wertvolle Menschen in dieser Arbeit.
Als Berta, erfüllt von ihrem Auftrag, durchdrungen von tiefer Überzeugung, die Zuhörer der Zeltversammlung ansprach, schwand sehr bald jedes Vorurteil. An seine Stelle traten Bewunderung und Hochachtung. Hier sprach eine Frau, die das Leben mit seinen Kämpfen und Nöten kannte. Dazu stand sie in einem innigen und persönlichen Verhältnis zu Gott. Ihre Worte waren geprägt von einem tiefen, starken Glauben, von einer Liebe zu den Menschen, wie man sie selten fand. Ihre rednerische Begabung machte es

zu einem Genuß, ihr zuzuhören. Außerdem sprach sie ein gutes, reines Deutsch, ohne Akzent. Leicht mochte es nicht sein, den Mann und den ältesten Sohn in der Ferne zu wissen und hier mit drei Kindern in einem fremden Land zu leben. Schon am ersten Abend nahmen sich eine Anzahl Zuhörer vor, dieser Frau mit Rat und Tat zur Seite zu stehen.

Am Morgen darauf fand Berta im Briefkasten unter anderem einen Brief von dem Verlagsbuchhändler Eduard Erwin Meier, der ihr seine Hilfe anbot. Dem Brief lag eine Banknote bei, die sie für sich und die Kinder verwenden sollte, um in der Fremde heimisch zu werden oder einiges Notwendige anzuschaffen.

Während der Jahre ihres Aufenthaltes in der Schweiz blieb Herr Meier ein treuer Freund der Familie, dem die Kinder besonders viel zu verdanken hatten. Fast an jedem Samstagnachmittag stellte er sich ein, um diese abzuholen und mit ihnen in die Berge des Schweizer Jura zu steigen. Welche herrlichen Touren und Wanderungen unternahm er mit ihnen, während die Mutter sich für die Versammlungen des Sonntags vorbereitete.

Herr Meier blieb nicht der einzige Freund und Ratgeber. Die kleine Frau, Lisettens Tochter, durfte in wunderbarer Weise erleben, wie Gott sich zu ihrer Arbeit bekannte und sie bestätigte, wie er ihr Menschen an den Weg stellte, die ihr mit Rat und Tat zur Seite standen.

Als Dr. von Mai, mit dem sie nach wie vor besonders verbunden waren, seinen ersten Besuch von Bern aus in Aarau ankündigte, waren die Kinder vor Freude rein aus dem Häuschen. Sie stürmten ihm bei seinem Kommen im Treppenhaus entgegen, fielen ihm jubelnd um den Hals und gaben den Hausbewohnern Anlaß zu der Vermutung, der Vater sei aus dem Krieg zurückgekehrt.

Mit Berta hatte er ernste Beratungen über die Zukunft der Kinder. Sie aber dankte ihm, daß er sich für sie eingesetzt hatte, so daß sie in die Schweiz kommen und hier einen Dienst verrichten durfte, der ihr ganzes Sein ausfüllte.

Unter den vielen wertvollen Menschen, die Berta in der Schweiz kennen und schätzen lernte, war auch Fräulein Fisch, eine ebenfalls kleine, unscheinbare ältere Dame, die nicht weit von der Kaserne eine schöne Wohnung hatte. Sie war eine echte Christin, dazu eine warmherzige, mütterliche Frau. Sie erkannte, daß die jungen Soldaten, die jedes Jahr einige Wochen Militärdienst ableisten mußten, in ihrer Freizeit einen Platz benötigten, wo sie sich heimisch fühlen konnten und durch den sie vor so mancherlei Gefahren bewahrt wurden. Deshalb sah sie es als ihre Aufgabe an, immer wieder Soldaten zu sich einzuladen, denen sie wie eine Mutter Stunden der Erholung und Freude bereitete. Man hatte ihr den Namen „Soldatenmutter" gegeben und traf bei ihr zu jeder Tages- und Abendstunde Rekruten an. Sie deckte ihnen den Tisch festlich, sorgte für gute Bücher und Zeitschriften, hatte immer eine gute Auslese von Gesellschaftsspielen bereit und ließ sich ihre Anliegen und Nöte erzählen, gewillt zu helfen, wo immer es ihr möglich war.

Berta fand in dieser Frau, die nie eigene Kinder gehabt hatte und doch so viele Menschen bemutterte, eine wahre Freundin. Die Kinder freuten sich ebenfalls auf jede Stunde, die sie im Heim von Fräulein Fisch zubringen durften.

Hier in Aarau ergab sich für Berta manche Gelegenheit,

Menschen im Auftrage Gottes zu dienen. Die Versammlungen wurden immer besser besucht. Berta wuchs spürbar in die Tiefe. Ihre Ansprachen waren nicht nur von Lebensreife durchdrungen. Je länger desto mehr erschloß sich ihr Gottes Wort. Sie wurde befähigt, vielen Menschen Wegweisung zur Wahrheit zu geben. Zwar litt sie mehr, als sie es zeigte, unter der Trennung von ihrem Mann. Manchmal kam es ihr fast wie Schuld vor, daß es ihr mit den Kindern so gut ging, während ihm mancherlei Entbehrungen und Schwierigkeiten auferlegt waren.

Doch Otto tröstete sie in seinen Briefen: „Das Wissen um Euer Versorgtsein und die wunderbare Führung in Deinem und der Kinder Leben läßt mich alles andere, auch die Trennung, leichter ertragen. Einmal wird Gott es uns ja sicher schenken, daß wir alle wieder beisammen sein dürfen. Dann wollen wir hingegebener denn je zuvor ihm dienen. Lehre auch unsere Kinder erkennen, daß die Arbeit für Gott das höchste ist."

Neben dem Dienst in den öffentlichen Veranstaltungen und den Mitgliederversammlungen, die Berta zu leiten hatte, machte sie mit ihrer Assistentin täglich Hausbesuche. Wenn die sozialen Verhältnisse in der Schweiz wohl geordnet waren, so trafen sie auch hier Menschen in Not, jedoch mehr in innerer als in äußerer Not. Dann und wann stieß sie auch auf Verkommenheit.

Eines Tages kam sie an eine Hütte am äußersten Ende eines Dorfes. Klägliches Wimmern eines Kindes drang heraus. Berta trat mit ihrer Mitarbeiterin ein und fand in einem verbeulten Kinderwagen auf einer vollständig verfaulten Matratze, verklebt und verschmiert vom eigenen Kot, ein hilfloses kleines Kind. Es streckte wie hilfeflehend seine Ärmchen Berta entgegen. Da entdeckte diese, daß es ein Krüppel war. Dort, wo am rechten Arm der Ellenbogen sein sollte, war die Hand mit nur drei Fingerchen.

Als Bertas Augen sich an die Dunkelheit im Raum gewöhnt hatten, sah sie in einer Ecke auf einem zerbrochenen Stuhl einen alten Mann sitzen. Er schlief. Später stellte es sich heraus, daß er fünfundsiebzig Jahre alt war. Er nannte sich der Vater des Kindes. Doch war nicht anzunehmen, daß dies der Wahrheit entsprach. Denn seine Frau, schwachsinnig, fünfundzwanzig Jahre alt, hatte Beziehungen zu den verschiedensten Männern. Man hatte sie mit diesem Alten verheiratet, der noch etwas Eigentum besaß, damit sie der Gemeinde nicht länger zur Last fiel. So erzählte man Berta. Ob es sich wirklich so verhielt, vermochte sie nicht zu ergründen. Voller Erbarmen beugte sie sich über das vernachlässigte Kind. Ihr war klar, hier mußte etwas geschehen.

Auf der Stelle ging sie mit ihrer Assistentin zum Bürgermeister des Ortes und fragte ihn, ob er die unmöglichen Zustände in der Hütte am Ende des Dorfes kenne. Verlegen gab er zu, daß hier Abhilfe geschaffen werden müsse. Als Berta ihm erklärte, daß sie nicht gewillt sei, das arme verkrüppelte Kind in dieser Umgebung zu lassen, sondern es mitzunehmen gedächte, war er darüber sehr erfreut und versprach seinerseits dafür zu sorgen, daß der alte Mann in seine Heimatgemeinde gebracht werde, wo man für seinen Unterhalt aufkommen müsse. Die Mutter des Kindes werde er in einer Nervenheilanstalt unterbringen.

So geschah es, daß Berta an diesem Tage, als sie nach Hause kam, in ihren Mantel gehüllt das kleine Mädchen trug.

Die Kinder sprangen ihr entgegen: „Mama, was trägst du in deinem Mantel?"

„Ein kleines Schäfchen", entgegnete die Mutter lächelnd. Berta war von Jugend auf sehr tierliebend, und mehr als einmal hatte sie ihren Kindern ein verwahrlostes, heimatloses Kätzchen oder einen Hund gebracht. Dieses also sollte ein Schäfchen sein. Es wurde aus dem Mantel geschält. Staunend sahen die Kinder auf das arme Geschöpf. Tiefes Mitleid erfüllte auch ihre Herzen, als sie das verkrüppelte Ärmchen erblickten.

Anneli war anderthalb Jahre alt, aber derartig vernachlässigt und zurückgeblieben, daß sie weder sitzen noch stehen konnte. Ängstlich drehte die Kleine ihr Köpfchen zur Seite, als die Kinder sich über sie beugten. Bei dem ersten Bad geriet sie vor Angst und Entsetzen fast außer sich.

„In deiner Freizeit sollst du Anneli betreuen", sagte die Mutter zu Elisabeth, die eine große Liebe zu kleinen Kindern zeigte und es immer bedauerte, kein Schwesterchen zu haben. Die Tochter, die nun bereits im dreizehnten Lebensjahr stand, nahm es mit der Ausübung dieser ihr anvertrauten Pflicht sehr genau. Sie konnte nicht schnell genug von der Schule nach Hause kommen, um die Kleine zu versorgen. Für die ganze Familie war es ein Fest, als Anneli nach einigen Wochen zum erstenmal lachte und auch das Köpfchen selbständig heben konnte. Bald saß sie auch alleine. Elisabeth war so glücklich über ihren kleinen Schützling, daß sie ihn einmal sogar mit in die Schule nahm, um ihn ihrem Lehrer und den Klassenkameradinnen vorzustellen. Ein Ehepaar, das Berta durch ihre Arbeit kennengelernt hatte, schenkte ihr für Anneli ein vollständige

Babyausstattung mitsamt einem Stubenwagen. Niemand, der die Kleine in den hübschen hellblauen und rosa Kleidchen sah, hätte darin das verkommene Kind aus der armseligen Hütte erkannt.

Nach etlichen Monaten glaubte ein Arzt, daß man dem Kind durch eine Operation helfen könne, den völlig steifen Arm und das verkrüppelte Händchen beweglicher zu machen.

Berta und die anderen Kinder mußten sich deshalb schweren Herzens von Anneli trennen. Sie wurde in ein Kinderheim der Heimatgemeinde ihres Vaters gebracht. Berta wäre bereit gewesen, das Kind zu behalten, doch wußte sie, daß der Zeitpunkt kam, wo sie mit ihren Kindern wieder nach Deutschland und zu ihrem Mann zurückkehren würde. Es schien ihr mehr als fraglich, ob so ein wechselvolles Leben für das behinderte Kind auf die Dauer das Richtige wäre.

In jener Zeit fingen die Kinder an, Bewunderung für ihre Mutter zu empfinden und zu begreifen, welch eine große Frau sie war.

Um neben der vielen beruflichen Arbeit den Haushalt und die Kinder nicht zu kurz kommen zu lassen, stand Berta jeden Montag um vier Uhr früh auf und wusch die Wäsche der Familie.

Wie oft haben die Kinder es erlebt, daß sie ihre Arbeit unterbrach, mochte sie noch so wichtig sein, um sich einem Menschen zu widmen, der zu ihr gekommen war und um Rat und Hilfe bat.

Einmal beobachteten sie schon am frühen Vormittag einen Betrunkenen. In der vorhergehenden Nacht hatte es heftig geregnet. Der Mann bemühte sich vergeblich, einen steilen Hang an dem nicht weit von ihrem Haus gelegenen Spielplatz zu erklimmen. Immer wieder glitt er aus und war bald von oben bis unten lehmbeschmutzt. Zuerst reizte sein Anblick die Kinder zu übermütigem Lachen. Dann aber meinten sie die Stimme ihrer Mutter zu hören: „Ein an den Trunk gebundener Mensch ist tief zu bedauern. Er ist von einer finsteren Macht besessen. Er möchte vielleicht los, aber kann es nicht aus eigener Kraft. Und wenn ihr daran denkt, welches Elend er über seine Familie, über Frau und Kinder bringt, dann gibt es dabei wirklich nichts, was zum Lachen reizen könnte."

Hier also war ein so bedauernswerter Mensch. Man muß ihm helfen, würde Mama bestimmt sagen. Helfen? Aber wie?

Zuerst mußten sie ihm vielleicht beistehen, den klitschigen Hang hinaufzukommen. Also los! Wenig später hatte einer der Jungen ihn links, der andere rechts am Arm gepackt, und Elisabeth schob ihn von hinten. So versuchten sie mit vereinten Kräften ihn hinaufzubringen. Zweimal glitten sie allesamt mit ihrem Schützling aus und lagen im Matsch.

Dann aber hatten sie es geschafft. Der Betrunkene war so dankbar für ihre Hilfe, daß er zu weinen begann. Auch das noch! Nun mußte ihm erst recht geholfen werden. Denn gewiß reute ihn sein Leben. Aber diese Hilfe konnte nur von der Mutter kommen.

„Wollen Sie, daß wir Sie zu unserer Mutter bringen?" fragte der ältere der beiden Jungen. „Die wird sicher mit Ihnen beten. Sie ist zwar gerade in der Waschküche, aber sie nimmt sich bestimmt Zeit für Sie und wird Ihnen helfen."

„Ja, o ja", schluchzte der Mann, „mir muß einer helfen!"

Was sich wohl die Leute auf der Straße gedacht haben, als die drei Geschwister mit dem Betrunkenen nach Hause schwankten und in der Waschküche verschwanden?

Berta war kein bißchen erstaunt. Es war nicht das erste und einzige Mal, daß man ihr Menschen in solch einem traurigen Zustand brachte. Sie trocknete einen nassen Stuhl ab, ließ den Hilfsbedürftigen sich darauf setzen und schickte die Kinder hinaus. Bei diesem seelsorgerlichen Gespräch brauchte sie keine Zuschauer. Einen Tag später besuchte sie den Mann in seiner Wohnung, um sich auch um seine Familie zu kümmern.

Jede Woche am Dienstagnachmittag machte Berta Besuche im Krankenhaus der Stadt Aarau. Weil Elisabeth schon als Mädchen eine gute Singstimme hatte, fragte die Mutter: „Meinst du nicht, daß wir den Kranken eine Freude bereiten würden, wenn wir regelmäßig zu ihnen kämen, um ihnen etwas vorzusingen?"

So weckte Berta in ihren Kindern frühzeitig den Wunsch, Armen und Hilfsbedürftigen Freude zu bereiten. Von da an gehörte es auch für Elisabeth zu einer selbstverständlichen Pflicht, jeden Dienstagnachmittag mit ihrer Mutter im Krankenhaus von Zimmer zu Zimmer zu gehen und dort zu singen. Noch heute erinnert sich die Tochter daran, welche Lieder die Kranken liebten:

Verzage nicht, wenn Menschen dich auch hassen,
verzage nicht, wenn Freunde dich verlassen,
verzage nicht, Gott hält, was er verspricht,
verzage nicht, verzage nicht!

Geh, trockne die Tränen, sorg nicht wie die Welt,
sag Jesus dein Sehnen, er weiß, was dir fehlt.
Wenn Nacht dich umhüllet, sei ruhig, mein Herz;
glaub Jesus, er stillet dir jeglichen Schmerz.

Text und Melodie dieser Lieder waren sehr schlicht, aber sie fanden Eingang in die Herzen der Kranken, von denen viele wochenlang daniederlagen. Nach dem Singen ging Berta von Bett zu Bett, sprach mit den einzelnen, tröstete und ermutigte sie und vernahm immer wieder die Bitte: „Kommen Sie doch wieder! Es ist so wohltuend, Sie singen zu hören."

Manche Tränen durfte Berta durch diesen Dienst trocknen, und Elisabeth lernte frühzeitig erkennen, daß das Wissen um das Leid des Nächsten verpflichtet.

Inzwischen wütete der Krieg weiter. Von Dänemark kam die Nachricht, daß auch dort die Waren immer knapper wurden. Gideons Chef schrieb, er glaube, daß es unter diesen Verhältnissen nicht möglich sei, die vorgeschriebene Lehrzeit zu Ende zu führen. Gewiß wären die Möglichkeiten in der Schweiz günstiger.

Eine neue Sorge erstand vor Berta. Aber sie hatte es ja gelernt, aus Sorgen ein Gebet zu machen.

So kehrte ihr ältester Sohn zu ihr zurück, und es fand sich auch eine neue Lehrstelle für ihn. Berta hatte nun wieder alle vier Kinder um sich. Sie waren jetzt in einem Alter, in dem sie der Mutter schon zur Seite stehen konnten. Zwar empfand sie deutlich, daß gerade in dieser Zeit, in der die Söhne in das Flegelalter kamen, die Hand des Vaters fehlte. Jedoch war es eine große Erziehungshilfe, die Kinder an den Erlebnissen ihrer Arbeit teilnehmen zu lassen. Sie gewannen dadurch frühzeitig Einblick in allerlei Nöte, sahen aber auch, welche Wege die Mutter einschlug, um diesen zu begegnen. Vor allem nahmen sie das Christsein der Mutter ernst. Sie wußten: Sie sprach nicht nur darüber, sie lebte es auch aus!

Schmerzvoll für sie alle waren die Festzeiten ohne den Vater. Wie hatte er es immer verstanden, sich mit ihnen zu freuen. Beim Singen fehlte sein kräftiger Baß. Doch an allen Ecken und Enden fehlte er selbst. Jeder Brief, den er schrieb, riß die Sehnsucht nach ihm aufs neue in ihnen auf. Wenn doch dieser schreckliche Krieg bald ein Ende nehmen würde!

Weihnachten in der Schweiz ohne den Vater. Es wollte keine rechte Freude aufkommen. Die Kinder empfanden es vielleicht nicht in dem Maße wie die Mutter. Sie machten es ihr manchmal mit den unglaublichsten Ideen nicht ganz leicht.

Sie hatten es zwar verheimlichen wollen, aber irgendwie war Berta doch dahinter gekommen. Vierzehn Tage vor Weihnachten hatten die drei jüngeren Geschwister die Mutter gebeten, gemeinsam in die Stadt gehen zu dürfen, um von ihrem ersparten Geld Weihnachtsgeschenke zu kaufen. In der Stadt trennten sie sich. Vorher hatten sie Zeit und Ort als Treffpunkt ausgemacht. Daß sie einander nicht nachspionierten, war Ehrensache. Auf dem Rückweg trug jeder von ihnen ein paar Päckchen in den Händen. Plötzlich bekam Johannes eigenartige Anwandlungen.

„Findet ihr nicht, daß es eine sehr fragliche Sache ist, ob wir Weihnachten noch alle am Leben sind?" fragte er die andern.

Diese blickten ihn erstaunt an. Hatte er Todesahnungen?

„Wäre es nicht richtiger", fuhr er mit ernstem Gesicht fort, „wenn wir uns vor unserem eventuellen Sterben noch bescheren würden?"

Ach, dahin zielte er! Die Geschwister begriffen. Und auf einmal fanden sie es alle höchst unsicher, ob sie am Heiligen Abend noch am Leben sein würden. Als ihr Bruder ihnen den Vorschlag machte, mit der Bescherung erst gar nicht zu warten, bis sie zu Hause seien, stimmten sie ihm in seltener Eintracht zu.

Gleich darauf saßen sie im Aarauer Kantonschul-Park auf einer Bank, die sie zuvor vom Schnee befreit hatten, und bescherten sich gegenseitig. Sie fanden es herrlich, waren aber gleichzeitig keinen Augenblick im Zweifel darüber, daß ihre Mutter solche Art von Weihnachtsbescherung niemals gutgeheißen hätte und beschlossen deshalb, ihr gegenüber davon zu schweigen. Sicherheitshalber gaben sie auch dem jeweiligen Spender ihre wieder sorgfältig verpackten Geschenke zur Aufbewahrung bis zum Heiligen Abend zurück. Ihre Neugier jedenfalls war gestillt.

Aber es war auch diesmal so: Die Mutter las in den Gesichtern ihrer Kinder eine unverkennbare Unsicherheit und fragte, was sie wieder angestellt hätten. So kam die ganze Geschichte heraus.

Dabei war es ihr so wichtig, daß auch dieses Weihnachtsfest ohne den Vater sein besonderes Gepräge erhielt. Deshalb kam sie auf einen guten Gedanken: „Jeder von euch darf zum Heiligen Abend einen Tischgast nach eigener Wahl mit nach Hause bringen."

Eifrig zogen alle vier los. Als die Mutter mit ihrer Assistentin den Tisch festlich gedeckt, den Baum geschmückt und alles zur Familienfeier vorbereitet hatte, kamen die

Kinder mit ihren Gästen an. Es war eine etwas merkwürdige Tischgesellschaft, zusammengeholt von den Hecken und Zäunen. Aber alle Augen strahlten, und alle Herzen waren froh.

Der Älteste hatte ein altes, einsames Fräulein, das Vreneli, irgendwo aufgegabelt. Es hatte sein bestes Gewand, ein uraltes, schwarzes Seidenkleid, gewiß noch aus Urgroßmutters Zeiten, angezogen. Auf ihren runzeligen Wangen brannten zwei hochrote Flecken vor lauter Aufregung. In ihren zitternden Händen trug sie ein Primelstöckchen, das sie in übergroßer Dankbarkeit Berta überreichte. Kaum mehr als ein Vögelchen aß sie. Aber ihre Augen glänzten und Freudentränen liefen über ihre Wangen.

Johannes hatte sich einen Schwachsinnigen geholt, einen, der in der Stadt der „Sternligucker und Schneckenfresser" genannt wurde, weil er sich damit brüstete, lebende Schnecken vertilgen zu können, fünfzehn Stück hintereinander. Er aß an diesem Abend wie ein Scheunendrescher und strahlte unentwegt alle überglücklich an.

Elisabeth hatte schon längere Zeit auf dem Schulweg mit einem Straßenfeger Freundschaft geschlossen. Auch er war der Einladung gefolgt und saß etwas verlegen, aber doch glücklich neben seiner kleinen Gastgeberin, die ihm immer wieder den Teller füllte.

Auch Samuel, der Jüngste, hatte einen einsamen Menschen eingeladen. So tat jedes der Kinder sein Bestes, seinem Schützling zur Weihnachtsfreude zu verhelfen.

Bertas Augen aber blickten froh über die Tischrunde. Es war ihr gelungen, den Schmerz um den in der Ferne weilenden Vater zu verdrängen, und sie wußte, damit in seinem Sinn gehandelt zu haben.

Zwei Jahre war Berta nun schon in Aarau stationiert. Sie hatte längst Fuß gefaßt und bemühte sich, die Mentalität der Schweizer kennenzulernen. Daß sie mit ihren Kindern in der schwierigen Zeit auf dieser Friedensinsel leben durfte, erfüllte ihr Herz immer wieder mit großem Dank. Sie sah es als eine Gnade an, die sie verpflichtete. So stand sie mit ganzer Hingabe im Dienst der Nächstenliebe und der Verkündigung des Evangeliums.

Nach zwei Jahren bekam sie ihre Versetzung nach Basel, und zwar an die erste Missionsstation dieser Stadt. Sie traute ihren Augen nicht, als sie diese Anordnung las. Basel 1 war eine der größten Heilsarmeestationen in der Schweiz. Welch ein Vertrauen brachte man ihr damit entgegen. Ob sie dieser großen Aufgabe gewachsen war? Sie schrieb ihre Bedenken ihrem Mann.

Er aber ermutigte sie: „Traue Gott zu, daß er keine Aufgabe gibt ohne die nötige Kraft und Weisheit zu ihrer Erfüllung."

Die Zeit in Basel gehörte zu den wunderbarsten Erfahrungen in Bertas Leben. Nicht daß sie ohne Schwierigkeiten gewesen wäre. Solche galt es immer wieder zu überwinden. Aber Gott bekannte sich dort in wunderbarer Weise zu ihrer Arbeit. Die Versammlungen, die Lisettens Tochter leitete, wurden von Mal zu Mal besser besucht. Jeweils am Sonntagvormittag lauschten ihr in der Heiligungsversammlung regelmäßig zwei- bis dreihundert Menschen, und am Abend waren es fünfhundert oder noch mehr Zuhörer.

Auch in der Schweiz hatte die Heilsarmee ihre Freigottesdienste. Welch eine Freude erfüllte Bertas Herz, wenn sie am Sonntagabend mit etwa zweihundert uniformierten Heilsarmeesoldaten, Frauen und Männern, die im Berufsleben standen und ihre freie Zeit für den Dienst in der Heilsarmee opferten, zum Marktplatz marschierte, voran die Musikkapelle von vierzig uniformierten Bläsern. Diese Leute, es waren Beamte, Lehrer, Prokuristen, Arbeiter, Kaufleute, Verkäufer und andere, taten freiwillig Dienst in der Wirtschaftsmission, in den Freigottesdiensten auf Straßen und Plätzen, in der Gefängnismission und bei anderen Gelegenheiten.

Fast an jedem Sonntagabend stand Lisettens Tochter auf einem Podium auf dem Basler Marktplatz, umringt von einigen hundert Menschen, die der mitreißend und überzeugend redenden Frau interessiert zuhörten. Viele, die seit Jahren keinen Gottesdienst mehr besucht hatten, folgten dann den Heilsarmeeleuten in ihren Saal am Erasmusplatz und vernahmen auch dort eine zu Herzen gehende Wortverkündigung.

Bei ihren Hausbesuchen traf Berta einmal ein fünfzehnjähriges Mädchen in der Waschküche vor einer riesigen Wanne mit Wäsche. Von den Händen des Mädchens lief das Blut, über ihr Gesicht rannen unaufhörlich Tränen. Sie war eins der vielen unerwünschten Kinder. Nach der Schulentlassung hatte man sie in diese Familie gebracht, in der zehn Kinder heranwuchsen. Das arme Ding mußte weit über seine Kräfte arbeiten.

Als Berta, die auf eigenartige Weise in diese Waschküche geraten war, freundlich mit ihr sprach, brach das Mädchen in fassungsloses Weinen aus. Berta erkannte, daß es am Ende seiner Kraft war.

Das Mädchen faßte Vertrauen zu der mütterlichen Frau und schüttete ihr sein Herz aus. Die Geschichte eines armen, verstoßenen Menschenkindes, das eine Mutter hatte, die sich nicht um ihr Kind kümmerte, kam ans Tageslicht. In der Familie wurde Ella ausgenutzt, die Kost war nicht ausreichend.

Berta erkannte, daß sie im rechten Augenblick hierhergekommen war. Kurz entschlossen ging sie von der Waschküche zu dem Arbeitgeber des Mädchens und erklärte, daß sie es direkt vom Waschfaß mit zu sich nach Hause nehmen würde. „Sie haben kein Recht, ein noch so junges Menschenkind derartig auszunutzen."

Der Mann wollte sich ihr Einmischen in seine Privatangelegenheiten in groben Worten verbieten.

Berta aber blieb ruhig. „Wünschen Sie, daß ich die Polizei davon in Kenntnis setze? Oder lassen Sie das Mädchen auf der Stelle mit mir gehen?" fragte sie. „Das Jugendamt wird sich ohnehin um die Angelegenheit kümmern."

Der Mann wurde kleinlaut und hinderte die Heilsarmeeoffizierin nicht an ihrem Tun.

So kam Ella zu einer Heimat. Sie half im Haushalt, wuchs mit den Kindern heran und blieb bei Berta, bis sie in ein Krankenhaus ging, um den Schwesternberuf zu erlernen.

Hätte Berta Zeit gehabt, sie hätte Bücher füllen können mit den vielen Erlebnissen ihrer Dienstzeit.

Einmal kam eine Gruppe von sechs schwarzen Heilsarmeeleuten aus Afrika nach Europa. Sie veranstalteten in den verschiedenen Städten Konzerte, in denen sie ihre Lieder sangen und auch zu den Menschen sprachen. Diese sechs Afrikaner waren derartig erschöpft von den vielen Eindrücken, die auf sie einstürmten, von dem wochen- ja monatelangen Unterwegssein, daß sie am Ende ihrer Kraft zu sein schienen. Als sie nach Basel kamen, erkannte Berta, daß die sechs Afrikaner im Augenblick nichts so nötig brauchten als Ruhe. Kurz entschlossen nahm sie die Erschöpften in ihre Wohnung mit, bezog sämtliche Betten frisch und gab ihnen die Möglichkeit, sich in den Stunden vor dem Konzert bei ihr auszuschlafen. Mancher, der das nachher hörte, entsetzte sich und sagte: „Das hätte ich nicht fertiggebracht." Aber für Berta war es gleich; ob weiß, ob schwarz, ob gelb, ob rot — wenn Menschen Hilfe brauchten, war sie für sie da!

Die Kinder wurden größer, und damit wuchsen auch die Erziehungsprobleme. Berta sehnte immer mehr die Rückkehr ihres Mannes herbei. Otto bekam keine Erlaubnis, an seinen Urlaubstagen in die Schweiz zu reisen. Also mußte jeweils seine Familie hinüber nach Deutschland, und hielt sich in den acht Tagen — so lange dauerte gewöhnlich der Urlaub — in Lörrach auf. Die Wiedersehensfreude war jedesmal übergroß. Sie wurde jedoch getrübt durch das immer schlechtere Aussehen des Gatten und Vaters. Otto litt sehr unter den Kriegsverhältnissen, und seine Gesundheit gab je länger desto mehr Anlaß zu ernster Sorge. Vor allem schien ihm die Trennung von seiner Familie auf die Dauer unerträglich.

In den Urlaubstagen pendelte man vom Soldatenheim zur Volksküche hin und her. Von dort ging es zum „Gasthaus zum Löwen", wo man übernachtete. Überall gab es nur eine dünne Suppe. Nirgends wurde man satt. Wohl durfte Berta aus der Schweiz Lebensmittel für den Unterhalt in den Urlaubstagen mitnehmen, doch waren diese für den Vater bestimmt. Die unvergeßlichen Tage waren durchzogen von dem einen Gedanken: Wann endlich kommt die Zeit, in der wir uns nicht mehr trennen müssen?

Aber auch dieser Krieg nahm ein Ende. Tausende, die

begeistert und siegesbewußt an die Front gezogen waren, lagen längst unter fremder Erde. Otto war ebenfalls von Vaterlandsliebe erfüllt gewesen. Das bedeutete jedoch nicht, daß er den Krieg liebte. Jetzt aber konnte er es fast nicht überwinden, daß der Kaiser sein Volk im Stich gelassen hatte. Wie verehrte er bisher das Kaiserhaus! Für ihn und seine Familie war es ein großer Tag gewesen, als sie vor etlichen Jahren in Straßburg das kaiserliche Ehepaar aus allernächster Nähe hatten sehen dürfen. Weil die damals noch kleinen Kinder in der riesigen Menschenmenge den Kaiser und seine Frau nicht hätten sehen können, hatte Otto kurz entschlossen eine Trittleiter gekauft. Es war ihm auch gelungen, sich mit dieser und seiner ganzen Familie durch das Menschengewühl einen Weg zu bahnen und nur wenige Meter vom Rathaus entfernt die Leiter aufzustellen. In erstaunlicher Geschwindigkeit waren die vier Kinder, alle in Matrosenkleidern, hinaufgeklettert. Sie hielten schwarz-weiß-rote Fähnchen in der Hand, und als das Kaiserpaar in einer mit wundervollen Pferden bespannten Kutsche heranfuhr, ertönten über den Köpfen der Menge von der Leiter herab die hellen Stimmen der vier Kinder: „Hurra, hurra, hurra!" Wohlwollend hatte das kaiserliche Paar die Kinder gegrüßt, und diese waren überglücklich mit ihren Eltern wieder abgezogen.

Nun war alles dahin. Deutschland hatte den Krieg verloren. Alle Opfer schienen umsonst gewesen zu sein. Hunger und Entbehrung schwächten das Volk.

Gerade in dieser Zeit brach eine furchtbare Grippeepidemie aus. Die Krankheit griff verheerend um sich. Tausende durch die Notzeit längst geschwächte Menschen vermochten diesem unheimlichen Krankheitssturm nicht standzuhalten. Sie wurden dahingerafft. Auch in der Schweiz wütete die Grippe furchtbar. Viele Bekannte und Freunde, die Berta schätzen und lieben gelernt hatte, starben. Jede Menschenansammlung wurde verboten. Selbst öffentliche Beerdigungen wurden wegen der Ansteckungsgefahr untersagt. Berta hatte mit großer Sorge ihren zweiten Sohn Johannes gepflegt. Tagelang wußte man nicht, ob er die schwere Grippe überstehen würde. Wie dankbar war die Mutter, als er dann doch genesen durfte. Doch bald legte Elisabeth sich nieder.

In diesen Tagen kam ein Telegramm des Vaters: „Bin entlassen! Komme morgen nach Leopoldshöhe."

Ein unbeschreiblicher Jubel erfüllte das Haus. Die Kinder waren nicht mehr zu bändigen, sie tobten über Tisch und Stühle, schrien, tanzten, warfen Sofakissen in die Luft, liefen ans Telefon und teilten die für sie im Augenblick wichtigste aller Botschaften mit: „Unser Papa ist entlassen. Er kommt! Er kommt!"

Elisabeth schien durch die Freude gesund zu werden. Sie ließ sich nicht mehr im Bett halten.

Am nächsten Tag war man gemeinsam an der Grenze Leopoldshöhe versammelt. Stunden um Stunden vergingen. In Deutschland war die Revolution ausgebrochen. Alte Ordnungen waren aufgehoben oder umgestürzt worden. Die Züge verkehrten nur unregelmäßig.

Endlich, endlich kam Otto und wurde an der Grenze von seiner Familie jubelnd empfangen. Hier lernten die Kinder zum erstenmal verstehen, was es heißt, vor Freude zu weinen. Wenn sie aber geglaubt hatten, der Vater dürfe gleich mit ihnen nach Hause kommen, so irrten sie sich sehr. Wohl bekam er die Einreiseerlaubnis, aber er mußte mit vielen anderen Deutschen, die aus dem Kriegsheer entlassen worden waren und zu ihren Angehörigen in die Schweiz reisen wollten, erst eine Zeitlang in Quarantäne. Das war ein Wermutstropfen im Kelch der Freude. Aber Berta tröstete die Kinder: „Nun ist der Krieg ja zu Ende, und es dauert bestimmt nicht mehr lange, bis Papa nach Hause kommt!"

In der Schule in Riehen bei Basel war die Quarantäne errichtet worden. Wenn Berta mit einigen der Kinder den Vater besuchen wollte, durften sie nur außerhalb des Zaunes stehen. Meist wartete Otto schon sehnsüchtig innerhalb des umzäunten Schulhofes auf ihr Kommen. Obgleich es November und bereits bitterkalt war, besuchten täglich mindestens zwei Familienangehörige den Vater.

Vor allem Elisabeth ließ sich nicht halten. Obgleich ihre Grippe kaum abgeklungen war, stand sie täglich am Zaun bei dem geliebten Vater. Dabei mußte sie sich erneut eine furchtbare Erkältung zugezogen haben, die aber nicht gleich zum Ausbruch kam. Es ist jedoch anzunehmen, daß hier die Ursache zu ihrer schweren Erkrankung lag, die kurz danach einsetzte und sich über fünf Jahre hinzog.

Als an einem Vormittag Berta mit ihrer Tochter wiederum den Vater besuchen wollte, begegnete ihnen vorher ein langer Zug Feldgrauer. Schon die ersten riefen ihnen zu: „Das Stehen am Zaun hat ein Ende. Wir sind entlassen. Wir dürfen heim!" Auf allen Gesichtern, die gezeichnet waren von den Entbehrungen und Schrecken der vergangenen Monate und Jahre, lag ein Schein übergroßer Freude.

Elisabeth eilte wie gehetzt an der langen Kolonne vorbei, aber ihren Vater sah sie nicht. Sie war so aufgeregt, daß sie einen Straßengraben übersah und unter dem Gelächter der Männer darin versank. Aber im Nu war sie wieder auf den Füßen. Einer, der sie oft beim Vater hatte stehen sehen, rief ihr zu, wo sie ihn finden konnte. Nun dauerte es nur noch wenige Minuten, und sie lagen sich in den Armen. Der Vater war frei und durfte heimkehren.

In der Straßenbahn war Elisabeth ganz außer sich. Sie wußte, wieviel der Vater in den vergangenen Jahren entbehrt hatte, während sie in der Schweiz so manche Vorteile genossen, obgleich auch dort verschiedene Lebensmittel rationiert waren. Aber Mangel hatten sie nicht gekannt. Nun fuhren sie durch die Geschäftsstraßen von Riehen und Basel. Die Schaufenster waren gefüllt mit guten Dingen, die Otto seit Jahren nur vom Hörensagen kannte.

Elisabeth zog in ihrer temperamentvollen Art die Aufmerksamkeit der Mitfahrenden auf sich. Dauernd rief sie laut und lebhaft: „Papa, Papa, sieh doch nur hier, lauter Kuchen und Süßigkeiten! Und hier..." Sie nahm dabei des Vaters Kopf zwischen ihre Hände und drehte ihn nach links — nach rechts — wieder nach links, und so eine ganze Weile. „Sieh doch, sieh doch! Wurst, Fleisch, Bananen, Apfelsinen, Käse, Butter!"

Sie hörte erst auf, als sie errötend merkte, daß alle Fahrgäste lächelnd auf sie blickten. Da sie in ihrer großen Verlegenheit nicht wußte, wohin sie schauen sollte, erklärte die Mutter: „Ihr Vater ist soeben aus dem Kriegsdienst entlassen worden." Da nickte man dem glücklichen Mädchen und ihren Eltern wohlwollend zu. Wer hätte diesen Überschwang von Freude nicht begriffen?

Unvergeßlich für alle Teilnehmer war, wie Berta ihren Mann in die große Versammlung einführte, die sich zu seiner Begrüßung im Saal der Heilsarmee am Erasmusplatz eingefunden hatte. Einige hundert Menschen waren erschienen. Die große Kapelle der Heilsarmee spielte. Der Gemischte Chor hatte ein Begrüßungslied eingeübt, ebenfalls der Gitarrenchor. Willkommen-Gedichte wurden vorgetragen, Blumen überreicht. Die Vertreter der verschiedenen Gruppen der Missionsstationen ließen es sich nicht nehmen, den neuen Leiter willkommen zu heißen. Es war eine festliche Versammlung. Offiziell trat Berta von ihrer Verantwortung zurück und übergab feierlich ihrem Mann das Amt des Stationsleiters.

Ebenfalls unvergeßlich für alle Teilnehmer wird es sein, als Otto nun aufstand und, nachdem er für den überaus herzlichen Empfang gedankt hatte, über das Wort aus Epheser 2,14.15 sprach, in dem es heißt: „Er ist unser Friede, der aus beiden eines hat gemacht und hat abgebrochen den Zaun, der dazwischen war, indem er in seinem Fleische hat abgetan das Gesetz..." Ob ihm diese Gedanken gekommen waren, als er — so nah bei den Seinen und doch von ihnen getrennt durch den Zaun — stundenlang warten mußte und sich so mit der Zukunft beschäftigen konnte?

Am Abend dieses Tages saß die Familie glücklich beisammen.

Samuel, der Jüngste, hatte sich dicht an den Vater geschmiegt und ließ dessen Hand nicht mehr los. Er konnte es noch nicht fassen, daß er ihn nun nicht mehr hergeben mußte. Als er am Nachmittag aus der Schule gekommen war, nicht ahnend, daß der Vater bereits daheim war, hatte er seiner Mutter energisch erklärt: „Heute fahre ich nach Riehen zum Papa."

Die Mutter verwehrte es ihm: „Heute fährst du nicht!"

Der Junge hatte in seiner Enttäuschung nicht das Lächeln gesehen, das auf ihrem Gesicht lag.

„Warum darf ich nicht?" begehrte er auf. „Elisabeth ist fast jeden Tag dort."

„Geh vor allem und räume deine Schulsachen auf."

Samuel war mißgestimmt ins Nebenzimmer gegangen. Ein Aufschrei. Da saß er, der Langersehnte. Der Kleine verbarg schluchzend seinen Kopf an des Vaters Herz.

Nun hielt er seine Hand umklammert, als wollte er sagen: „Nie, niemals gebe ich dich wieder her!"

„Wie wird sich nun unsere Zukunft gestalten?" fragten sich die Eheleute. „Muß unser Weg nicht zurück nach Deutschland führen, nun, da wir wieder beisammen sind?"

In den ersten Wochen nach seiner Rückkehr nahm Otto mit seiner Frau an einem Kongreß in Bern teil. Der Leiter der Heilsarmee in der Schweiz wollte innerhalb einer Offiziersversammlung unter seinen Mitarbeitern symbolhaft eine Art Völkerbund verkörpern. Nachdem er Otto aufgefordert hatte, zu der Versammlung zu sprechen, und dieser seine Ansprache beendet hatte, hieß er ihn auf dem Podium stehen bleiben und rief einen anwesenden italienischen Offizier hinzu. Er selbst war Engländer. Der Italiener folgte, aber mit sichtlichem Widerwillen. Noch hatten die Wogen des Krieges sich nicht ganz gelegt, und auch die Vertreter der Christen schienen nicht frei von Fanatismus zu sein. Daß die Deutschen den Krieg verschuldet hatten, war die Überzeugung aller.

Der Kommandeur rief nun auch einen Franzosen auf. Mit diesem, dem Italiener und dem Deutschen wollte er versinnbildlichen, daß wahre Christen über dem Völkerhaß stehen müßten.

Zum Entsetzen der Anwesenden antwortete der Franzose mit einem glatten „Non". Wie gelähmt blickten viele auf den Kommandeur. Dieser legte die Arme um die Schultern der neben ihm Stehenden, des Deutschen und des Italieners. Aber der Italiener entzog sich dieser brüderlichen Geste und schlüpfte unter dem Arm des Kommandeurs hindurch. Da reichte dieser schweigend dem deutschen Kameraden die Hand und drückte sie kräftig. Danach ging er zur Tagesordnung über. Die Versammlung aber war überschattet von einer merklichen Spannung.

Am Nachmittag sollte eine zweite Offiziersversammlung stattfinden. Inzwischen war dieses Geschehen über den Kreis der Anwesenden hinausgedrungen in die Reihen der Freiwilligen, nicht hauptberuflich tätigen Mitarbeiter der Heilsarmee. Diese sandten dem Landesleiter ein Telegramm. Er öffnete es, las es und teilte dann der Versammlung seinen Inhalt mit: „Wenn ich mit Menschen- und mit Engelzungen redete und hätte der Liebe nicht, so wäre ich ein tönend Erz oder eine klingende Schelle. Und wenn ich allen Glauben und alle Erkenntnis hätte, und hätte der Liebe nicht, so wäre ich nichts. Nun aber bleibt Glaube, Hoffnung, Liebe, diese drei; aber die Liebe ist die größte unter ihnen (1. Korinther 13)."

Über der ganzen Versammlung lag eine große Stille. Es war die Stille ernsten Erkennens. Manche Augen senkten sich in Einsicht und Scham. Als die Versammlung beendet war, kamen etliche, darunter Engländer, Franzosen und Italiener, drückten Otto und Berta in echter Bruderschaft die Hand und bedauerten diesen unliebsamen und für Christen sehr unwürdigen Vorgang.

Otto mochte ein halbes Jahr in Basel gewesen sein, als die Frage an ihn herantrat, ob er mit seiner Familie in der Schweiz bleiben oder nach Deutschland zurückzukehren wünsche. Das war eine schwere Entscheidung. Die Schweiz war ihnen inzwischen zur zweiten Heimat geworden. Die Arbeit wurde in diesem Land sehr geachtet und anerkannt. Zurück nach Deutschland gehen hieß, den weitaus schwereren Weg zu wählen, zumal dort die Verhältnisse sich nach dem Krieg noch längst nicht geklärt hatten. Otto und Berta erbaten sich in ernstem gemeinsamem Gebet Weisung von Gott. Dabei wurde ihnen klar: Sie mußten den schwereren Weg wählen. So erklärten sie sich zur Rückkehr nach Deutschland bereit.

Vom Hauptquartier in Bern erhielt Otto einen anerkennenden Brief, in dem man ihm und seiner Frau für die hingebungsvolle Arbeit dankte, die sie in der Schweiz geleistet hatten. Als besondere Anerkennung bot man ihnen einen Urlaub an: „Fahren Sie mit Ihrer ganzen Familie auf unsere Kosten für drei Wochen ins Berner Oberland, um sich vor Ihrer Rückkehr nach Deutschland noch an unserer herrlichen Bergwelt zu erfreuen."

Welche unverhoffte Freude! Otto war tief bewegt, als er mit den Seinen zum erstenmal vor den Schneebergen stand. Rinkenberg bei Interlaken war das Ziel ihrer Reise. Im dortigen Heilsarmee-Erholungsheim wurden sie für drei Wochen aufgenommen und hatten Gelegenheit, von dort aus andere Heilsarmeestationen zu besuchen, wo Otto und Berta mit Freuden verschiedene Versammlungen leiteten. Ihr vierstimmiger Familienchor wurde überall gern gehört. Unvergeßlich blieb für alle die Fahrt an den Blausee bei Frutigen, die herrliche Tour nach Adelboden, wo

Otto im Hotel des Herrn Harry, einem Freund der Heilsarmee, vor Gästen und Dorfbewohnern eine Versammlung leitete. Daß danach ein deutscher Baron aus Freude über die Lieder des Familienchors ein großes Paket mit vielen Tafeln Schokolade überreichte, war für die Kinder natürlich ein besonderes Erlebnis.

Am Abend vor ihrer Abreise standen Otto und Berta Hand in Hand vor dem Hotel. Über ihnen wölbte sich ein strahlend schöner Sternenhimmel. Der Mond beleuchtete geheimnisvoll die Bergriesen, die sich in gewaltiger Schönheit vor ihnen erhoben und dessen schneebedeckte Häupter in den Wolken zu verschwinden schienen.

Mächtige Wasserfälle donnerten in die Tiefe, und doch schien hier oben ein unsagbarer Friede zu walten. Das alles mußten sie nun verlassen und einer unbekannten Zukunft entgegengehen — sicher keinen leichten, das war ihnen beiden klar. Aber ihr Leben gehörte ja nicht ihnen, sondern dem Dienst Gottes. Da hatte alles eigene Wünschen zurückzutreten. In Bern suchten sie noch das schweizer Bundeshaus auf und nahmen Abschied vom Heilsarmee-Hauptquartier, dem Landesleiter und vielen Freunden und Bekannten. Das Kapitel Schweiz war damit beendet.

Nun lag ein neues Ziel vor ihnen: Königsberg in Ostpreußen.

Berlin nach dem Ersten Weltkrieg. Vor dem Bahnhof Alexanderplatz stand eine kleine Menschengruppe. Halbwüchsige Burschen, Männer und Frauen mit ausgehungerten Gesichtern und zerlumpten Kleidern umstanden und beschimpften sie in unflätiger Weise.

„Hamsterer! Schieber! Heilsarmeehamsterer, die sollen sich schämen! Säcke voll haben sie sich zusammengefochten und unsereiner kann krepieren. Los, nehmt ihnen ihre Beutel ab! Her mit den Lebensmittelsäcken! Schlagt sie tot, die Heilsarmeehamsterer!"

Erschrocken blickten Elisabeth und Samuel die Eltern an. Wo waren sie hingeraten? Johannes ballte die Fäuste in den Hosentaschen. So eine Gemeinheit! Am liebsten hätte er sich auf diese Menschen gestürzt.

Der Kreis wurde immer enger. Otto und seine Frau waren sich darüber klar, daß sie den Händen dieser Rasenden ausgeliefert blieben, wenn sich nicht ganz schnell irgendein Ausweg auftat. Plötzlich hielt dicht neben ihnen, wie herbeigerufen, eine Pferdedroschke.

„Sind Sie frei?" fragte Otto. Seine Hände zitterten. Der Krieg und die Revolution hatten viele Menschen zu allem fähig gemacht. Wer weiß, was passierte, wenn sie nicht augenblicklich hier fortkamen.

„Ja, ich kann Sie fahren", antwortete der Droschkenkutscher.

Und dann ging alles blitzschnell. Ehe die Umstehenden noch recht begriffen, was geschah, hatten sie mit all ihrem Gepäck in dem Wagen Platz genommen. Der Kutscher griff in die Zügel, und los ging's.

Das Schreien und Johlen des Pöbels schallte hinter ihnen her. Doch waren sie jetzt wenigstens in Sicherheit.

„Mama, was bedeutet das?" fragte Elisabeth, die totenbleich neben der Mutter saß. „Was wollten die Leute von uns?"

„Sie haben Hunger!" erwiderte die Mutter. „Das macht der Krieg aus Menschen. Sie werden wie reißende Wölfe."

„Aber wir haben doch gar nicht gehamstert!"

„Sie trauen keinem andern etwas Gutes zu, weil sie selbst verlernt haben, gut zu sein. Ihr dürft nicht vergessen: Sie haben schreckliches erlebt, während wir geborgen in der Schweiz waren."

„Hättest du ihnen nicht sagen können, daß wir in den Säcken Wäsche, Bettzeug und Wolldecken haben, die uns unsere Freunde aus der Schweiz schenkten, damit wir sie in Deutschland an Bedürftige weitergeben können?"

„Sie hätten es uns kaum geglaubt und wären gewiß über unser ganzes Gepäck hergefallen, wenn wir nicht schnellstens fortgekommen wären."

„So schrecklich ist es in Deutschland? Laß uns wieder zurück in die Schweiz fahren."

„Nein, jetzt ist unser Platz hier." Der Vater sagte es in großem Ernst. „Wir müssen tiefes Mitleid mit den armen Menschen empfinden, die jeglichen Halt und Glauben verloren haben."

Drei Tage blieben sie in Berlin und lernten am deutschen Hauptquartier der Heilsarmee den Landesleiter und seine Frau kennen, Kommandeur Oegrim, einen prächtigen Schweden.

Dann ging es weiter in Richtung Königsberg. Für alle wurde es eine unvergeßliche Fahrt. Die Eisenbahnwagen waren schmutzig und demoliert, die Reisenden müde und resigniert. Auf offener Strecke blieb der Zug oft stundenlang stehen. Eine seltsame Unruhe bemächtigte sich der Menschen. Immer wieder stand der Zug Stunden um Stunden.

Plötzlich kam aus entgegengesetzter Richtung ein Personenzug und hielt an derselben Stelle. Mit Entsetzen sahen die Reisenden in Richtung Königsberg, daß an dem gegenüberliegenden Zug die Fensterscheiben zertrümmert waren. Menschen mit verbundenen Köpfen und Armen schauten heraus.

„Kehrt um! Kehrt um!" rief man ihnen zu. „Die Polen besetzen heute ihr neues Gebiet, den polnischen Korridor. Irgendeiner von uns hat ein unbedachtes Wort laut werden lassen, da wurde unser Zug mit Handgranaten beworfen. Kehrt um! Euch wird es nicht anders gehen!"

Einige Reisende stiegen tatsächlich aus und fuhren nach Berlin zurück. Berta und Otto blickten sich stumm an. O du glückliche Schweiz! Hätten sie dort bleiben sollen? Schon um ihrer Kinder willen?

Samuel, der Jüngste, stand plötzlich auf. Er war elf Jahre alt. Tränen rannen über sein Gesicht. „Ich will zurück in die Schweiz", rief er. „Warum sind wir nicht dort geblieben? Da ist Frieden, aber hier ist ja noch immer Krieg. Ich steige aus und fahre zurück." Er schien dazu fest entschlossen zu sein.

„Aber Samuel, du kannst doch nicht alleine zurückfahren. Papa und ich haben uns bereit erklärt, nach Königsberg zu gehen, um dort unseren Dienst für Gott zu verrichten. Natürlich wäre es in der Schweiz schöner und leichter gewesen, aber der leichte Weg ist nicht immer der richtige."

Nur langsam beruhigte sich der Junge. Diese haßerfüllte Atmosphäre der Nachkriegszeit erschien dem sensiblen Kinde unerträglich. Auch war es nicht einfach, immer wieder die Schule wechseln zu müssen.

Gideon, der Älteste, war in der Schweiz geblieben. Er hatte sich aus eigenem Antrieb entschlossen, die Berufslaufbahn des Vaters einzuschlagen. Das bedeutete für die

Eltern eine große Freude, daß ihr ältester Sohn sich für Gott entschieden hatte. Ihr Vorbild sowie der Geist des elterlichen Hauses hatten dazu den Grund gelegt.

Seinen Entschluß hatte Gideon in der Fremde getroffen. Der Aufenthalt in Dänemark, wo er in einem christlichen Hause war, hatte diese wichtige Entscheidung in ihm reifen lassen. Nun besuchte er die Ausbildungsschule der Heilsarmee in Bern. Dem Unterricht des bewährten Schulleiters, Professor Dr. von Tawell, hatte er viel zu verdanken.

Seine Eltern und Geschwister kamen nach langer, mühvoller und aufregender Fahrt mitten in der Nacht in Königsberg an. Obgleich der Krieg beendet war, brannte keine Straßenbeleuchtung. Sogar der Bahnhof war noch verdunkelt. Der erste Eindruck war sehr deprimierend.

Otto und Berta setzten sich jedoch gleich mit ihrer ganzen Kraft ein. Dennoch war und blieb es eine schwere Zeit. Die Lebensmittelgeschäfte hatten nur wenig anzubieten. Ausgehungerte Menschen in abgetragener Kleidung füllten die Straßen. Tausende von Männern, Väter, Söhne und Brüder, waren gefallen. Der Krieg war verloren. Ihr Opfer schien umsonst gewesen zu sein.

Otto und seine Frau empfanden deutlich, daß sie hier in einer völlig anderen Welt lebten als in der Schweiz. Aber war der Dienst an diesen Menschen, unter denen es so viele wunde und zerrissene Herzen gab, nicht noch viel nötiger als dort, wo die Menschen satt und sicher lebten?

Zu manchen in Königsberg auftretenden Sorgen kam bald eine neue hinzu. Elisabeth hatte schon in Basel angefangen zu kränkeln. Nach ihrer schweren Grippe hatte sie sich nicht mehr recht erholt. Plötzlich traten auf ihrem Körper etwa dreißig größere und kleinere Beulen hervor.

Die Ärzte konnten ihre Ursache nicht feststellen. Außerdem hatte sich eine Gelenkerkrankung am linken Fuß bemerkbar gemacht.

Es wäre Zeit gewesen, an eine Berufsausbildung zu denken, doch war der Gesundheitszustand der Tochter besorgniserregend. Elisabeth wollte Kindergärtnerin werden. Der Fuß machte ihr jedoch solche Beschwerden, daß sie manchmal kaum auftreten konnte. Dennoch meldeten die Eltern sie im Fröbelschen Kindergärtnerinnen-Seminar an. In der Vorsteherin, Fräulein Elsa Krause, fand sie eine prächtige, liebenswerte Frau, die ihr im Lauf der Jahre eine mütterliche Freundin wurde. Sie blieb bis an deren Ende mit ihr verbunden. Fräulein Krause starb als Flüchtling in einem Altersheim, nachdem Elisabeth bereits das fünfzigste Lebensjahr überschritten hatte. Damals, in Königsberg, zwang sie sich oft unter unsagbaren Schmerzen ins Seminar. Weil ihr die Ausbildung große Freude bereitete, wollte sie möglichst keine Stunde versäumen.

In jener Zeit explodierte, nicht weit von Königsberg entfernt, eine große Munitionsfabrik. Für alle, die es erlebten, war es ein Tag des Grauens. Sämtliche Fensterscheiben der Stadt wurden zertrümmert. Viele Häuser schwankten, eine Anzahl stürzte ein. Johannes stand in dem Augenblick der heftigen Explosion auf dem Hof vor der Heilsarmeekapelle, in der die Gottesdienste stattfanden. Plötzlich stürzten acht große Fensterscheiben über ihn herein. Von dem Luftdruck wurde er weit in den Hof geschleudert. Als er wieder zu sich kam, fühlte er einen eigenartigen Schmerz in seinem Kopf. Ein halbes Jahr später zeigten sich die ersten Anzeichen einer schweren Krankheit, an der er viele Jahre litt.

Berta stand mit ihren Kindern vor dem Haus, aus dem sie voller Schrecken geflüchtet waren, nachdem es einige Sekunden unheimlich geschwankt hatte. Über der Stadt wuchs eine riesengroße Wolke in den blauen Himmel hinein. Es sah aus, als ob viele Millionen Watteknäuel sich ineinander woben. Immer neue Detonationen erfolgten.

Ein schauerliches Gerücht ging von Mund zu Mund: „Das größte Munitionslager ist noch nicht von den Flammen erfaßt. Man muß aber jeden Augenblick damit rechnen, daß es in die Luft gesprengt wird." Das hätte die Zerstörung von ganz Königsberg bedeutet. Grauen und Schrecken verzerrten die Gesichter der Menschen. Mütter, umgeben von einer Schar kleiner Kinder, das Jüngste in den Armen, flüchteten aus der Stadt. Jeder Augenblick konnte deren Untergang bedeuten. Es hieß, zweihundert oder dreihundert Menschen, die in der Fabrik gearbeitet hatten, seien ums Leben gekommen.

„Wären wir doch in der Schweiz geblieben!"

Berta sah ihre Kinder ruhig an. „Wir sind auch hier in Gottes Hand. Es geschieht nichts, was nicht in seinem Plan liegt. Als wir damals in die Schweiz gingen, geschah es nicht, weil wir uns dort sicherer wähnten als in dem von feindlichen Fliegern bedrohten Deutschland, sondern weil man mir dort Gelegenheit gab, für Gott zu arbeiten. Das wißt ihr genau. Nun sind wir hierhergestellt und haben an unserm Platz zu bleiben, bis Gott uns eine andere Tür auftut."

Das große Munitionslager ging nicht in die Luft. Langsam, ganz langsam beruhigten sich die erregten Gemüter. Etliche Tage später bewegte sich ein fast endloser Zug von Särgen durch die Straßen. Über fünfhundert Menschen waren ums Leben gekommen, viele von ihnen zerfetzt und zerrissen, so daß man sie gar nicht identifizieren konnte.

Fünfhundert Menschenleben! Damals ahnte noch niemand, daß im Zweiten Weltkrieg die Zahl der Toten der von Fliegerangriffen heimgesuchten Städte oft das zehnfache betragen würde.

Die Zeit des Missionseinsatzes in Königsberg/Pr. war verhältnismäßig kurz. Otto bekam bald seine Versetzungsorder. Der schwedische Kommandeur hatte erkannt, daß er eine besondere Fähigkeit besaß, mit jungen Menschen umzugehen. So wurde der Brigadier, das war jetzt sein Titel, nationaler Jugendsekretär der Heilsarmee für ganz Deutschland. Das bedeutete für Berta, zu Hause bleiben zu müssen, wenn ihr Mann auf Reisen ging, um die Stationen im Osten und Westen, im Süden und Norden des Vaterlandes zu besuchen. So war es wohl auch richtiger, denn ihre Kinder befanden sich jetzt in einem Alter, in dem sie nicht gut Fremden überlassen werden durften. Sie mußte sich nun Zeit für sie nehmen. Außerdem wurde es mit der Erkrankung der Tochter immer besorgniserregender.

Hatten sie seit Jahren schöne große Wohnungen gehabt, so war ihre jetzige Dienstwohnung im Berliner Norden klein und lag im vierten Stock eines von 57 Mietparteien bewohnten Hauses. Von den Fenstern sah man auf einen Hof, in dem ein kleines Stückchen Rasen und zwei Rotdornbäumchen wuchsen. Sonst war man von hohen Mauern umgeben.

Otto mußte die meiste Zeit des Jahres auf Dienstreisen sein. Es fiel ihm schwer, ohne seine Frau zu fahren. Doch sah er ein, daß ihr erster Platz jetzt bei den Kindern war.

Berta wußte sich auch hierin von Gott geführt und sträubte sich nicht gegen diesen neuen Lebensabschnitt. Wer auch hätte sonst die nun schwerkranke Tochter pflegen und die beiden Söhne, die noch zu Hause waren, versorgen sollen.

Monatelang lag Elisabeth, schwerkrank danieder. Sollte Berta die einzige Tochter nun auch noch hergeben müssen wie Debora? Viele Tages- und Nachtstunden verbrachte die Mutter am Bett ihres leidenden Kindes. Es war nur gut, daß Elisabeth die lebenbejahende, fröhliche Art des Vaters geerbt hatte. Doch kamen auch Tage, an denen sie mutlos werden wollte. Verschiedene Ärzte und Professoren wurden zu Rate gezogen. Man konnte der Kranken nicht helfen.

Oft, wenn der Vater von einer Reise zurückkehrte, stand er mit tränennassen Augen am Bett seiner Tochter, die immer elender wurde. Dann mußte Berta auch noch ihrem Mann Mut zusprechen. „Und wenn kein Arzt zu helfen wüßte, wir kennen doch den einen, der mit einem Wort die Heilung vollbringen kann. Ich traue es ihm zu, daß er seine Macht auch an unserem Kind beweist."

Wie taten solche Worte der Tochter wohl! In jener Zeit schloß sie sich so innig wie nie zuvor der Mutter an. Zwischen beiden entstand ein rechtes Freundschaftsverhältnis. Als Elisabeth siebzehn Jahre alt war, konnte sie keinen Schritt mehr gehen und mußte wie ein kleines Kind getragen werden. Zu Röntgenaufnahmen und anderen Spezialbehandlungen trug der Vater das große, aber erschreckend leicht gewordene Mädchen vierundneunzig Stufen herunter und wieder hinauf.

Anderthalb Jahre mußte Elisabeth fest liegen. Die Mutter ersann immer neue Mittel, um ihr das Kranksein zu erleichtern. Jede Woche kaufte sie ein neues Buch, las und besprach es mit ihr. Unermüdlich saß sie bei der kranken Tochter und wurde auch dann nicht mutlos, als der linke Fuß an drei Stellen aufbrach und monatelang aus großen Wunden eiterte.

In mancher Nacht stand sie drei-, viermal auf und erneuerte die Lehmumschläge, die dann auch wirklich Heilung brachten, nachdem alle ärztliche Kunst nicht helfen konnte.

Für die ganze Familie war es ein Fest, als Elisabeth nach achtzehn Monaten das erste Mal wieder ein paar Schritte gehen konnte, von der Mutter am Arm und auf einen Stock gestützt. Zweieinhalb Jahre konnte sie nicht ohne Stock gehen. Für Mutter und Tochter waren es Zeiten ernster Geduldsproben, aber sie wuchsen dadurch innerlich zusammen und erkannten, daß es Segenszeiten waren.

Erst als Elisabeth wieder geheilt war, wurde für Berta der Weg zur Mitarbeit an der Seite ihres Mannes wieder frei. So sehr sie den Dienst in der Öffentlichkeit vermißt hatte, genauso wußte sie, daß die Pflege der kranken Tochter und die Betreuung der Söhne den ersten Platz einnehmen mußten und ebenfalls Dienst für Gott bedeuteten.

Die ganze Familie atmete auf, als Elisabeth wieder hergestellt war. Beinah fünf Jahre hatte ihre Erkrankung gedauert. Nun konnte sie an ihre weitere Ausbildung denken. Nach dem Staatsexamen als Kindergärtnerin arbeitete sie eine Zeitlang in diesem Beruf. Dann aber bat sie die Eltern, die Heilsarmee-Kadettenschule in Berlin besuchen zu dürfen. Die lange Krankheitszeit hatte das sehr lebhafte Mädchen reifen lassen und in ihr ebenfalls den Wunsch geweckt, das durch die Genesung neu geschenkte Leben in den Dienst Gottes zu stellen. Die Eltern gaben ihre Zustimmung gern. Keine größere Freude konnte ihnen zuteil werden, als daß ihre Kinder sich entschlossen, bewußte Christusnachfolger zu sein. Daß sie dazu niemand zwingen konnten, war ihnen immer klar gewesen. Desto glücklicher machten sie die von den Kindern frei gefaßten Entschlüsse.

Als die Tochter einige Monate die Heilsarmee-Ausbildungsschule in Berlin besucht hatte, wurde der Vater als Divisionsleiter nach Süddeutschland versetzt. Elisabeth blieb in Berlin zurück. Der zweite Sohn hatte bereits das Elternhaus verlassen. Nur der Jüngste, dessen Ausbildung noch nicht beendet war, zog mit den Eltern.

Jetzt war die Zeit gekommen, in der Berta die ihnen unterstellten Missionsstationen wieder mit ihrem Mann besuchen konnte. Die lange Krankheitszeit der Tochter hatte sie zwangsläufig in die Stille geführt. Berta war dadurch aber nur noch reifer und innerlicher geworden. In den folgenden Jahren durfte sie noch vielen Menschen zum großen Segen werden. Sprach sie vor Hunderten von Zuhörern, dann gingen eine solche Ruhe und Kraft von ihr aus, daß viele in ein großes Staunen gerieten. Was war nur aus dem kleinen Hirtenmädchen geworden.

Die Jahre gingen dahin, als flögen sie davon. Die Kinder waren nun schon alle flügge geworden. Wenn Berta ihr Leben überblickte, und sie tat dies oft und bewußt, dann erkannte sie voller Dank und Staunen, wie sie aus einem schlichten Leben in ein Dasein inneren Reichtums versetzt worden war — aus der Enge in die Weite.

Obwohl die Kinder nun erwachsen waren, bedeutete dies für Otto und Berta keineswegs, daß sie sich jetzt zur

Ruhe begeben konnten. Im Gegenteil, es schien, als würden ihnen nun vermehrte Aufgaben gestellt. Der moralische Stand der Menschen hatte sich nach dem Weltkrieg verschlechtert. Erschreckend war es, zu erkennen, wie Sittenlosigkeit und oberflächliches Leben sich breitmachten. Tausende in den Großstädten besuchten seit Jahr und Tag keine Kirche mehr. Die Gottentfremdung nahm sichtlich zu. Das war für die Heilsarmee ein Zeichen, noch intensiver als zuvor denen nachzugehen, die keinen inneren Anschluß an irgendeine Kirche oder Gemeinschaft hatten.

Eines Tages teilte Otto seiner Frau mit, daß er einen neuen Weg suchen wolle, um an diese Menschen heranzukommen. „Dazu benötige ich zehntausend Mark."

Erschrocken blickte Berta ihn an. „Woher willst du die nehmen?"

„Ich werde sie bekommen", sagte Otto. „Gott wird sie mir geben. Ich brauche sie in seinem Dienst."

Da reichte seine Frau ihm die Hand. „Du kannst mit mir rechnen. Du weißt, ich lasse dich nicht im Stich. Aber nun erkläre mir, was du planst."

Ihr Mann berichtete: „Unsere Versammlungssäle in den meisten Städten sind nicht allzugroß. Zwar haben wir Straßenversammlungen und Frei-Gottesdienste, bei denen oft Hunderte von Menschen herumstehen. Aber wir sind dabei vom Wetter abhängig. Ich plane ein Zelt, in dem mindestens fünfhundert bis sechshundert Menschen Platz finden. Es soll ein schönes, saalähnliches Zelt sein, freundlich und ansprechend, mit guten Sitzgelegenheiten. Ich weiß, daß die Menschen kommen werden. Auch die scheinbar Gott Fernstehenden sehnen sich nach der Wahrheit, sonst ständen sie nicht in so großer Zahl bei den

Straßenversammlungen um uns herum und hörten aufmerksam zu. Wir müssen etwas für sie tun. Darum will ich ein solches Zelt bauen lassen, und wir reisen damit im Sommer durch unsere Division, bleiben in jeder Stadt etwa drei Wochen und evangelisieren dort Abend für Abend. Aus den umliegenden Stationen erbitten wir Verstärkung durch die Musikkapellen und Chöre. Es soll ein Aufruf zur Buße an alle die ergehen, die innerlich heimatlos sind. Ich weiß es ganz sicher, Gott wird diesen Dienst segnen."

Bald begann ein reges Arbeiten. Otto hatte noch keine Ahnung, woher er die zehntausend Mark nehmen sollte, aber er wußte, Gott würde sie ihm gewiß zur rechten Zeit geben. Im Glauben darauf gab er seine Bestellungen einfach auf.

Das Zelt wurde erstellt, und im Laufe des ersten Jahres konnte es bereits bezahlt werden. Welch eine segensreiche Arbeit geschah! Abend für Abend strömten die Menschen zusammen. Kamen sie zur ersten Versammlung nur zögernd, so füllte sich das Zelt nach und nach immer mehr. In der dritten Woche mußten oft viele Leute vor dem Zelt stehen, weil sie drinnen keinen Platz mehr fanden. Freude und Begeisterung leuchteten aus den Augen Ottos und seiner Frau. Ihre Herzen waren erfüllt von dem Wunsch, Menschen zu Gott zu führen.

Die Zeitungen der Städte, in denen sie evangelisierten, schrieben ausführlich darüber. Kirchliche und Gemeinschaftsleute unterstützten die Zeltversammlungen nicht nur durch Geldmittel, sondern vor allem durch ihre innere Anteilnahme und Fürbitte. Es geschah wirklich etwas. Menschen, die seit Jahrzehnten kein Gotteshaus betreten hatten, kamen ins Zelt. Zuerst meistens aus Neugierde.

Stadtbekannte Trinker und verkommene Frauen bekehrten sich und begannen ein neues Leben.

Der Dienst war sehr anstrengend. Täglich fanden mehrere Versammlungen statt. Hausbesuche wurden gemacht. Menschen kamen in die Sprechstunden und zur seelsorgerlichen Beratung. Otto, der inzwischen zum Oberstleutnant befördert worden war, konnte die Arbeit mit seiner Frau nicht mehr alleine bewältigen. Er wurde schließlich von zwölf Leuten begleitet, die ihm beim Aufbau und der Bewachung des Zeltes, bei der Gestaltung der Gottesdienste und seelsorgerischen Arbeit zur Seite standen.

An sich selbst dachte Berta nicht. Nach wie vor war sie bereit, ihre ganze Kraft und alle Zeit in den Dienst Gottes zu stellen. Aber mit gewisser Sorge bemerkte sie, daß Ottos Kraft nachzulassen begann. Wenn es stürmisches Wetter gab, wenn heftige Gewitter hereinbrachen, dann lag er nachts stundenlang wach und fand keine Ruhe. „Mama, das Zelt. Hoffentlich halten die Masten! Denke dir, wenn sie brechen würden. Höre nur den Sturm. Komm, laß uns aufstehen und zum Zeltplatz gehen!"

Oft stand sie mitten in der Nacht mit ihm auf und ging an seiner Seite zu dem Platz, auf dem das Zelt aufgerichtet war. Sie verzehrten sich beide im wahrsten Sinn des Wortes im Dienst für Gottes Sache.

Jedes Jahr war es ihnen einmal vergönnt, drei Wochen Urlaub zu nehmen. Gewöhnlich traf sich dann die ganze Familie. Die Kinder berichteten den Eltern von ihren Erlebnissen, und diese teilten Freud und Leid mit ihnen. Von Süddeutschland aus hatte Otto eine Versetzung in die sächsische Division bekommen. Zu jener Zeit verbrachte er mit seiner Familie einen Sommerurlaub im Vogtland.

Seine Frau und ebenso die Kinder erkannten, daß der Vater in seinem Dienst bis an den äußersten Rand seiner Kräfte gegangen war. Wie nötig brauchte er die Ausspannung. Ein Freund der Heilsarmee hatte ihnen sein kleines Sommerhaus in einem abgelegenen großen Garten zur Verfügung gestellt inmitten eines prächtigen Obstgutes, umgeben von saftig grünen, blumenübersäten Wiesen. Beglückende Stille und wohltuende Einsamkeit umgab die Erholungssuchenden.

Da setzte plötzlich eine Kette unheimlicher Gewitter ein. Ein Unwetter löste das andere ab. Zeitungsnachrichten berichteten von Hochwasserschäden. Die Botschaft von der Katastrophe in Berggießhübel drang auch in das kleine Sommerhaus im Vogtland: Die Gottleuba, ein kleiner, harmloser Fluß, war zum reißenden Strom geworden, hatte einen Damm eingerissen und war mitten in der Nacht in ungeahnter Gewalt über das Dorf hereingebrochen. Die Wasserwogen stiegen bis in die ersten Stockwerke der am Fluß liegenden Häuser, drückten Wände und Mauern ein und ließen sie zusammstürzen, als wären sie aus Pappe. Hundertundzwanzig Menschen kamen innerhalb weniger Minuten ums Leben. Tote Menschen und Tiere schwammen auf dem Wasser oder wurden angespült. Über das ganze Dorf brach furchtbares Entsetzen herein. Ein Chaos entstand. Rettungsmannschaften eilten herbei.

Otto hielt es keinen Tag länger in seinem Ferienidyll aus. „Ich muß hin", sagte er immer wieder. „Wir müssen helfen!" Stehenden Fußes wurde alles gepackt und der Urlaub abgebrochen. Die ganze Familie reiste nach Leipzig, wo das Divisions-Hauptquartier samt Dienstwohnung waren.

Bereits am nächsten Tag hatte Otto eine Straßensammlung für die notleidenden Berggießhübler organisiert. Die Behörde kannte ihn längst und brachte seinen sozialen Bestrebungen großes Interesse entgegen. Deshalb bekam er auch sofort die Genehmigung für die Straßensammlung. Zwei Tage später reiste der Heilsarmee-Oberstleutnant mit seiner Frau und Tochter in das Katastrophengebiet. Erschütternd war es, die durch das Hochwasser angerichtete Zerstörung zu sehen. Über dem heimgesuchten Dorf lag eine Atmosphäre der Angst und des Grauens. Dreißig leere Särge standen noch auf dem Friedhof für die Toten, die man bis dahin noch nicht gefunden hatte, die in Schlamm und Wasser umgekommen waren.

Otto und Berta besuchten mit ihrer Tochter den Bürgermeister des Ortes und überreichten ihm eine beträchtliche Summe als Hilfe für die Notleidenden des Dorfes. Im Schloß, das mitten im Ort lag, trafen die Heilsarmeeleute sich mit den Vertretern des Roten Kreuzes und anderer karitativer Verbände zur Beratung über weitere Hilfeleistungen.

Berta sprach mit Leuten aus dem Dorf, die verzweifelt vor den Trümmern ihrer Häuser standen. Vielfach hatten sie Familienmitglieder in den Fluten des über sie hereinbrechenden Wassers verloren. Das Vieh im Stall war ihnen ertrunken, und ihre Häuser waren schwer beschädigt oder gar zusammengestürzt. Otto und Berta war es klar: Mit frommen Sprüchen war hier nicht zu helfen. Hier mußte das Christentum der Tat einsetzen. Und sie halfen, soviel sie konnten.

Das ist überhaupt ein Wesenszug der Heilsarmee: praktisches Christentum. Jedes Jahr vor Weihnachten stellte

Otto mit Genehmigung der Behörde über zwanzig Sammeltöpfe in großen eisernen Gestellen an den belebtesten Plätzen der Stadt auf. Leuchtende Plakate forderten die Leute zum Helfen und Geben auf. „Haltet den Topf am Kochen" war darauf in großen Buchstaben zu lesen. Eintausend bedürftige Familien sollten zu Weihnachten beschert werden. Jede bekam einen mit Lebensmitteln gefüllten Spankorb im Wert von zehn Mark. Das bedeutete damals viel. In jedem dieser Körbe, die Berta mit einer Anzahl Mitarbeitern in der Nacht vorher schmückte und füllte, waren Zucker, Reis, Grieß, Mehl, Kaffee, Kakao, Fett, Hülsenfrüchte, Haferflocken, eine Hartwurst, ein Stollen, Lebkuchen und anderes mehr zu finden. Mit Tannengrün und einem roten Band waren die Körbe weihnachtlich geschmückt.

Eintausend Menschen saßen in einem großen Saal an weiß gedeckten Tischen vor Kaffee und Kuchen. Von einigen hohen Weihnachtsbäumen leuchteten die Kerzen. Alte, vertraute Lieder wurden gesungen, die Weihnachtsgeschichte verlesen. Die Heilsarmee-Musikkapellen spielten. Otto und Berta, die die Hauptlast der Vorbereitungen getragen hatten, fühlten sich am meisten beschenkt, wenn sie in die strahlenden Augen der Armen und Einsamen blickten. Sie hatten sich auch nicht gescheut, den Dienst am Sammeltopf zu erfüllen. Das bedeutete, jeweils zwei Stunden in der Winterkälte zu stehen, den Vorübergehenden Auskunft zu geben und sich für die Spenden zu bedanken. Kam dann die Ablösung, so war man beinah zum Eiszapfen erstarrt. Nach zwei Stunden Pause machte man weiter. Otto und Berta hätten es nicht nötig gehabt, sich in die Kette der „Sammeltopfsteher" einzuordnen, aber immer war es ihnen wichtig, mit gutem Beispiel voranzugehen. Der Dienst an den Ärmsten war für sie ebenfalls Dienst für Gott. Da durfte kein Opfer gescheut werden. Sie brachten es gerne.

In den Jahren des Fernseins ihrer Tochter hatte Lisette Zimmermann dennoch regen Anteil an allem genommen, was Berta erlebte. Wie versprochen hatte die Tochter ihrer Mutter jeden Monat Geld geschickt. Einmal im Jahr war sie mit den Kindern möglichst für einige Wochen zur Mutter gefahren. In den Briefen hatte sie von den Erlebnissen der Familie und von der Arbeit berichtet. Lisette selbst konnte nicht mehr reisen. Ihre Glieder waren durch die Gicht immer unbeweglicher geworden. Und doch hatte sie längst das 80. Lebensjahr überschritten.

Lisette lebte eine Zeitlang bei ihrer jüngsten Tochter Emma, die mit ihrer Familie außerhalb Barmens auf der Höhe dicht neben einem großen Wald wohnte. Sie hatten einen Garten, Hühner und auch eine Kuh. So durfte Lisette die letzten Jahre ihres Lebens abseits von der Stadt verleben, zwischen Wiesen, Feldern und Wäldern.

Danach war sie noch einmal zu ihrer Tochter Julchen gezogen, die ebenfalls auf dem Lande wohnte. Lisette versuchte sich auch dort nützlich zu machen. Bei allem Schweren, das sie durchlebte, war sie dennoch eine fröhliche Christin, die mit ihren Enkelkindern sang und spielte, vor allem aber für alle treu die Hände faltete.

Eines Tages fühlte sie ganz plötzlich heftige Schmerzen am Herzen, die nicht weichen wollten und zuletzt fast unerträglich wurden. Der herbeigerufene Arzt sprach von einem Herzriß. Lisette gab sich keinen törichten Hoffnungen hin. Sie wußte sofort: Das ist das Ende.

Ihre Tochter hatte größte Mühe, sie im Bett zu halten. Mit aller Gewalt wollte sie aufstehen.

„Nun wird es wohl so weit sein, Mutter, daß du heimgehen darfst", hatte Julchen gesagt.

„Wirklich? Schon heute?" fragte sie nur.

Keine Spur von Angst oder Unruhe war ihr anzumerken. Sie hatte ihr „Reisegepäck" längst vorbereitet.

„Dann will ich mich dort in den Lehnstuhl ans Fenster setzen", sagte sie.

„Aber warum denn, Mutter? Du liegst im Bett doch viel besser." Julchen versuchte sie daran zu hindern, sich aufzurichten.

Aber Lisette schüttelte in ihrer bestimmten Art den Kopf. „Nein, laß mich. Zur Beerdigung kommen so viele von auswärts, dann wirst du das Bett brauchen. Es ist nicht nötig, daß ich darin sterbe."

So selbstverständlich und bewußt sah sie ihrem Ende entgegen.

Alle ihre Kinder kamen. Nicht jedes traf die Mutter noch lebend an. Alle aber standen tief ergriffen um den Sarg und blickten auf die heldenhafte Frau nieder, deren Leben Arbeit und Mühe und viel, viel Leid in sich barg, das aber vielleicht gerade dadurch ein gesegnetes und wertvolles Leben gewesen war.

Lisette hatte durch die Not heimgefunden zum Vaterherzen Gottes.

Einige Jahre später. In einem Essener Krankenhaus saß Berta dem Chefarzt gegenüber.

„Was halten Sie von dem Zustand meines Mannes?" fragte sie ihn.

Der Arzt betrachtete eingehend seinen Füllfederhalter, legte ihn wieder auf den Schreibtisch zurück und sah die Frau in Heilsarmeeuniform ernst an.

„Ich denke, Sie ertragen die Wahrheit! Wir sind in großer Sorge um Ihren Mann. Es ist kaum anzunehmen, daß er seinen Dienst wieder aufnehmen kann. Ja, ich verhehle es Ihnen nicht, es ist sogar fraglich, ob wir ihm überhaupt noch so weit helfen können, daß er noch einmal aus dem Krankenhaus entlassen wird."

Bertas Herz krampfte sich in heftigem Schmerz zusammen. Das also sollte das Ende sein! Hatten sich in den letzten Jahren nicht die Augenblicke vermehrt, in denen sie sich auf einen gemeinsamen, ruhigen Lebensabend freuten? Otto war jetzt sechzig Jahre alt. Noch fünf Jahre, und er würde pensioniert werden. Ihr ganzer gemeinsamer Weg war Dienst gewesen, Arbeit im Reiche Gottes. Es war ein gesegnetes, ein reiches Leben. Auch ihr Familienleben hatte der Freude nicht entbehren brauchen. Es war glücklich, wenn auch nicht unbeschwert verlaufen.

Aber Zeit für sich hatten sie kaum gehabt.

In den letzten Monaten hatten sie, wenn auch zaghaft, begonnen — fast so, als sei es ein Unrecht — sich auszumalen, wie es sein würde, wenn sie in schöner, waldreicher Gegend noch einige Jahre der Ruhe gemeinsam verbringen könnten. Seit einigen Jahren war Otto zuckerkrank. Auch sein Herz machte ihm Beschwerden.

„Du bist eben schon Großvater", neckte Berta ihn oft, wenn es sein Gemüt belasten wollte, daß die Kräfte nachzulassen begannen. Die beiden ältesten Söhne waren verheiratet. Drei Enkelkinder erfreuten Bertas und Ottos Herz.

Wie viele Bilder aus dem Schatz der Erinnerungen können doch in Sekundenschnelle an dem inneren Auge vorüberziehen. Otto hatte bereits einen Zusammenbruch erlitten. Er war vom Arzt für ein Vierteljahr in den Schwarzwald geschickt worden. Dort hatte er sich durch die sorgfältige Pflege seiner Frau wieder erholt und war frohen Herzens zurückgekehrt in die Arbeit. Dann war die Versetzung ins Rheinland gekommen. Außerhalb Essens, in einem schönen, gepflegten Haus mit Garten, hatten sie ihre Dienstwohnung gehabt. Es sollte die letzte Arbeitsstation werden. Eines Tages hatten bei Otto heftige Herzschmerzen eingesetzt. Sie wurden von Augenblick zu Augenblick unerträglicher, bis der große starke Mann laut aufschrie und flehentlich nach einem Arzt verlangte. Man brachte ihn ins Krankenhaus. Zuerst hatte er mit mehreren Kranken zusammengelegen, aber seine Nerven waren derartig verbraucht, daß er nicht das geringste Geräusch ertrug. Man mußte ihn in ein Einzelzimmer verlegen.

„Bleiben Sie so viel wie möglich bei ihm", hatte der Arzt zu seiner Frau gesagt. „Ihre Anwesenheit beruhigt Ihren Mann sichtlich."

Berta hatte die letzten Nächte bei ihrem Mann zugebracht. Entgegenkommenderweise hatte man ihr eine Couch in das Krankenzimmer gestellt. Wie oft war sie des Nachts aufgestanden, wenn Otto sie mit schwacher Stimme gerufen hatte.

„Mama, komm, laß uns miteinander beten. Ich fühle, ich werde immer elender."

Dann hatte Berta ihre Hand auf die seine gelegt. „Ich glaube nicht, Papa, daß du uns schon verlassen mußt. In mir lebt die Zuversicht, daß du wieder gesund wirst."

Otto aber hatte müde den Kopf geschüttelt. „Nein, ich glaube, es geht mit mir zu Ende."

„Du bist doch bereit, wenn Gott dich wirklich rufen sollte. Überlaß dich getrost seinen Händen." Und dann hatten sie zusammen gebetet. Otto wurde darüber ruhiger.

So ging das nun schon etliche Nächte. Einige Male hatte der Kranke geklagt: „Wie sehr habe ich mir immer gewünscht, direkt aus dem Dienst — am liebsten im Gotteshaus selbst — abberufen zu werden."

Berta hatte ihn zu trösten versucht: „Hast du nicht bis zum letzten Augenblick vor deiner Krankheit im Dienst für Gott gestanden? Aber ich glaube nach wie vor, daß du noch einmal gesund wirst. Wenn du dann auch nicht mehr in altgewohnter Weise wirst arbeiten können, so sollst du dich doch einige Zeit noch mit mir gemeinsam der Ruhe erfreuen."

Nun hatte der Arzt ihr solche beunruhigende Auskunft gegeben. Ob wirklich keine Hoffnung mehr bestand? Wie gerne hätte sie ihren treuen Lebenskameraden noch einige Jahre behalten. Wie sehnte sie sich auch danach, ihm nach dem erfüllten, aber doch unruhigen Leben an einem stillen Plätzchen einen friedvollen Lebensabend zu gestalten.

Der Arzt erhob sich. Seine Zeit war bemessen.

„Wir werden natürlich alles tun, um Ihrem Mann zu helfen!" sagte er. „Aber seine Nerven sind vollkommen aufgebraucht. Er muß jahrelang weit über seine Kräfte gearbeitet haben."

„Das hat er", bestätigte Berta, „aber ich weiß, daß Gott auch über seinem Leben das letzte Wort spricht. Sein Wille wird geschehen."

Wenige Wochen später fuhr ein Schwerkranker im Auto

zum Bahnhof. Hilfreiche Hände hoben ihn in den Rheingoldzug. In Karlsruhe trug man den einstmals so starken Mann wieder hinaus in ein bereitstehendes Auto, das seinem Hauswirt in Geistal bei Herrenalb gehörte. Dort hatte Gideon, der älteste Sohn, inzwischen eine Wohnung gemietet und eingerichtet. Zum erstenmal in ihrem Leben hatten seine Eltern eigene Möbel. Berta, die bewundernd durch die Zimmer ging, kam sich fast vor wie eine jungverheiratete Frau. Nun waren sie pensioniert und am Ende ihres gemeinsamen Weges angelangt. Erst jetzt durfte sie sich an ihrer eigenen Wohnungs-Einrichtung freuen.

Wie war es zu alledem gekommen?

Eines Tages hatte der Chefarzt den Gedanken ausgesprochen, daß man den Versuch wagen könne, dem schwerkranken Mann durch Luftveränderung und ein geruhsames Leben, wenn auch nicht zur völligen Genesung, so doch zur Besserung seines Zustandes zu verhelfen. Berta war überglücklich gewesen. Ein Hoffnungslicht flammte in ihr auf. Hatte sie es nicht deutlich gefühlt, selbst als die Ärzte keine Hoffnung mehr hatten und ihn dem Tode nahe glaubten, daß die Stunde noch nicht gekommen sei, in der man sich voneinander trennen mußte? Sofort hatte sie an die Kinder geschrieben, und alle stimmten freudig zu: Der Vater soll in den Schwarzwald gebracht werden. Alles muß unternommen werden, damit er uns noch erhalten bleibt.

Otto lag in der neu eingerichteten Wohnung. Er war viel zu elend, um alles aufnehmen zu können, was um ihn herum vor sich ging.

Nachdem der Kurarzt bei ihm gewesen war, nahm er Berta beiseite. „Ist es Ihnen klar, daß Ihr Mann sehr krank ist?"

Sie nickte. „Ja, ich weiß es!"

„Wir werden natürlich alles tun, aber ich habe nur wenig Hoffnung."

Die kleine und doch so tüchtige Frau, die in ihrem Leben so viel hatte leisten müssen, sah ihn aus klaren Augen an: „Ich glaube ganz fest daran, daß er uns noch erhalten bleibt. Mein Mann wird gesund werden."

„Ein Sterbender liegt beim Bäckermeister Keller im Haus", sagten die Nachbarn, und die Kinder wagten nicht laut zu sprechen. Die Bäckersfrau legte den Finger auf den Mund, wenn sie es vergaßen. „Pst, ihr wißt doch, wie krank der Herr oben ist!"

Wenige Wochen später führte Berta ihren Mann leuchtenden Auges die Treppe hinunter vor das Haus. Bald danach machte er, auf ihren Arm und den Stock gestützt, die ersten Gehversuche. Er, der mit dem Leben abgeschlossen hatte, war so bewegt, daß ihm Dankestränen über das Gesicht liefen. Tief atmete er die würzige Schwarzwaldluft ein. Wohl reichten seine Kräfte noch nicht lange, so daß man ihm nach fünf Minuten wieder ins Bett helfen mußte. Doch war es der Anfang zur Genesung.

„Es ist ein Wunder", sagte der Arzt.

„Es ist ein Wunder", sagten die Nachbarn.

„Täglich geschehen Wunder", sagte Berta. „Wir haben dafür nur den Blick und die Erkenntnis verloren."

Otto erholte sich völlig. Zwar war er nicht mehr im Stande, seine anstrengende Arbeit wieder aufzunehmen, aber Gelegenheit, Gutes zu tun und Menschen auf Gott hinzuweisen, fand er immer wieder. Als er so weit hergestellt war, daß er kleinere Spaziergänge unternehmen konnte, sammelten sich die Kinder um ihn. „Vater Dreisbach", riefen sie, wo er auch auftauchte. Er saß auf den Bänken am Waldrand und erzählte ihnen Geschichten, sang mit ihnen kleine Lieder oder machte ihnen auch allerlei Kunststücke vor. Er konnte so von Herzen lachen, daß es einen mitriß. Man mußte in sein Lachen einstimmen, ob man wollte oder nicht.

Wie glücklich war Berta! Nun sollte es ihnen doch noch geschenkt werden, eine Wegstrecke in Ruhe gemeinsam zu gehen. Das alte Waldkind erwachte in ihr. Oh, diese endlosen Wälder, die stillen Wege unter den dunklen, rauschenden Tannen, die saftig grünen Wiesen, deren Ränder umsäumt waren mit Vergißmeinnicht und Sumpfdotterblumen — wie liebte Lisettens Tochter sie. War es nicht ähnlich wie daheim? War es nicht wie ein Nachhausekommen — jetzt, wo beide begannen alt zu werden? Was hieß alt? Berta fühlte sich mit ihren siebenundfünfzig Jahren keineswegs alt. Sie erfreute sich auch einer guten Gesundheit. Aber daß sie zusammen mit ihrem Mann nun noch am Waldesrand wie am Herzen Gottes leben durfte, das empfand sie als ein köstliches Geschenk.

Auch jetzt gingen noch viele Menschen bei ihnen aus und ein. Keiner verließ ungesegnet ihr Heim. Sie blieben im Dienst Gottes bis zuletzt.

Das bedeutete jedoch nicht, daß sie menschlichen Schwächen nicht unterworfen waren. Je länger desto mehr wurde es ihnen klar, daß der Mensch, der mit Gott lebt, im Kampf steht. Auch Anfechtungen blieben ihnen jetzt nicht erspart. Wohl war Otto wieder so weit hergestellt, daß er das Bett verlassen und dann und wann auch einen Dienst verrichten konnte. Im Laufe der Zeit wurde er sogar öfter gebeten, in der Evangelischen Gemeinschaft, die dort eine lebendige Gemeinde hatte, einen Predigtgottesdienst zu übernehmen. Soweit seine Kraft es zuließ, tat Otto es gerne.

Aber nach und nach mehrten sich die Stunden, in denen er darunter litt, vorzeitig pensioniert worden zu sein. „Ich ertrage diese Untätigkeit nicht", klagte er oft.

Berta versuchte ihm zurechtzuhelfen. „Papa, du darfst nicht undankbar sein. Hast du vergessen, wie krank du daniederlagst? Selbst die Ärzte hatten keine Hoffnung mehr. Gott hat unsere Gebete erhört und dich genesen lassen. Wenn du nun auch nicht mehr im Vollbesitz aller Kräfte bist, so kannst du doch auf sein, Besuche bei Kranken und Trostbedürftigen machen und sogar hin und wieder einen Gottesdienst übernehmen. Glaubst du nicht, daß die Zeit der Stille und Besinnung, in die Gott uns nach all den Jahren strengen Dienstes geführt hat, für uns nötig ist? Wir sind doch oft überhaupt nicht zu uns selbst gekommen."

Sie ging an den Schreibtisch und entnahm einer Schublade eine Karte und brachte sie ihrem Mann. „Sieh, diesen Vers hat uns Elisabeth geschrieben." Sie las ihn vor:

„Willst du wahre Schönheit sehen,
mußt du stille Wege gehen.
In dem Lärm, der Hast des Lebens,
suchst solche Einkehr du vergebens.
Stille sein ist dir so nötig,
auch die Einsamkeit kann segnen.
Such die Stille, dort wirst sicher
du dir selbst und Gott begegnen."

„Du hast recht", erwiderte Otto. „Man sollte nicht meinen, wie schwer es ist, das Stillesein zu lernen."

„Komm, wir gehen jetzt in den Wald", ermunterte ihn Berta. „Ich nehme eine Tasche mit und sammle ein wenig Kleinholz."

„Du bist doch die Buschelster geblieben. Heute sammelst du Holz, gestern hast du Tee und Kräuter gesucht, und was kommt morgen dran?"

„Pfifferlinge! Ich habe einen Platz gefunden, da riecht man sie schon von weitem. Ach Papa, daß Gott es uns schenkt, in unserm Alter so nahe am Wald leben zu können! Komm, wir gehen jetzt. Du setzt dich, während ich sammle, auf die Bank drüben am Predigerweg und ruhst dich aus."

Ja, es war wunderschön hier im Schwarzwald! Auch Otto empfand es dankbar. Er war in der Stadt geboren, hatte nur in Großstädten gelebt und gearbeitet. Deshalb erdrückte ihn die Stille manchmal fast.

Oft saß Berta mit ihm am Bach, der nur wenige Meter von ihrem Haus entfernt munter durch den Wiesengrund hüpfte. Dann half sie ihm über trübe Stimmungen hinweg, die ihn manchmal erfassen wollten, indem sie allerlei Erinnerungen aus früheren Zeiten auffrischte.

„Papa, weißt du, was mir heute ganz plötzlich einfiel? Ich mußte daran denken, wie du dich einmal völlig unmöglich benommen hast, als die Frau Kommandeur Olivant uns besuchte, nachdem Hans geboren war."

„Ich?" fragte Otto verwundert und lachte bereits. „Wann habe ich mich je in meinem Leben unmöglich benommen?"

„Es ist schon viele Jahre her. Ich lag im Wochenbett, das Neugeborene in einem Korbwagen neben mir. Ich hatte dich gerade gebeten, für Gideon, der damals ja auch erst anderthalb Jahre alt war, eine Mahlzeit zu bereiten.

Plötzlich klingelte es an unserer Wohnungstür. Du machtest auf, in einer Hand die Flasche, in der anderen das Töpfchen mit Milch. Vor der Tür stand die Gattin unseres Landesleiters, Frau Kommandeur Olivant, die mir einen Besuch abstatten wollte. Du warst so verlegen darüber, daß sie dich in dieser Aufmachung sah, daß du ihr die Tür vor der Nase zuwarfst und völlig ratlos zu mir ins Schlafzimmer kamst, noch immer die Flasche und das Töpflein mit Milch in den Händen.

‚Mama, was soll ich denn nur tun?' fragtest du hilflos und aufgeregt. Vor Verlegenheit wußtest du nicht, wohin. ‚Sag doch, sag doch, was soll ich machen? Die Kommandeurin steht vor der Tür!'

Dein Anblick löste bei mir zuerst einmal einen Lachkrampf aus. Dann aber antwortete ich dir: ‚Vor allem mach ihr wieder die Tür auf und laß sie ein!'

‚Aber, aber!'

Du großer Mann warst völlig verdattert.

‚So mach ihr doch endlich auf!' drängte ich. Und du gingst, ohne die Flasche und das Milchtöpfchen aus der Hand zu geben, und ließest die Frau des Kommandeurs ein. Zum Glück hatte sie Sinn für Humor und half dir herzlich lachend über deine Verlegenheit hinweg. Inzwischen hattest du dich mit Milch bekleckert, was dich noch viel unsicherer machte."

Nun lachte auch Otto herzlich.

Berta fuhr fort: "Kannst du dich noch erinnern, wie wir von Hamburg nach Stuttgart versetzt wurden? Wir mußten mit den Kindern die ganze Nacht durchfahren. Samuel lag noch in den Windeln. Wir hatten ein Abteil für uns allein. Die Kinder lagen halb ausgezogen in Kissen und Dekken auf den Bänken und sollten schlafen, taten es aber nicht. Sie fanden es höchst interessant, im Zug zu liegen. Eins von ihnen fragte: ‚Wohnen wir jetzt immer hier?'

Wir waren der festen Meinung, nicht umsteigen zu müssen. Du hattest dich vorher erkundigt und dementsprechende Auskunft erhalten. Ich glaube, es war in Frankfurt. Gerade hatte ich unseren Jüngsten aus seinen Windeln geschält und wollte ihn zurechtmachen, da hielt der Zug. Ein Schaffner riß die Tür auf und rief: ‚Alles aussteigen! Der Wagen wird abgehängt!'

Wir sahen uns entsetzt an. Du aber rissest die Tür, die der Schaffner wieder zugeworfen hatte, empört auf und riefst hinaus: ‚Der Wagen wird nicht abgehängt!' Peng — Türe zu.

Mir ging es wieder nicht anders. Ich mußte hell auflachen, so wirktest du.

Ein zweiter Schaffner kam und rief uns dasselbe zu: ‚Bitte, schnell aussteigen — der Wagen wird abgehängt!'

Nun blieb uns nichts anderes übrig, als in fliegender Eile alles zusammenzuraffen. Der Schaffner sah, wie ratlos du warst, und half Koffer, Kinder, Kissen, Decken, Windeln und so weiter hinauszutragen. Da standen wir nun auf dem Bahnsteig, umgeben von unseren Utensilien. Ich setzte mich mit dem Kleinen auf eine Bank und konnte nicht anders, als in das Kissen hineinzulachen, daß es mich schüttelte. Ich war ja noch eine ganz junge Frau, und die Situation war zu komisch. Du wußtest vor Verlegenheit nicht wohin schauen. Unsere Kinder sprangen mitten in der Nacht auf dem Bahnsteig halb angezogen herum und fanden das alles wunderschön. Reisende blieben in einiger Entfernung von uns stehen, und ich hörte eine Dame im

Ton tiefsten Mitleids sagen: „Das sind Auswanderer, die Armen!"

Zum Glück konnten wir bald wieder einsteigen. Doch dauerte es eine ganze Weile, bis wir unser Gepäck und unsere Kinderschar wieder im Wagen verstaut hatten.

„Ja, ja, Papa, so warst du! Es machte dir nichts aus, vor Hunderten von Menschen in großen Versammlungen zu sprechen, aber in solchen Situationen warst du hilflos wie ein kleines Kind."

„Na, nun mach's nur nicht so schlimm!" erwiderte Otto. Aber die Erinnerung an jenes Erlebnis ließ ihn ebenfalls schmunzeln.

„Grundsätzlich hattest du ja auch vor jeder unserer vielen Reisen die Fahrkarten verlegt. Weißt du das noch?"

„Es scheint wirklich, daß ich mich mehr als einmal unmöglich benommen habe", stellte Otto in scheinbarer Zerknirschung fest.

„Aber du weißt doch, daß die Kinder immer sagten, sie hätten den allerbesten Vater von der Welt", erinnerte ihn jetzt Berta und legte die Hand auf seinen Arm. Innig blickte sie ihn an. „Und ich behaupte noch heute: Ich hatte und habe den allerbesten Mann von der Welt."

„Na, wenn du es nur einsiehst", lachte Otto. „Ich habe dir ja schon immer gesagt, daß du unerhörtes Glück gehabt hast." Doch dann griff er nach der Hand seiner Frau. „O Mama, was wäre mein Leben ohne dich gewesen! Hast du eigentlich gezählt, wieviel Paar Socken du auf all den Reisen für mich gestrickt hast?"

„Gezählt? Nein, das habe ich nicht. Jedenfalls war es nie nötig, dir Socken zu kaufen. Alle habe ich selbst gestrickt. So konnte ich die **vielen** Stunden auf der Bahn am besten nutzen, und meine Gedanken gingen dabei ungehindert ihre Wege. Auf diese Weise habe ich mich auch für ungezählte Ansprachen vorbereitet und hatte immer noch die Möglichkeit, die herrlichen Landschaftsbilder, an denen uns der Zug vorübertrug, in mich aufzunehmen. Wie reich an Erlebnissen war doch unser Dasein!"

Die nächste Heilsarmeestation war in Karlsruhe. Das war zu weit entfernt, als daß Otto mit seiner Frau dort hätte regelmäßig die Gottesdienste besuchen können. Sie waren längst Allianz-Menschen geworden und fühlten sich überall da zu Hause, wo Gottes Wort lauter und klar verkündet wurde. So besuchten sie die landeskirchlichen Gottesdienste, aber noch öfter die der Evangelischen Gemeinschaft, deren damaliger Leiter Pastor Rapp war. Ihm ist die Gründung des großen, schönen Hospizes „Grüner Wald" zu verdanken. Nachdem Otto zum ersten Mal seinen Gottesdienst besucht und sich ihm vorgestellt hatte, kam der Pastor, der allgemein „Vater Rapp" genannt wurde, ins Geistal und besuchte ihn. Sofort war ein spürbarer Kontakt vorhanden. Otto erzählte begeistert von seiner Heilsarmeezeit, Vater Rapp von seinem Dienst.

„In welchem Rang stehen Sie?" fragte er Otto im Laufe des Gesprächs.

„Was heißt hier Rang", gab dieser zur Antwort. „Ich bin jetzt pensioniert. Im übrigen bin ich ein begnadeter Sünder. Das ist mein Rang." Das war keine leere Phrase, sondern Ottos wirkliche Überzeugung. Waren im Dienst Rang und Stellung vielleicht von Bedeutung gewesen, so spielte das jetzt keine Rolle mehr. Im Gegenteil, der Weg aus der Arbeit heraus in die Stille führte ihn zu neuen Erkenntnissen. Nicht darauf kam es an, wieviel der Mensch leistete — und wenn es auch Dienst für Gott war — auch nicht, wo man diente — ob in der Kirche, in einer Gemeinschaft oder in der Heilsarmee — sondern auf die Treue und Hingabe im Dienst. Das Bibelwort: „Wenn du mich demütigst, machst du mich groß", wurde dem pensionierten Heilsarmeeoffizier zu einem neuen persönlichen Begriff.

„Ein begnadeter Sünder?" Vater Rapp streckte Otto impulsiv die Hand entgegen. „Dann sind wir Brüder, denn das bin ich auch."

Von diesem Tag an waren die beiden Männer Freunde, der pensionierte Oberstleutnant der Heilsarmee und der Pastor der Evangelischen Gemeinschaft. Sie sind es bis zu ihrem Tod geblieben. Auch ihre Frauen und Töchter befreundeten sich miteinander. Es war ein beglückendes gegenseitiges Geben und Nehmen.

In der Familie des Hauswirts lebte eine alte Tante, die von Kind auf geistesschwach war. In jungen Jahren hatte sie noch manche Arbeit verrichten können. Nun war sie achtzig Jahre alt und erhielt von ihren Angehörigen das Gnadenbrot. Während der warmen Jahreszeit saß sie täglich draußen auf dem Bänkchen vor dem Haus. Sie sprach zu keinem Menschen. Man konnte sich mit ihr auch nicht unterhalten. Otto aber ging nie an ihr vorbei, ohne stehenzubleiben und ein paar freundliche Worte an sie zu richten. Oft legte er die Hand auf ihren Scheitel und sagte innig: „Gott segne dich, Carline!" Dann hob sie wie ein Kind die Augen zu ihm empor, und ein Lächeln huschte wie ein Sonnenstrahl über ihr Gesicht. Es war geradezu, als warte sie auf diese Liebkosung seiner Hand. Was Otto und Berta vorher nie erlebt hatten, geschah: eines Tages begann sie zu sprechen. Es schien geradezu, als habe sein Segenswunsch den Schacht eines lange verschlossen gebliebenen Brunnens geöffnet.

Nachdem Elisabeth zehn Jahre auswärts im Berufsleben gestanden hatte, kehrte sie nun heim. „Ich weiß, daß ich jetzt bei euch bleiben muß", sagte sie. Nie hätten die Eltern sie zurückgerufen. Waren sie nicht glücklich gewesen im Gedanken daran, daß auch sie ihr Leben in den Dienst Gottes gestellt hatte? Nun kam sie von selbst. „Ich weiß, ihr braucht mich. Papas Gesundheit ist trotz allem nicht so, wie sie sein soll."

Die Eltern freuten sich über das Kommen ihrer Tochter. Gemeinsam verlebten sie Wochen und Monate innigster Harmonie. Später zog auch der jüngste Sohn, der sich inzwischen ebenfalls verheiratet hatte, nach Herrenalb. So war ein Teil der Familie wieder vereint.

Wie schön waren die gemeinsamen Abende, an denen man musizierte und sang. Oft standen Vorübergehende unter den Fenstern und lauschten dem vierstimmigen Familienchor.

In Loffenau hatte die Evangelische Gemeinschaft eine Gemeinde. Vater Dreisbach wurde manchmal gebeten, dort den Predigtgottesdienst zu übernehmen.

Wie liebten ihn alle, schon wegen seiner Güte und Freundlichkeit. In Herrenalb selbst gab es kaum ein Haus, in dem man ihn nicht kannte, zumal er mit seiner Frau Kranke besuchte und — soweit es seine Kräfte erlaubten — sich auch seelsorgerisch betätigte. Jeder grüßte ihn. Die Kinder sprangen ihm entgegen, streckten ihm ihre mit Blumen gefüllten Hände entgegen und ließen sich von ihm beschenken.

Um die Weihnachtszeit begann Otto zu basteln. Nicht immer zur Freude Bertas, deren Küche dann oft einer Werkstatt glich. Sämtliche Kinder aus den umliegenden Nachbarhäusern beschenkte er. Pferdeställe, Puppenschaukeln, Schwarzwaldhäuschen, Kaufläden, ja alles mögliche zimmerte er und war glücklich über die Freude der Kinder.

Sehr gern trank er Bohnenkaffee. „Was ist besser als eine gute Tasse Bohnenkaffee?" fragte er manchmal seine Gäste. Wenn sie nicht gleich eine Antwort fanden, gab er sie, verschmitzt lächelnd: „Zwei natürlich!"

Die Pension war wohl ausreichend, aber nicht üppig. Berta mußte mit dem Geld sorgfältig haushalten. „Reinen Bohnenkaffee können wir uns nicht jeden Tag leisten", sagte sie sehr bestimmt und mischte mit Malz.

„Du Giftmischerin!" schalt er sie dann lachend. Mehr als einmal fand Berta die Küchentür verschlossen, wenn sie am Nachmittag Kaffee brühen wollte. Dann hatte er die Kaffeebüchse auf dem Küchentisch umgeworfen und war nun dabei, die Bohnen aufzulesen.

„Setz dich schon ins Wohnzimmer", rief er seiner Frau zu. „Ich brühe heute selber Kaffee."

Traf er ein weinendes Kind, so suchte er gewiß in allen Taschen, ob sich darin nicht ein Bonbon oder ein anderer Trost fände. Einmal brachte er einen kleinen Jungen mit nach Hause, der bitterlich weinend am Wegrand gesessen hatte. Eine Biene hatte ihn gestochen. „Sieh einmal nach, Mama", bat Otto, „ob wir nicht noch ein Stück Schokolade haben, das nimmt den Schmerz." Hochbefriedigt zog der Beschenkte los.

Ein paar Minuten später stand sein Schwesterchen vor der Tür. „Mi hot au scho a mol a Bien gschtocha", sagte sie und wurde ebenfalls mit Schokolade getröstet, obgleich man nicht feststellen konnte, wann das Unglück passiert war. Als dann aber ein drittes Kind kam, ein kleiner Junge, der sich auch daran erinnerte, früher einmal von einer Biene gestochen worden zu sein, wollte Vater Dreisbach sich ausschütten vor Lachen, während Berta meinte, es sei gut, daß sie nun wirklich das letzte Stückchen Schokolade geopfert habe, sonst könnte sie wohl gleich an der Glastür stehenbleiben und auf die „Gestochenen" warten.

Otto war, wie gesagt, wegen seiner Herzensgüte überall bekannt. Die Leute wetteiferten, ihm Freundlichkeiten zu erweisen. Einmal war er gerade unten in Herrenalb, als ein heftiger Regen losbrach. Er trug weder Schirm noch Mantel bei sich und stellte sich ein wenig ratlos unter einen Baum. Wie sollte er den halbstündigen Weg nach Hause zurücklegen, wenn der Regen nicht aufhörte? Da nahten aus verschiedenen Häusern drei Frauen. Eine trug einen Regenmantel, die beiden anderen je einen offenen Schirm.

„Hier, damit Sie nicht naß werden."

Die erste legte ihm den Mantel um die Schulter. Aber welchen Schirm sollte er nun nehmen? Er wollte niemand einen Korb geben. So nahm er in jede Hand einen und verbeugte sich lachend.

„Herzlichen Dank, meine Damen! Nun kann mir ja kaum noch etwas passieren." Da es aber zwischen beiden aufgespannten Schirmen auf ihn heruntertropfte, blieb ihm schließlich doch nichts anderes übrig, als einen Schirm zurückzugeben.

Sein heiteres, humorvolles Wesen, der ihm angeborene Optimismus, vor allem aber sein persönliches Verhältnis zu Gott halfen ihm, sich zu überwinden, wenn Stunden über ihn kamen, in denen er darunter litt, daß sein Leben als Pensionär — wie er es meinte — so wenig nützlich sei. Vater Rapp wurde ebenfalls bald pensioniert. Oft saßen die beiden dann zusammen und berieten, ob sie nicht doch noch einen Dienst an einer Gemeinde übernehmen könnten.

„Wie wäre es denn", sagte einer zum andern, „wenn wir ganz oben im Geistal eine Kapelle bauen würden für jene Leute, die mehr als anderthalb Stunden zur Kirche zu gehen haben und aus diesem Grunde vielfach nicht kommen? Von den Ausflüglern würden gewiß auch einige an den Gottesdiensten teilnehmen, wir aber hätten ein kleines, uns befriedigendes Arbeitsfeld."

Sie sahen wohl beide keine Möglichkeiten zur Ausführung ihres Lieblingsgedankens. Gott hatte es auch anders mit ihnen vor.

Vater Dreisbach erlebte noch, daß das Töchterchen seines jüngsten Sohnes geboren wurde. Wie freute er sich an dem Kind! Daß seine eigene Tochter endlich Zeit zum Schreiben fand und daß er ihr erstes gedrucktes Buch in den Händen halten durfte, bedeutete ihm eine besondere Freude. Ebenso, daß sie ein Privat-Kinderheim in Herrenalb eröffnete. Wie plante er mit für diese Arbeit. Und als das erste Kind, ein kleiner Junge, in das Heim kam, da war es der Opa, dem er sein kleines Herz vor allen andern öffnete. Berta war froh für alles, was ihren Mann erfreute und ihn von den schwermutsnahen Gedanken ablenkte, die immer wieder über ihn kommen wollten.

An seinem letzten Geburtstag schrieb seine Tochter ihm folgendes Gedicht, an dem beide Eltern sich aufrichteten:

Am Lebensabend

Es kommen Stunden, da du überblickst dein Leben
und bangend dich wohl fragst: Was war es nun?
Was war mein Schaffen und mein Streben,
mein oftmals sorgenvolles, mühvoll Tun?
Sie ging so schnell dahin, die kurze Zeit des Lebens,
und nun am Abend scheint der Himmel wolkenschwer.
So trüb, so dunkel, daß du fast verzagest,
und deine Seele bangt und grämt sich sehr.
Merk auf und blick zurück.
Die Wolken, die dich jetzt umgeben,
sie ziehn vorüber, und das Licht erscheint.
Und sieh, da findest Spuren du von deinem treuen Tun,
du, der du eben noch gemeint,
daß alles, alles sei umsonst gewesen.
Und in den hinterlass'nen Spuren ist zu lesen,
wie pflichtgetreu du deine Pfade gingst.
Ach nein, niemals war es umsonst, was du getan!
Dein Sorgen, Schaffen, Mühen
ist eingesenkt in ewger Straße.
Und viele, die auf dieser Straße ziehen,
sie sehn im Lichte deine Spur des Segens.
Drum halt es fest, es war niemals vergebens!

Nachdem der Vater es gelesen hatte, umarmte er seine Tochter mit Tränen in den Augen. „Ich danke dir", sagte er. „Du hast erkannt, wie mir manchmal zumute ist."

Auch Berta und die Söhne und Schwiegertöchter bemühten sich, ihm klarzumachen, daß er noch manche Aufgabe zu erfüllen habe.

„Wir brauchen dich alle noch so nötig!" beteuerten sie

ihm immer wieder, wenn er — was jetzt öfter vorkam — von seinem Sterben sprach. Kamen seine Enkelkinder zu ihm, dann geriet er immer in Hochstimmung und lachte mit ihnen, daß es eine Lust war.

Eines Tages erklärte Otto seiner Frau, noch einmal eine Evangelisationsreise durch verschiedene Städte machen zu wollen und dabei die Plätze aufzusuchen, an denen sie gearbeitet hatten.

Berta versuchte es ihm auszureden. „Das wird dir zu viel werden. Der anstrengende Dienst schadet deiner Gesundheit bestimmt. Außerdem kann ich dich nicht begleiten. Elisabeth hat erst vor kurzem mit der neuen Arbeit begonnen; sie braucht jetzt meine Hilfe. Samuels Frau erwartet ihr zweites Kind. Du weißt, ihre Mutter ist tot, sie kann also nicht nach ihr sehen. Ich möchte jetzt wirklich nicht fort. Bleib du doch auch zu Hause, ich sorge mich um dich!"

Aber Otto war erfüllt von den Gedanken, seine alten Wirkungsstätten noch einmal zu sehen. „Zu Elisabeths Geburtstag bin ich wieder zurück", sagte er und unternahm die Reise.

Er leitete Versammlungen in Süddeutschland, in Bayern, in Sachsen, in Berlin. Beglückt schrieb er: „Es ist, wie es immer war: Die Arbeit für Gott ist mein Element. Ach, ich wünschte, ich hätte noch mehr Kräfte!" Doch dann brach er einige Tage früher als vorgesehen seine Reise ab. Als er zu den Seinen zurückkehrte, sahen sie alle, daß diese Tour ihn mehr angestrengt hatte, als er zugab.

Am 8. Mai durfte er das neugeborene Söhnchen seines jüngsten Sohnes in die Arme schließen. Eine Woche später war Muttertag. Johannes, der zweite Sohn, war überraschend aus Berlin gekommen. Am Morgen dieses Tages wurden die Eltern geweckt durch ein Muttertagsständchen ihrer Kinder. Tief bewegt schloß Otto seine Frau in die Arme. „Mama, auch ich danke dir für alles, alles!"

Da er sich nach seiner Reise wieder erholt hatte, sagte er freudig zu, als der Pastor der Evangelischen Gemeinschaft ihn bat, den Abendgottesdienst zu übernehmen.

Am Vormittag dieses Tages machte die ganze Familie einen Muttertagsspaziergang. Es war ein unwahrscheinlich schöner Maiensonntag. Ein strahlend blauer Himmel wölbte sich über dem Schwarzwald. Lerchen stiegen jubilierend in die Luft. Auf allen Wiesen blühte es in frühlingsschöner Pracht. Die kleinen Tannen hatten hellgrüne Spitzen aufgesteckt, die wie Maienkerzen wirkten. Es war ein Tag, geschaffen wie zu einem Fest. Sonntäglich gekleidete Menschen kamen aus den Städten, um sich wenigstens für Stunden im Schwarzwald zu erholen. Wandervögel mit Wimpeln und Lauten zogen singend aus dem Tal aufwärts.

Berta wählte einen stillen Weg. Der Wald duftete. Baum und Strauch, ja jede Blume strömten ein köstliches Aroma aus. Obgleich die Geschwister alle längst erwachsen waren, empfanden sie eine geradezu kindliche Freude an diesem Gang mit den Eltern durch die Maienschönheit. Die am frühen Morgen gesungenen Lieder schwangen noch in ihren Herzen nach.

Muttertag 1935. Keiner von ihnen wird den Tag je vergessen können. Der Großvater trug sein Enkeltöchterchen. Beide Ärmchen schlang die Kleine um seinen Hals. Er drückte das Kind immer wieder an sich.

Elisabeth stimmte ein Frühlingslied an. Alle sangen mit. Voll und schön klang des Vaters tiefer Baß.

„Setzt euch doch einen Augenblick hier an den Wiesenrand", sagte die Mutter, „ich klettere inzwischen das Stückchen auf die Böschung hinauf und pflücke einen Ginsterstrauß. Schaut nur, wie reines Gold leuchtet es."

„Soll ich den Strauß nicht für dich holen?" fragte Hans.

Aber die Mutter wehrte lachend ab. „Du weißt doch, ich bin ein Gebirgskind!" Flink wie eine Gemse war sie oben. Niemand sah ihr die Großmutter von fünf Enkelkindern an. Zierlich und schlank war sie und noch immer ungemein beweglich. Lisettens Tochter war das Waldkind geblieben, obgleich sie inzwischen einundsechzig Jahre zählte und die meiste Zeit ihres Lebens in Großstädten zugebracht hatte.

Nach ein paar Minuten sprang sie wie ein junges Mädchen den Hang herunter, den Arm voll Gold. „Papa, sieh nur", rief sie, „ist das nicht der allerschönste Strauß?"

Er blickte auf. „Ja, Mama, der allerschönste."

Niemand ahnte in diesem Augenblick, welche Bedeutung der Strauß noch haben sollte.

Am Abend begleiteten Mutter und Tochter den Vater zum Gottesdienst. Die Kirche war bis zum letzten Platz besetzt. Eine feierliche Stille lag über dem Raum, als Vater Dreisbach die Kanzel bestieg und zur Gemeinde sprach. Er hatte den Text vom kananäischen Weib gewählt. Seine Tochter hatte ihn in ungezählten Predigten gehört, aber an diesem Abend war es ihr, als höre sie ihn zum ersten Mal. Ihr schien es eine Botschaft aus der anderen Welt zu sein. Vergeblich suchte sie nach einer Erklärung. Heilige Ehrfurcht erfüllte ihr Herz. Sie nahm sich vor, dem Vater nach dem Gottesdienst zu sagen, daß diese Predigt ihr mehr gegeben hatte als je eine andere.

Plötzlich hielt Otto inne. Er erbleichte. Seine Hände suchten auf der Kanzelbrüstung nach einem Halt. Er schloß die Augen, konnte aber noch völlig ruhig stehenbleiben.

Atemlos verharrte die Gemeinde. Warum sprach er nicht weiter?

Elisabeth wußte später nicht zu sagen, wie sie auf die Kanzel gekommen war. Sie stand plötzlich neben dem Vater, legte den Arm um ihn und fragte leise: „Ist dir nicht gut? Kannst du die Kirche noch verlassen?" Er schüttelte den Kopf.

Alles andere war das Werk eines Augenblicks. Die Tochter gab einem jungen Mann einen Wink. Dieser stützte ihren Vater von der anderen Seite. So führten sie ihn hinunter neben den Platz seiner Frau, die gleich vorne saß.

„Singen Sie mit der Gemeinde inzwischen ein Lied", flüsterte Elisabeth dem Gemeindepastor zu. „Die Schwäche geht sicher gleich vorüber."

Während die Gemeinde sang: „Gott ist getreu", hauchte Otto ohne Kampf, ohne Zittern und Zagen sein Leben aus in den Armen seiner Frau.

Augenblicke im Vorraum der Ewigkeit. Die Gemeinde war zutiefst ergriffen. Um den Sterbenden standen und knieten betende Menschen. Die Tochter, die nun auch erkannte, daß es mit dem Vater zu Ende ging, wollte ihn in unfaßlichem Schmerz zurückhalten, nur noch ein Wort des Dankes, ein Abschiedswort sagen. Vorbei — sie konnte es nicht fassen.

Lisettens Tochter aber, den treuen Lebenskameraden in ihren Armen, sah trotz des tiefen Schmerzes, der ihr Herz zu zerreißen drohte, wie verklärt aus.

Daß der geliebte Mann einen so wundersamen Heimgang erleben durfte, daß sein letzter Dienst Gottesdienst war, sein letztes Wort — Gottes Wort, daß sie ihm die Augen im Gotteshaus zudrücken durfte — das alles war ihr ein Gnadengeschenk. Es überwältigte sie.

Sie konnte nur danken. Danken und sich beugen vor der Güte Gottes. Ja, das war möglich inmitten des unfaßbaren Trennungsschmerzes.

Otto war tot. Lisettens Tochter war Witwe geworden. Doch, das war kein Sterben, das war ein Heimgehen, ein Überschreiten der Schwelle vom Diesseits ins Jenseits. Wurde dem Streiter Gottes nicht eine unbeschreibliche Gnade zuteil, daß er so kampflos und ohne Angst und körperlicher Not hinübergehen durfte in die andere Welt? Sein oft geäußerter Wunsch, aus dem Dienst für Gott abgerufen zu werden, dieser Wunsch war ihm erfüllt worden. Berta konnte nicht anders beten: „Herr, ich bin zu gering aller Barmherzigkeit und aller Treue, die du an uns getan hast."

Das alles ist nun schon viele Jahre her, und ich, die Enkeltochter Lisettens, habe versucht, das Leben meiner Mutter niederzuschreiben. Kann es einen schöneren Abschluß in diesem Buche geben, als die Schilderung des gesegneten Heimgangs meines Vaters? Ist es nicht so, daß in einer glücklichen Ehe mit dem Tod des Ehepartners der Zurückbleibende nur noch ein halber Mensch ist?

Am liebsten würde ich mit diesen Aufzeichnungen über „Lisettens Tochter" hier schließen. Aber das wäre nicht ganz recht. Ich kann eine Zeitdauer von fünfundzwanzig Jahren nicht einfach totschweigen, nachdem ich versucht habe, den Lebensweg meiner Mutter aufzuzeichnen, so wie sie ihn mir geschildert hat und wie ich ihn später selbst miterlebte. Nur sei es mir gestattet, daß ich mich beim Weitererzählen der persönlicheren Form bediene und nicht mehr von Berta rede, sondern von meiner Mutter. Es ist mir ein Bedürfnis, weil ich dadurch besser den Dank auszudrücken vermag, den ich Gott und meinen Eltern, besonders aber auch meiner Mutter schuldig bin.

Als an jenem unvergeßlichen Abend der Pastor der Gemeinde uns beide in seinem Auto nach Hause fuhr, ergriff ich die Hand meiner Mutter und sagte: „Nun wollen wir uns, solange wir leben, nie mehr trennen. Ich werde dich nicht verlassen. Papas Heimgang verpflichtet mich dazu."

Viele mögen sich gewundert haben, daß keiner von uns — weder unsere Mutter noch wir Geschwister — bei der Beerdigung auch nur eine Träne vergossen haben. Das war einfach unmöglich. So sehr wir unter der Trennung von unserem geliebten Vater litten, so wunderbar war doch die Erinnerung an sein Sterben, das im Grunde genommen gar kein Sterben war. Schon in jener Stunde wußten wir, daß auf seinem Grabstein kein anderes Wort stehen durfte als nur dieses: „Er hat den Tod nicht gesehen" (nach Johannes 8, 51).

Noch zwei Tage vor seinem Tod hatte mein Vater zu mir gesagt: „Ich fühle, daß es einmal ganz rasch gehen wird. Ich bin bereit. Aber der Gedanke, mich von euch trennen zu müssen, ist mir sehr schwer. Könnten wir doch alle zusammen gehen."

Ich versuchte ihm diese Todesahnungen auszureden. Hatte er sich nicht wieder gut erholt? Wie aufrecht ging er einher, und wie herzhaft hatte er noch am Vormittag seines Todestages mit uns gelacht.

Gott hatte ihn so sanft hinweggenommen, daß es unserem Vater erspart blieb, sich von uns verabschieden zu müssen. Und doch wurde es ihm geschenkt, beim letzten Atemzug seine Hand in die seiner treuen Lebensgefährtin legen zu dürfen.

Es gab eine große Beerdigung. Viele Heilsarmeeoffiziere und freiwillige Mitarbeiter, eine Musikkapelle, viele Leute aus Herrenalb waren gekommen. Vom anderen Berg, aus Loffenau, zog ein großer Zug schwarzgekleideter Menschen heran. Sie alle wollten noch einmal den Mann sehen, durch den sie so oft gesegnet worden waren.

Im Haus Heide, in dem mein Privat-Kinderheim war und wo auch meine Eltern bei mir wohnten, hatten wir unseren lieben Vater aufgebahrt. Der Menschenstrom brach nicht ab. Sie alle, die da kamen, um Abschied von dem Heimgegangenen zu nehmen, schätzten und liebten ihn.

Unsere Mutter blieb wunderbar gefaßt. Ein tiefer Friede und eine fast überirdische Ruhe gingen von ihr aus.

Dem Sarg voran wurde die Heilsarmeefahne getragen, unter der er vierzig Jahre lang treu gedient hatte. Den Ginsterstrauß, den meine Mutter am Morgen des Todestages meines Vaters gepflückt und an dem er sich so herzlich gefreut hatte, legten wir in den Sarg. Der Bruder meiner Mutter, der auch seit Jahren Offizier der Heilsarmee war, beerdigte unsern Vater.

Einer war nicht zur Beerdigung gekommen. Wir vermißten ihn sehr, seinen Freund, Vater Rapp. Dieser lag ausgerechnet an jenem Muttertag im Sterben und wurde einen Tag später in die Ewigkeit abgerufen. Ein großes Wundern war in uns, daß sie fast zur gleichen Zeit heimgingen. Viele Monate, wohl ein ganzes Jahr lang machten meine Mutter und ich täglich einen Weg an das Grab des Vaters. Nicht, daß wir ihn dort gesucht hätten, aber es tat uns gut, an diesem stillen Ort, dem so schön gelegenen Herrenalber Friedhof, an den geliebten Heimgegangenen zu denken und von ihm zu sprechen. Wir glauben an ein Wiedersehen und freuen uns darauf.

Fünfundzwanzig Jahre hat unsere Mutter ihren Lebensgefährten überlebt. Seit dem Tod des Vaters haben wir uns nicht mehr getrennt. „Meinen goldenen Anhänger" nannte ich sie oft. Treu hat sie an meiner Seite gestanden und all die Wechsel meines Lebens miterlebt. Ich bin gewiß, wenn ich nach Amerika oder sonstwohin ausgewandert wäre, sie hätte mich nicht verlassen und wäre mit mir gegangen.

Alle meine Bücher, die ich in diesen Jahren schrieb, erlebte sie mit. Als ich mit drei Pflegesöhnen von Herrenalb nach Stuttgart zog, weil ich damals nicht beides bewältigen konnte, die schriftstellerische Arbeit und das Privatkinderheim, kam auch sie mit. Zu meinen drei Pflegesöhnen nahm ich noch drei Pflegetöchter, weil ich nicht ohne Kinder sein wollte. Meine Mutter erklärte sich damit einverstanden, obgleich das auch für sie vermehrte Arbeit bedeutete. Auf wunderbare Weise führte mich mein Weg in die Vortragsarbeit der Evangelischen Frauenhilfe. Dadurch war ich viel unterwegs, reiste in die Gemeinden, und die Oma blieb bei den Kindern und vertrat mich. Oft mußte sie sich energisch durchsetzen. Sie fackelte jedoch nicht lange, war sie doch Lisettens Tochter. Doch selbst wenn sie strafen mußte, hingen die Kinder an ihr und verehrten und liebten sie bis zuletzt, auch als sie schon erwachsen waren.

Der Zweite Weltkrieg kam. Gemeinsam durchlebten wir die Angst und das Grauen jener Jahre. Nie vergesse ich die furchtbare Nacht, die wir im Keller unseres Hauses zubrachten. Großangriff auf Stuttgart. Immer näher kamen die Flieger. Rings um uns her fielen die Bomben. Häuser gingen in Flammen auf. Unsere Kirche brannte nieder. Viele Menschen wurden getötet.

Wir saßen eng beieinander. Meine Mutter und ich hatten uns die Hände gereicht und bildeten somit einen Ring. Darin kauerten meine Pflegekinder, eng an uns geschmiegt. Wir beteten laut und erwarteten den Tod und konnten es kaum fassen, daß wir aus dieser höllischen Nacht lebend hervorgingen — aber auch reifer geworden.

Wie hochherzig stand meine Mutter mir zur Seite, und wie trug sie alle Lasten mit ihrem einzigen nicht verheirateten Kind. Doch in gleicher Weise nahm sie Anteil an den Erlebnissen ihrer Söhne und Schwiegertöchter, Enkel und Urenkel. Wie freute sie sich an den jährlichen Ferienreisen, die wir gemeinsam mit meinen Pflegekindern ins Kleine Walsertal, in den Schwarzwald oder an den Bodensee machten. Wie glücklich war sie, als wir noch einmal eine Besuchsreise in die Schweiz unternahmen. In Basel wurde sie von einer großen Schar Menschen geehrt, die sie noch aus ihrer Wirkungszeit im Ersten Weltkrieg kannte. Als ich damals mit meiner über achtzigjährigen Mutter am Arm den großen Saal betrat, der bis auf den letzten Platz gefüllt war, erhoben sich die Zuhörer schweigend und ehrten auf solche Weise diese kleine und doch so große Frau.

Stets war sie uns Kindern gegenüber energisch. Zärtlichkeiten und Liebkosungen hat sie nur sparsam ausgeteilt. Dennoch war uns ihre Liebe nie eine Frage.

Allen Tieren war sie in rührender Fürsorge zugetan. „Ein Tier kann nicht erklären, wo es ihm fehlt, darum muß der Mensch offene Augen und ein hilfreiches Herz für Tiere haben", pflegte sie zu sagen. Ein ganzes Buch könnte ich allein mit Tiergeschichten füllen, die wir mit ihr erlebten. Wie hing sie an unseren Hunden: Möppi, Boppi, Struppi — und wie sie sonst noch hießen — und an den Katzen: Minka, Mimi, Mohrle und den anderen. Immer hat sie die Tiere verteidigt, wenn wir diese wegen einer Untat schalten. Lange haben wir sie geneckt, als sie meinte, unsere Katze habe die Schwalbe, die sie im Maul davontrug, vielleicht gar nicht selbst gefangen und getötet, sondern von einer anderen geschenkt bekommen. Sie verstand es, mit unseren Goldfischen genausogut umzugehen wie mit Wellensittichen oder Kanarienvögeln. Es war gewiß ein Erbe Lisettens, die auch eine große Vorliebe für Tiere besaß.

Als wir einmal in meinem Kinderheim, das ich nach dem Zweiten Weltkrieg eröffnete, ein junges Schwein mit einem verletzten Ohr hatten, trug meine Mutter das Tier in ihr Zimmer. Dort stellte sie eine Kiste in eine Ecke, legte das Schwein hinein und salbte und pflegte das kranke Tier, bis es gesund war und wieder zu seinen Brüdern in den Stall gebracht werden konnte.

Die Hühner liefen ihr schon von weitem entgegen, fraßen die Körner aus ihren Händen und flogen ihr auf die Schulter.

Für die eintausendfünfhundert Kinder, die im Laufe der sechseinhalb Jahre durch mein Flüchtlingskinderheim gingen, war meine Mutter die Oma, an der sie alle hingen, die sie aber auch respektierten und der sie aufs Wort gehorchten.

Bis ins hohe Alter hinein war sie körperlich unvorstellbar leistungsfähig und beweglich. Noch mit achtzig Jahren sprang sie fast wie ein junges Mädchen über Gräben. Mit fünfzig Jahren hatte sie schwimmen gelernt. Als Achtundsiebzigjährige ging sie mit uns in den Ferien täglich zweimal baden.

Sechs Jahre lebte sie mit mir auf der Schwäbischen Alb in unserem christlichen Erholungsheim. Sie konnte nicht mehr in der Öffentlichkeit stehen und reden, wie sie es Jahrzehnte hindurch getan hatte, aber eins tat sie weiterhin: sie betete. Obwohl ihre Gedanken sie jetzt oft verließen — wenn sie mit Gott redete, dann fand sie klare Worte, das war ihre „Heimatsprache".

Vielleicht ist das das Geheimnis ihres gesegneten Lebens: Sie war eine Beterin. Sie blieb es bis zur letzten Stunde. In einer selbstverständlichen Weise lebte sie von den Kräften der anderen Welt. Sie gehörte zu denen, von denen der Apostel Paulus sagt: „Wir, die wir nicht sehen auf das Sichtbare, sondern auf das Unsichtbare" (2. Korinther 4, 18). Es schien oftmals geradezu, als sei sie dort mehr daheim als auf dieser Erde. Die Aufzeichnungen Jung-Stillings über seine Visionen waren lange Zeit neben der Bibel ihre Lieblingslektüre.

Eines Tages erzählte uns eine Heilsarmeeoffizierin, Majorin Giebler, die viele Jahre in Indien als Missionarin lebte, von einem seltsamen Geschehen. Die Bewohner eines Dorfes ihrer Nachbarschaft hatten gedroht, sie zu töten, falls sie den Versuch machen würde, bei ihnen zu missionieren. Sie aber erkannte immer deutlicher den Auftrag, gerade zu diesen Menschen zu gehen. Als sie sich eines Tages auf den Weg machte, stürmten sämtliche Männer aus dem Dorf mit den bei ihnen üblichen Mordwaffen ihr entgegen, fest entschlossen, sie umzubringen. Wenige Meter vor der Missionarin machten sie Halt. Diese mußte damit rechnen, von ihnen getötet zu werden. Plötzlich stürzte einer wie der andere wie vom Blitz getroffen zu Boden und blieb mit dem Angesicht nach unten liegen. Die Heilsarmee-Missionarin wußte nicht, wie sie sich das Verhalten dieser Männer erklären sollte. Regungslos lagen sie zu ihren Füßen. Sie trat zu dem am nächsten Liegenden, berührte seine Schulter und forderte ihn auf, sich zu erheben. Dieser blickte ängstlich um sich und tat es schließlich, mit ihm auch die übrigen. Merkwürdig, jetzt verneigten sie sich ehrerbietig vor der Missionarin, baten sie, in das Dorf zu kommen und führten sie dann wie in einem Triumphzug hinein. Erst nach einiger Zeit nannten sie der Missionarin die Ursache ihres seltsamen Benehmens: „Du warst plötzlich umgeben von einer Schar weißgekleideter Gestalten. Über uns aber kam eine große Furcht."

Noch heute meine ich das verklärte Gesicht meiner Mutter zu sehen, als die Misionarin uns dieses Erlebnis erzählte. Keinen Augenblick zweifelte sie an dessen Wahrheit. Das war die Welt, mit deren Wirklichkeit sie rechnete. Oft hat sie zu uns Kindern gesagt: „Wir sind immer umgeben von den Mächten, denen wir uns unterstellen. Sorget stets dafür, daß die Gewalten der Finsternis keine Macht über euch gewinnen."

Es ging meiner Mutter je länger desto mehr wie ihrem alten Freund, Dr. von Mai, der in einem seiner letzten Briefe folgendes schrieb: „Meine Gedanken wandern immer wieder ins Jenseits, wo ich, ehrlich gesagt, längst mehr zu Hause bin als hier. Ich sehne mich oft nach dem kommenden, ewigen Leben. Nicht um dort zu ruhen, sondern um in einem reineren Licht mehr und Besseres zu tun als hier auf Erden."

In demselben Brief blickte er zurück auf die Zeit, die er in unserer Familiengemeinschaft in Berlin verbracht hatte. Er schrieb: „Ich sehe Sie alle wieder vor mir. Den gewaltigen Papa mit dem goldigen Kinderherzen, tapfer und treu; die kluge, kleine Mama, so mütterlich bedacht auf das Wohl und Heil, nicht nur der eigenen Familie, sondern das vieler anderer. Ich selber befand mich ja auch unter diesen anderen, und ihr Verständnis für meine damalige Lage öffnete mir die Tür zu Ihrem liebenswerten Kreis. Ja, ich war wirklich glücklich bei Ihnen und kann Ihrer lieben Mutter auch heute noch nicht genug danken, daß sie sich damals meiner annahm. Wie manche reizende Stunde erlebte ich in der Folge in Ihrer Mitte. Ich sehe in die vier Paar strahlender Kinderaugen, ich höre die lustigen Bemerkungen und Gespräche, das natürliche, von Frische und Originalität gezeichnete Familienleben, und tief im Innern die gemeinsame Empfindung aller, das Gute und Richtige tun zu wollen.

Ja, und nun ist Ihr lieber Vater nicht mehr unter uns. Er starb den schönsten Tod, den man sich denken kann. Er war einer der besten Menschen, die ich je kannte und kennen werde. Er hatte ein Gemüt von lauterem Gold. Welch ein Segen sind solche Eltern, wie die Ihren es waren, für ihre Kinder."

Diese und noch andere Bestätigungen solcher, die meine Eltern kannten, gaben mir den Mut, dieses Buch zu schreiben.

Ein befreundeter Dekan, der in unserem Hause eine Bibelwoche hielt, sagte zu mir: „Sorge dafür, daß deine Mutter stets neben mir sitzt. Sie inspiriert mich durch ihr Zuhören und Beten."

In einer Ansprache, die er anläßlich meines 65. Geburtstages hielt, sagte er unter anderem:

„Du hast deine liebe Mutter deinen ‚goldenen Anhänger' genannt. Manchmal habe ich mich gefragt, ob diese Bezeichnung das Wesentliche zum Ausdruck bringt. Jedenfalls goldecht war diese Frau. Und wenn sie dein Anhänger ist, dann trägst du sie unübersehbar an dir.

Tief gegründet in der Heiligen Schrift und mit einer großen Bibelkenntnis ausgestattet hat sie mich, den jungen Pfarrer in Kaltental, manchmal getröstet. Es war während des letzten Krieges. Ich sprach zu ihr einmal von meiner Sorge, der zunehmende Druck der Partei könnte die Kirche in ihrem Dienst lähmen. Da sagte deine Mutter: ‚Sie haben doch am letzten Karfreitag über Markus 15 gesprochen: Und die vorübergingen, lästerten ihn. Sie dürfen den Satz getrost umkehren und wissen: Die ihn lästern, die gehen vorüber. Das sind die Vorübergehenden.'

Einmal war mir der Besuch des Bannführers der HJ an unserem Konfirmandenabend angekündigt worden. Ich mußte befürchten, daß dieser Mann unsere Zusammenkünfte verbieten würde. Als ich davon deiner Mutter erzählte, erinnerte sie mich an Psalm 18, Vers 30: ‚Ich kann mit meinem Gott über Mauern springen', und sie riet mir, den Abend genauso wie immer zu halten. Der Bannführer bekam bei seinem Besuch eine Bibel in die Hand gedrückt. Wir hielten den Abend, ohne uns von ihm irgendwie stören zu lassen. Nach dem Kriegsende, es mag

1946 gewesen sein, hörte ich, daß dieser junge Mann als Sekretär bei einem bekannten Theologie-Professor in Tübingen arbeite.

Noch gut erinnere ich mich an jenen Nachmittag, da ich deiner Mutter von meiner Absicht erzählte, eine Bibelstundenreihe über die Offenbarung zu halten. Zunächst schwieg sie. Dann aber meinte sie: ‚Ja, aber nur über das erste Kapitel und über die sieben Sendschreiben; denn Sie sind noch zu jung, um das Buch der Offenbarung auszulegen. Jetzt ist eher die Zeit der Bedrängnis. Nehmen Sie den Propheten Daniel oder Texte aus der Apostelgeschichte. Ich glaube, die große Trübsal ist jetzt noch nicht angebrochen.'

Wie war diese redegewandte und wortbegabte Frau doch willig und geschickt zum stillen, geduldigen Zuhören. Es konnte geschehen, daß sie lange schwieg, aber wenn sie dann den Mund auftat, dann sprach sie so eindeutig, klar und fest, daß man ihr Wort annahm. Es wäre unmöglich gewesen, sie zu täuschen oder gar zu beschwindeln, denn immer fühlte man sich von ihr durchschaut. Im Gedränge der großgewachsenen und im Lärm der lauten Leute hätte man die bescheidene kleine Frau leicht übersehen können. Wer das Glück hatte, ihr zu begegnen, spürte bald ihre innere Größe. Ich kenne keinen Menschen, der so wie deine Mutter eschatologisch dachte und lebte. Ihr Leben hatte ein Ziel. Ihre Glaubensgewißheit war die Vollendung bei Gott. Ihre Hoffnung: Wir werden bei dem Herrn sein allezeit. Dieser vorausgerichtete Blick gab ihr die Geduld, die Kraft und die Freude, die sie an andere weitergab.

Liebe Elisabeth, ein reiches, verpflichtendes Erbe begleitet dich, und du wirst im Rückblick auf die fünfundsechzig

Jahre nichts anderes sagen können und wollen, als mit den Worten des Liedverses:

> Ach ja, wenn ich überlege,
> mit was Lieb und Gütigkeit
> du durch so viel Wunderwege
> mich geführt die Lebenszeit,
> so weiß ich kein Ziel zu finden
> noch den Grund hier zu ergründen.
> Tausend-, tausendmal sei dir,
> großer König, Dank dafür!"

Ich habe diesen Teil aus der Ansprache des befreundeten Dekans wörtlich wiedergegeben und meine, er sei ein deutlicher Beweis dafür, welch eine hochherzige und von Gott begnadete Frau meine Mutter gewesen ist. Auch über ihrem Leben könnte dieser Liedvers stehen.

Wenn ich nun diese Blätter beiseite lege, nachdem ich versucht habe, die Lebensgeschichte von Lisettens Tochter, meiner Mutter, zu schreiben, dann bin ich mir darüber klar, daß vieles, was noch wichtig gewesen wäre, vielleicht nicht geschrieben wurde. Sicher steht hier manches, was andere weniger interessiert, aber mir und den Meinen ist es unlösbar mit dem Bildnis unserer Mutter verknüpft. Wie dem auch sei — beim Aufzeichnen dieses Lebensbildes wurde mein Herz je länger desto mehr mit Dank gegen Gott erfüllt, der uns eine solche Mutter geschenkt hat. Sie sprach nicht nur über ihr Christentum, sie lebte es aus. Wenn wir den Weg zu Christus fanden, haben wir es nächst Gott ihrem und unseres Vaters Vorbild zu verdanken.

Lisettens Tochter, das einstige kleine Hirtenmädchen, hat nichts Weltbewegendes geleistet, aber sie gab ihr Leben schon in jungen Jahren Gott und hat es nie bereut. Dadurch wurde sie unzähligen Menschen zum Segen. Die Verheißung Gottes erfüllte sich an ihr: Ich will dich segnen, und du sollst ein Segen sein! Leicht war das Leben meiner Mutter nicht. Aber es war reich und erfüllt von ewigen Werten.

Daß sie eine bewußte Christin war, bedeutete nicht, daß sie von Leid und Kummer verschont blieb. Doch ließ sie sich durch schwere Führungen formen und schulen. Es war gewiß nicht einfach für sie und unseren Vater, als ihre Kinder, die sich für den Dienst der Heilsarmee hatten ausbilden lassen, nach Jahren diesen Platz verließen. Das geschah nicht deshalb, weil sie Gegner dieser weltumfassenden Bewegung geworden wären, sondern weil jedes von ihnen sich anders geführt sah. Wichtig war es unseren Eltern vor allem, daß wir in den Wegen Gottes wandelten. Sie wußten, Gott ist kein Gott der Schablone oder der Norm. Er führt die Seinen individuell.

Schwer war es auch für meine Mutter, als sie gegen Ende des Krieges die Nachricht erhielt, daß ihr zweiter Sohn bei Straßenkämpfen in Berlin ums Leben gekommen sei. Still litt sie darunter, daß niemand bei ihm gewesen war, als er den letzten Seufzer tat. Dafür vertraute sie ihn Gottes Vaterhänden an.

„Oma, du wirst immer kleiner", hatte vor Jahren einmal eines ihrer Enkelkinder festgestellt. Als unser Vater noch lebte, sagte er oft scherzhaft: „Ich bin die Quantität der Familie, meine Frau aber ist die Qualität." Sie war neben ihm verschwindend klein. Mancher hat gewiß heimlich über das seltsame Paar gelächelt. Ja, unsere Mutter war klein von Gestalt, aber sie hatte eine große Seele. Ihre Größe bestand aber nicht in ihrer ausgezeichneten Redegabe, in ihrem unübertrefflichen Arbeitseifer oder in manchen anderen Fähigkeiten, die sich im Laufe der Zeit immer stärker herauskristallisierten. Ihre Größe lag in der Hingabe an Gott, in ihrem treuen Dienst für ihn.

Manchmal lächelten die Leute, wenn die kleine Mutter am Arm ihrer großen Tochter ging. Aber ich blieb ihr Kind, selbst als ich die Fünfzig längst überschritten hatte. Eines Tages erinnerte ich sie an mein Alter, als sie mir eine Anweisung geben wollte über das, was ich anziehen dürfe.

„Weißt du auch, wie alt ich bin, Mama?" fragte ich. „In diesem Jahr werde ich dreiundfünfzig."

„Das mag sein", erwiderte sie. „Im übrigen vergesse ich es bestimmt bis morgen wieder. Doch die Tatsache bleibt bestehen, daß du mein Kind bist, und du hast mir zu gehorchen."

Danach haben wir beide herzhaft gelacht.

Bei einer Diskussion, die wir nach einer Bibelwoche in unserem Hause hatten, meldete sich die damals Zweiundachtzigjährige zu Wort. In tiefer Ergriffenheit sprach sie zu unseren Gästen, die ihr bewegt zuhörten: „Mein Dasein hier auf Erden neigt sich dem Ende zu. Ich traure nicht deswegen. Ich weiß, daß ich heimgehen darf. Aber ich blicke voll unaussprechlichem Dank zurück auf ein Leben, das reich und glücklich war durch die Gewißheit, daß ich Gottes Kind geworden bin durch Jesus Christus, unsern Herrn. Wenn ich noch einmal von vorne anfangen müßte, ich würde keinen anderen Weg einschlagen."

Durfte unser Vater ohne Angst und ohne Krankheitsnot und ohne Abschiedsschmerz die Erde verlassen, so war diese besondere Gnade unserer Mutter nicht geschenkt.

Fast ein ganzes Jahr lag sie und wartete auf den Tod. Ein Jahr, in dem wir täglich mit ihrer letzten Stunde rechnen mußten. Das war für sie und auch für mich, die ich sie bis zu ihrem letzten Tag bei mir haben durfte, nicht immer einfach. Oft habe ich an ihrem Bett gesessen und in Zeiten der Bangigkeit und der körperlichen Schwäche Worte aus dem 23. Psalm zu ihr gesprochen: „Und ob ich schon wanderte im finstern Tal, fürchte ich kein Unglück; denn du bist bei mir, dein Stecken und Stab trösten mich."

Als sie so schwach war, daß sie nicht mehr selbst beten konnte, habe ich ihr gesagt: „Mama, wenn du den Namen des Herrn auch nicht mehr selbst aussprechen kannst, er kennt dich bei deinem Namen. Sein Wort gilt dir: Ich habe dich bei deinem Namen gerufen, du bist mein!"

Wenige Wochen vor ihrem Tod durfte sie eine besondere Freude erleben. Alle ihre noch lebenden Kinder und Schwiegerkinder waren gekommen, um von ihr Abschied zu nehmen. Unser ältester Bruder hielt an ihrem Bett eine Andacht und befahl sie den Händen Gottes an. Sie konnte nicht mehr viel sprechen, aber ihre Augen gingen grüßend und segnend von einem zum andern.

Auf dem kleinen Friedhof in Oberböhringen hat sie ihre letzte Ruhestätte gefunden, umgeben von blumenbesäten Wiesen, grünen Wäldern und der schönen Heide, die sie so geliebt hat. Ihr Leben, das erfüllt war von Gott, durfte in der Abgeschiedenheit der Schwäbischen Alb ausklingen.

Auf ihrer Todesanzeige waren die Worte zu lesen: „Der Herr hat Großes an uns getan, des sind wir fröhlich."

Manch einer mag sich über einen solchen Ausspruch gewundert haben, wo es doch ums Sterben ging. Aber hier ging es in Wirklichkeit nicht ums Sterben, sondern um ein „Nach-Hause-Kommen". Wo man das weiß, da ist Freude, auch im Leide.

Ich lege die Arbeit aus der Hand, durch die ich mich wieder neu und stark mit meiner Mutter verbunden fühlte, der ich so viel zu verdanken habe, und ich meine ihre Stimme zu hören und das Lied, das sie so oft mit meinem Vater sang:

> Ein Leben nur, ein Leben hier auf Erden
> ein Leben nur, schnell eilt's dem Ende zu.
> Ein Leben nur, so voll Gelegenheiten,
> ein Leben nur, und dieses, Herr, willst du.
> Du willst mein Gut, und was du mir gegeben,
> willst meine Kraft, die Zeit, mein Herz und Sinn.
> O teurer Herr, der für mich gab sein Leben,
> was kann ich tun, als alles geben hin.
> Ein Leben nur, und das wird schnell vergehn,
> nur was für Gott getan, bleibt bestehn.